クローン・ゲーム

〜いのちの人形〜

横関 大

角川文庫
23042

目次

プロローグ

少年は声がした方向に目を向けた。教室の入り口だった。そこには裕福そうな身なりをした男女が立っており、その近くには先生と子供がいる。その子は少年の友達で、いつも一緒に遊ぶのだが、今日は遠くにいってしまったような感じがした。裕福そうな男女は目を細めて友達の頭を撫《な》でていた。友達は少し恥ずかしそうな顔をしているが、どこか満足げな顔つきでもあった。

少年が暮らす児童養護施設では、こうして年に一、二度、施設の子供が引きとられていく。里親というらしい。昨日まで仲よく一緒にご飯を食べていたその友達も、今日でこの施設から出ていってしまうのだ。

「はい、じゃあ最後にみんなにお別れの挨拶《あいさつ》をしましょうね」

先生に言われ、友達が前に出た。昨日から必死に練習していた別れの挨拶を口にする友達を尻目《しりめ》に、少年は誰かが遊んでいた粘土を手にとった。作りかけの首の長い動物。キリンだろうか。

「さようなら。これからも元気でね」

施設の子供たちが声を合わせて友達を見送る言葉を口にした。しかし少年は何も言わなかった。顔すら友達に向けなかった。

里親に連れられ、友達が教室から出ていった。その途端、あたりが騒がしくなる。鬼ごっこが始まったらしい。鬼になった子を囃《はや》し立てる声が聞こえてきた。普段だったら一緒に鬼ごっこをやるのだが、今日はその気になれなかった。少年は両手を使って粘土をこねる。

しばらく粘土で遊んでいたが、やはり気になったので窓のところに向かって外を見た。新しいお父さんとお母さんに挟まれ、両手を繋《つな》いで友達は施設から出ていくところだった。施設の前には大きな車が停まっている。友達は後ろの座席に乗り込んでいった。窓が開き、友達がこちらに顔を向けた。視線が合ったが、手を振ることはなかった。もう二度と顔を合わせることはないだろう。そんな予感があった。

車が走り去るのを見送ってから、少年は再び粘土の置いてある場所に戻った。手の平を使い、粘土を丸める。葡萄《ぶどう》の巨峰くらいの丸い物体を二つ作った。これは頭だ。胴体、腕、脚と作っていく。できたパーツを組み合わせれば完成だ。二組の人形ができあがった。

「上手だね」

顔を上げると先生がいた。厳密に言えば先生ではなく施設の職員なのだが、いつも先生と呼んでいる女の人だ。先生はできあがった人形を見て言った。

「そういえば仲よかったもんね、〇〇ちゃんと」

〇〇ちゃん。今しがた施設を去っていった友達の名前だ。先生は勘違いしているようだが、それを訂正するつもりはなかった。

少年が作ったのは父親と母親だった。大きい方がパパで、少し小さい方がママだ。この粘土の人形のように簡単に作れればいいのにと思う。自分でパパとママを作れるような世界になれば、優しい里親を待ち焦がれることもなくなるはずだ。

背中に何かがぶつかった。振り向くと女の子が立っている。鬼ごっこで夢中で逃げている途中、思わず少年にぶつかってしまったらしい。「ごめんなさい」と言い残し、女の子は再び逃げていく。

手元を見ると、ママの人形の頭がとれてしまっていた。ぶつかった拍子に落ちてしまったようだ。やはり粘土で作ったパパとママはすぐに壊れてしまうのだ。

少年はママの人形の腕をもぎとり、次に脚をもぎとった。同じようにしてパパの頭や手脚をもぎとっていく。

「はい、みんな。おやつの時間ですよ。手を洗ってから食堂に行きましょうね」

その声に反応して少年は立ち上がった。足元にはバラバラになってしまった人形のパーツが転がっていた。

第一章　ある人形の死

　サイレンの音が近づいてくる。振り向くと後ろから走ってきたパトカーが、スピードを落とさずに通り過ぎていった。世田谷《せたがや》区駒沢《こまざわ》の住宅街の中だった。時刻は午後十時を過ぎている。川村直樹《かわむらなおき》はコンビニの袋を持って自宅に帰る途中だった。

　まだ夕食を食べていない。仕事をしていて食べ損なったからだ。駅前のコンビニで牛丼を買い、これから自宅に帰って食べるつもりだった。ビールを一本と、それからウィスキーを少々飲むことになるだろう。いつもと変わらぬ夕食だ。

　しばらく歩いていくと交差点に差しかかり、その向こうに一台のパトカーが停車していた。救急車も停まっている。川村の住むマンションは、この交差点を右折して五〇〇メートル先をさらに左折したところにあるのだが、気がつくと交差点を渡って足が前に進んでいた。放っておけばいいものを。川村は心の中で自嘲《じちょう》気味に笑う。職業病というやつかもしれない。

　スーツ姿の男たちが五階建てのマンションの中に入っていくのが見えた。全員が白い手袋を着用している。『レインボーヒル駒沢』というのがマンションの名前らしい。制服を着た警察官がエントランスの前に立っている。川村は彼のもとに歩み寄った。

「こんばんは。何かあったんですか？」川村はスーツの内ポケットから警察手帳を出し、警察官に見せた。「警視庁捜査一課の川村といいます。この近くに住んでて、通りかかったもんでね」

警察官は川村の身分証を確認してから、敬礼をして言った。

「お疲れ様です。男が死んでいるという通報がありました。我々も今到着したところなので、詳細は不明です」

「そう。ちょっと見学させてもらうね」

「どうぞ。三階になります」

このまま立ち去るのは気が引けた。せめて遺体の死因くらいは把握しておきたい。川村は警視庁捜査一課に勤務しているので、殺人などの刑事事件に発展したら担当することになる。捜査一課には班が複数あり、事件発生順に担当が回ってくる。実は今夜、管内で事件が発生した場合、川村の班が担当になる可能性が高いのだ。そうでなければこんな風に事件に首を突っ込んだりはしない。

エレベーターで三階に向かうと、現場となった三〇三号室はドアが開け放たれていた。ドアの前に立っていたスーツ姿の男にもう一度身分を名乗る。男の刑事がうなずきながら言った。

「わかりました。少々お待ちください」

刑事は部屋の中に入っていった。上司に説明してくれるのだろう。しばらく待っていると彼が戻ってきて川村に言う。

「お入りください。まだ鑑識も到着していないので注意してください」

「悪いね」

川村は中に入った。広めのワンルームで、室内には三人の男が立っていた。川村に気づき、三人が会釈をしてきた。川村も会釈を返してから、靴を脱いで部屋に上がる。世田谷署が用意してくれたスリッパがあったので、それを履いた。

フローリングの上に男が横たわっている。年齢は三十歳前後と思われ、特に外傷は見られなかった。世田谷署の刑事が一人、川村に近づいてきた。四十を過ぎたくらいの同世代の刑事だった。

「川村警部補、お久し振りです」

「どうも。こちらこそお久し振りです」

川村は捜査一課にいるので、所轄の刑事との付き合いも多々ある。何かの事件で顔を合わせた刑事の一人だろうが、どうしても名前を思い出せなかった。

「遺体を発見したのはホトケの会社の同僚です」

彼が説明してくれた。部屋の主は今日会社を無断欠勤しており、それを不審に思った会社の同僚がこの部屋にやってきた。部屋の鍵《かぎ》は開いており、中に入った会社の同僚が横たわっていた部屋の主を発見、一一〇番通報した。

「ヌマさん、係長はもう少しかかるそうです」

別の刑事に声をかけられ、川村の隣にいた刑事が答えた。

「わかった。そろそろ鑑識が到着するぞ」

ヌマさん。沼田《ぬまた》だ。川村はようやく思い出した。二年ほど前、殺人事件の捜査で一緒になったことがある。その事件で何度か一緒に聞き込みに回ったことがあったはずだ。

川村は沼田に訊《き》いた。

「沼田さん、死因は何ですかね。見たところ外傷はないようですが」

「殺しかもしれません」沼田は遺体に目を向けて言った。「おそらく毒物を服用して亡くなったんでしょう。あそこにグラスが二つ、置いてあります。客が来ていた証拠です。グラスに毒物を混入した可能性が高いですね」

沼田の視線の先にローテーブルがあり、その上にグラスが二つ、置いてあった。客が来ていたと考えていいだろう。

「殺しですか」

悪い予感が的中してしまったようだ。その思いが顔に出てしまったらしく、沼田が苦笑しながら訊いてきた。

「まさか川村さん、この事件を？」

「ええ、多分。うちの班でやることになりそうです」

手に持ったコンビニの袋を見る。自宅はここから徒歩五分だ。いったん帰宅してシャワーを浴び、ビールは無理として牛丼だけは腹に入れておくべきか。そうこうしているうちにお呼びがかかるだろう。

それを沼田に告げようとしたとき、部屋の中に四人の男たちが入ってきた。世田谷署の鑑識が到着したのかと思ったが、一見して鑑識ではないとわかった。全員がスーツを着ている。

「お、お前たち、いったい何だ」

世田谷署の刑事が驚いたように声を上げた。しかし男たちは特に表情を変えることはなかった。そのうちの一人が前に出た。

「ここは私どもに任せて、警察の方々はお引きとりください」

端整な顔をした男だった。四人の中でも一番若いが、物怖《ものお》じしている様子は見受けられない。おそらく二十代だろう。その口調は自信に溢《あふ》れていて、迷いといったものが一切感じられない。

「待て、いきなり何を……」

「この中で一番階級の上の方は？」

川村と沼田は同じ警部補だが、ここは世田谷署の管轄だ。どちらかと言うと川村は部外者になる。同じことを考えたようで、沼田が前に出た。

「私です。世田谷署の沼田といいます」

「これをご覧ください」

男がスーツの内ポケットから書類を出し、それを沼田に手渡した。川村は書類を覗《のぞ》き見た。『遺体引き取り及び事件捜査に関する権限委譲に関する覚書』と題された書類だった。厚生労働大臣の印が捺《お》されている。つまりこの事件を厚生労働省が丸々引き受けるということだろうか。長年刑事をやっているが、こんな書類は見たことがないし聞いたこともない。

この男たちは厚生労働省の人間ということか。しかしそれを鵜呑《うの》みにしてしまっていいのだろうかという思いもあった。せめて身分証くらいは確認することが必要ではなかろうか。

「ちょっと待ってくれ。人が死んでるんだ。不審死の疑いだってないわけじゃないだろ」

沼田が男たちに詰め寄っていた。ほかの捜査員も沼田と同じく喧嘩《けんか》腰で彼らに食ってかかっていた。しかし向こうも一歩も引かなかった。刑事を前にして度胸が据わっている。

「捜査するのが俺たちの仕事なんだよ」

「そうだ。どけよ」

混乱する現場を尻目《しりめ》に川村は冷静に考える。

そもそもなぜ厚生労働省なのか。もしかして伝染病などの感染症なのだろうか。数年前にニュースで話題になった感染症のことを思い出した。海外から帰国した人間が発熱し、感染を疑われて病院に搬送されたことがあった。

川村の不安を察したように男が言った。

「感染症の疑いがありますので、ここはお引きとりください」

疑問を覚える。本当に感染症だろうか。それにしては男たちの様子は落ち着いているように見える。防護服はおろか、マスクさえしていない。感染症の遺体を前にして、この落ち着きようは不気味だった。

「教えてください」川村は思わず声を発していた。「病名は何ですか？　どんな感染症なんですか？　そのくらいは教えてくれてもいいんじゃないですかね」

「今は感染症としか言えません」

一番若い男はそう答えた。これ以上は話すことがない。そういった拒絶の意志が感じられた。

携帯電話の着信音が聞こえた。沼田がポケットから携帯電話を出して、画面を確認してからそれを耳に当てる。心なしか緊張しているように見えた。

「沼田です。……ええ、もう現場に到着しております。……ええ。……はい、わかりました。……了解です。そのようにいたします。……失礼します」

通話を終えた沼田は苦虫を嚙《か》み潰《つぶ》したような顔つきで言った。

「お前たち、引き揚げるぞ」それから川村に目を向け、小さく頭を下げた。「川村さんも、お願いします」

そう言われて従わないわけにはいかなかった。世田谷署の刑事たちと一緒に部屋から出る。川村たちの背中に男の声が追いかけてくる。

「この部屋で遺体が発見されたことは他言無用でお願いします」

部屋から出ても世田谷署の刑事たちは無言だった。エレベーターで一階まで降り、エントランスから外に出たところで川村は沼田に訊いた。

「さっきの電話、誰からだったんですか？」

「うちの署長です」沼田が答えた。「署長に言われたんじゃ引き下がるしかありませんよ。でも何でしょうかね。こんなの初めてですよ」

それは川村も同じだった。いきなり国の役人らしき男たちが事件現場に現れて、刑事を追い出すなんて聞いたことがなかった。彼らの言っていることが正しく、危険な感染症であるのなら納得できる。しかしその根拠が提示されていないのが気になるところだった。

「じゃあ川村さん、我々はこれで」

そう言って沼田たちはパトカーに乗り込んでいく。その顔つきから彼らも納得していない様子が伝わってくる。制服を着た警察官が自転車に跨《またが》り、それを漕《こ》いで夜道を走っていった。

パトカーと救急車が走り去っていく。コンビニの袋を手に持ち、川村はしばらくその場に立ち尽くしていた。釈然としないものが胸に残っていた。

翌日、川村はいつも通り出勤した。警視庁の捜査一課の自席に座り、調達してきた朝刊に目を通す。すべての朝刊に目を通したが、昨夜の駒沢の事件についての記事は一つも見当たらなかった。

「川村、お前が朝刊読んでるなんて珍しいな」

顔を上げると梅本《うめもと》の姿があった。梅本は川村の直属の係長だ。

「係長、ちょっといいですか？」

「何だ？」

「実は昨日の夜なんですけど、帰りがけに……」

昨夜の出来事について説明する。不審死と思われる遺体の発見現場に厚生労働省の役人を名乗る男たちが現れ、感染症にかかった遺体だと言って彼らが事件を横どりしていったこと。川村の話を聞き終え、梅本が口を開いた。

「そりゃ変だな。朝刊にも感染症のニュースは載ってないんだろ」

「ええ。確認しました。いまいち納得できないんですよ」

「でも相手の名前と所属先を聞いておかなかったのはミスだ。厚労省と一口にいっても部署は多いからな」

それは迂《う》闊《かつ》だったと認めざるを得ない。せめて名刺くらいはもらっておくべきだった。

梅本が続けて言った。

「でも世田谷署の署長に話が通ってるんだろ。だったら間違いないはずだ。でも厚労省が遺体を押さえるって、いったいどういうことだろうな。感染症じゃないなら、クスリ絡みか？」

「かもしれませんね。遺体に外傷はありませんでした。しかしクスリ絡みの事件なら、尚更《なおさら》うちで捜査しなければいけません。時間が空いたら世田谷署に足を運んでみようと思ってます」

「そこまでする義理はないと思うが、お前がそんなに言うなら止めはしない」

徐々に同僚たちが出勤してくる。パソコンを立ち上げて画面を見る者、買ってきた朝食を食べる者。時間の過ごし方はそれぞれ自由だ。しばらく朝刊を読んでいると梅本の声が聞こえた。

「よし、みんな集まったな」

係の連中が集まっていた。朝のミーティングが始まる。毎朝の日課だ。

「昨日遅く赤坂《あかさか》の路上で喧嘩騒ぎがあった。負傷者が数名出ているようなので、うちで扱うことになりそうだ。先発隊として数名、赤坂署に行ってほしい。川村、頼めるか」

「了解です」

「二名選んで連れていってくれ。それと先週八王子《はちおうじ》で発生した強盗事件に関して続報がある。犯人のものと思われる遺留品が……」

ミーティングは続いていくが、川村はどこか集中できずに上の空で梅本の話を聞いていた。昨夜のことが頭から離れなかった。いきなり現れた謎の男たちに事件を丸ごと奪われてしまったのだ。いくら厚労省の人間とはいえ、あそこまでの暴挙が許されるのだろうか。日本の犯罪捜査の根底を揺るがす行為だと思うのは俺の考え過ぎだろうか。

モヤモヤした思いを抱いたまま、川村は気をとり直して梅本の話に集中しようと心がけた。やがてミーティングが終わり、川村は立ち上がった。

「伊藤《いとう》、坂部《さかべ》、一緒に来てくれ。赤坂署に行くぞ」

「はい」

年齢だと梅本の次に当たるので、必然的に部下を指導する立場になる。事情があって半年ほどは現場から離れていたが、今はほぼ万全の状態だった。しかし失ったものは大きかった。

川村は今年で四十三歳になる。捜査一課に配属されたのは五年前のことで、これまで運にも恵まれたのか、刑事としては順調なキャリアを重ねていた。しかし去年の秋、今からちょうど一年前にその事件は起きた。

きっかけは大久保《おおくぼ》で発生したスナックのママの殺人事件だった。痴情のもつれと思われるその事件を担当したのが川村の班で、捜査を開始してすぐに容疑者が浮上した。ママの情夫と思われる無職の男で、名前は永岡達治《ながおかたつじ》といった。

永岡が立ち寄りそうな場所を見張ることになり、川村が担当したのは永岡の友人宅だった。アパートの前に覆面パトカーを停め、そこで部下とともに張り込みをした。

張り込みを始めた翌日の夕方、アパートに動きがあった。友人宅から一人の男が出てきたのだ。その背格好は永岡とよく似ていた。男は階段を降りて、川村たちがいる場所とは反対の方向に向かって歩いていく。男の視線の先には月極《つきぎめ》駐車場があった。「どうします？」と部下が判断を仰いできた。男が車に乗ってどこかに行くのであれば、選択肢は二つ。車に乗る前に話しかけるか、このまましばらく泳がせて男の行く先を確認するか。川村は前者を選択した。もし永岡が車に乗って逃亡を図った場合に備え、部下は覆面パトカーに残すことにした。川村は男の背中を追った。

月極駐車場の手前で男に追いつく。「永岡達治さんですね」と声をかけると男が振り向き、その顔を見て永岡本人だと川村は確信した。警察手帳を見せようと内ポケットに右手を入れたとき、不意に永岡が体当たりをしてきた。

バランスを崩して膝《ひざ》をついた。顔を上げると永岡が軽自動車に乗り込んでいる。「待て」と立ち上がって軽自動車に向かって足を進めたが、永岡は必死の形相でハンドルを握っており、川村の制止を無視して車を発進させた。

月極駐車場を飛び出した軽自動車が速度を上げて走り出す。部下が運転する覆面パトカーも走り始めるのが見えた。それに恐れをなしたように、さらに速度を上げて軽自動車が角を曲がる。そのとき甲高い急ブレーキの音が聞こえた。川村は必死に走る。

角を曲がったところに一台の自転車が転倒していた。永岡の車と衝突したのは明らかだった。女性が倒れていたのが見えたので、川村は「大丈夫ですか」と駆け寄る。三十代くらいの女性だった。

ショックで意識が朦朧《もうろう》としている様子で、女性は「モエ、モエ」と繰り返していた。川村は周囲を見回し、電柱の陰に一人の女児が横たわっているのを発見した。慌てて女児のもとに向かって様子を確認すると、その子は目を閉じている。鼻のところに手をやると呼吸をしていない様子だった。

「救急車っ」

その声が聞こえたのか、覆面パトカーから降りた部下が携帯電話を耳に当てていた。逃げた永岡のことなど頭から消え失《う》せていた。救急車が到着するまでの時間がやけに長く感じられた。

母親の方は軽い怪我で済んだが、娘の命は助からなかった。頭の打ちどころが悪く、死因は脳挫傷《ざしょう》だった。川村は自分の行動を振り返り、深い後悔の念に駆られた。もし車で泳がせることを選択しておけば、あの事故が起きることはなかったのではないか。もっと早い段階で——アパートから出てきた直後に声をかけていれば、車の暴走を防げていたのではないか。

休職することになった。眠れない夜が続き、酒の量が一気に増えた。梅本に心配され、精神科医のカウンセリングを受けたりもした。事件が起きて三ヵ月後、妻がマンションから出ていき、ようやく川村は思い知った。自分が妻に愛想を尽かされるほど落ちぶれてしまったことに。

半ば強引に仕事に復帰した。仕事をしている方が精神的に楽だと気がついたのだ。逃げた永岡は事件を起こしてから三週間後にすでに逮捕されていて、殺人と危険運転致死傷の罪で起訴されていた。

復帰してから九ヵ月になり、以前と変わらぬほどにまで回復したと思っているものの、受けた傷が消えていないという自覚もある。酒の力を借りねば眠れないし、たまに不安に襲われて大声で叫びたくなるときもある。

そして二ヵ月前、出ていった妻から久し振りに連絡があったと思ったら、離婚を切り出された。捜査で家にいないことが多く、事件が起きる前からすれ違いの日々が続いていたし、何より子供がいないことが大きかった。お互いに子供が欲しかったが、なかなか子宝に恵まれず、そろそろ本格的に不妊治療をと思っていた矢先だった。これを機会に第二の人生を歩みたい。彼女のその決意を認めないわけにいかず、川村は離婚を承諾した。

離婚のやりとりはすべて書類とメールで済み、ある日自宅マンションに帰宅したら妻の私物が持ち去られていて、鍵だけがポストの中に入っていた。

※

そのエラーは滅多に出るものではなかった。高倉竜生《たかくらりゅうせい》はもう一度パソコンの画面に目を向けた。やはりエラーと表示されている。

竜生が確認しているのは〈チェックアンサー〉というプログラムだ。前任者から受け継ぎ、竜生が完成させた自前のものだった。警視庁管内から集まってきた事件のデータを入力し、それをプログラムが判断し、答え——警察捜査が導き出した解答が正しかったのか確認するものだ。つまり捜査の答え合わせである。

前任者が大枠《アウトライン》を作っていたので、竜生はそれに従って細部を補強したり、データ管理をおこなうだけでよかった。このプログラム自体、それほど上層部が期待しているものではなく、いわば前任者の思いつきが採用されただけだった。稼働してみてうまくいけば導入してみようか。その程度のプログラムに過ぎないが、竜生が使い始めて半年間、目立ったエラーは出ていない。それはつまり警察の捜査が間違っていないことを意味している。

時刻は午後の三時を過ぎていた。カップが空になっていることに気づき、竜生は席を立った。それぞれの席は間仕切りで仕切られていて、隣の人がどんな仕事をしているのかわからないようになっている。

フロアの中ほどにオープンスペースがあり、そこには菓子や飲み物などが置かれている。どれもお金を払わずに飲食できるシステムだった。竜生はコーヒーメーカーに保温されていたコーヒーをカップに注いでから近くのソファに座った。今、オープンスペースに座っている者はほかにいない。

誰もが集中して自席で作業をしている。ここは品川《しながわ》駅近くにある二十階建てのＩＴビルだ。入っている企業はすべてＩＴ企業であり、竜生は十五階にある〈サクラエキスパート株式会社〉という会社に勤めているＳＥ、システムエンジニアだ。しかし、それは表向きの肩書きで、本当の職名は警察官だった。

サクラエキスパート株式会社は警視庁が用意したダミーの会社名で、実際は警視庁のサイバーセキュリティ対策室というのが正式名称だ。警視庁のある桜田門《さくらだもん》から離れ、しかもダミー会社を騙《かた》っていることには当然意味がある。もしサイバーセキュリティ対策室の所在地が明らかになろうものなら、それはサイバーテロの格好の的になることを意味していた。

竜生がここで働き始めて三年がたっていた。それ以前は同じ品川にある別のＩＴ企業で働いていた。ここで働くこととなったのはある男にスカウトされたからだ。

警視庁はインターネットの普及による犯罪の高度化・多様化に対応するため、ＩＴ企業での経験者を積極的に採用している。採用された技術者たちはサイバー犯罪捜査官と呼ばれ、紛れもない警察官であり、また公務員だ。通常の警察官と待遇の差はまったくないが、現場に出たりすることは一切なく、常にパソコンの前で仕事をするのが特徴だ。

今、このフロアでは四十名程度のＳＥが仕事をしていた。男女比は八対二で、全員が民間における職歴と一定の資格を有したＳＥだった。二十代から三十代の若い職場だったがそれほどＳＥ同士に交流があるわけではなく、どちらかというと内向的な人間が多いので、人間関係の煩わしさのない職場だ。

「高倉君、調子はどうですか？」

その声に顔を上げると初老の男性が立っていた。頭に白いものが交じり始めたその男は、名前を千賀《ちが》正治《せいじ》といい、サイバーセキュリティ対策室の室長だった。しかし室長といっても威厳など皆無で、常に窓際にある室長席で新聞や雑誌を読んでいるような男だった。前の職場でもこういうおじさんはいた。いわゆる閑職というやつなんだろうと竜生も思っている。

「まあまあです」

竜生が素っ気なく答えると、千賀が言った。

「高倉君、どうです？　今度飲みにでもいきませんか？」

「申し訳ありません。あまり酒は飲まないので」

「なるほど。最近の若者は本当に飲まない子が多いんですね」

千賀は肩を落とす。彼はことあるごとに——暑気払いや忘年会などの飲み会を企画するのだが、賛同者がいないために企画倒れになることが多い。それでも四月の歓送迎会だけは全員が揃って参加するものの、参加者の大半がソフトドリンクを頼み、千賀が一人で酒を飲むという光景が毎年お馴《な》染《じ》みのものだった。

「じゃあ私は喫茶店に行ってきますね」

数少ない千賀の仕事の一つがスカウトだ。サイバー犯罪捜査官は毎年募集をかけるが、警察官という言葉の重みからか、なかなか募集人員に届かないのが現状らしい。そこで千賀の出番というわけだ。千賀は品川のＩＴ企業のあるビル内の喫茶店巡りをして、めぼしい人材に目をつけておくのだ。めぼしい人材というのは、喫茶店で仕事をサボっている人間である。仕事に疲れ、または人間関係に疲れて喫茶店でたそがれている人間に目をつけ、その者たちをサイバー犯罪捜査官にスカウトする。

事実、竜生自身がそうやってスカウトされた一人だった。今から四年前、喫茶店でスマートフォンのゲームをやっていたところ、いきなり見知らぬ男に話しかけられて名刺を渡された。それから何度も同じ喫茶店で顔を合わせているうちに、サイバー犯罪捜査官の話を持ちかけられた。それが千賀だった。

最初は驚いたし、警察官なんて自分には無理だと思った。でも千賀の話を聞いているうちに試験だけは受けてみてもいいかなと思うようになり、それからあれよあれよという間に気がつくと警察官になっていた。

「あ、室長」

竜生が呼び止めると、千賀が立ち止まって振り向いた。

「何でしょう？　飲みにいく気になりましたか？」

「違います。仕事のことです。今、資料を持ってきます」

さきほどのエラーだ。あれは室長に報告しないわけにはいかない。竜生は自席に戻り、エラー内容をプリントアウトして、それを持ってオープンスペースに戻った。

「これです」

千賀が目を細めて書類を眺めていた。しばらくして千賀が言う。

「これのどこが問題なんですか？」

「チェックアンサーというプログラムです。ある事件について、プログラムがエラーという判断を下しているんです」

「つまり捜査が間違っていた。コンピュータがそう言っているんですね？」

「そんなところです。事件の詳細は二枚目にあります」

千賀が二枚目の書類に目を落とし、それを読みながら言った。

「世田谷署の事件ですか」

「ええ、そうです。一週間前の事件です」

一週間前、世田谷区駒沢のマンションで男性の遺体が発見された。世田谷署の刑事が現場に急行したが、遺体は病死だったため捜査はそこで終了となっていた。

「つまり病死ではないってことですか」千賀が顔を上げた。「世田谷署の下した判断は間違っている。コンピュータはそう言っているんですね」

「ええ。ただデータが少ないのが気になります」

警察署から提供されたデータを多角的に分析するのがチェックアンサーというプログラムだ。データの量が多ければ多いほど、その正確性は高まっていく。この世田谷の事件は病死と断定しているのにも拘《かか》わらず、医師の診断書もないし、診察した医師の名前すらわからない。

「では僕はこれで」

サイバー犯罪捜査官という肩書きを持っているが、基本的に竜生たちSEにできるのは情報収集と分析だけだ。その情報をもとに判断し、実際に捜査をするのは現場の警察官であり、そのために数名の警察官が配備されている。

「高倉君、ちょっと調べてみたらどうでしょうか？」

「え？」

「調べるんですよ、高倉君が。この程度の調べものであれば君でも対応できるでしょう。世田谷署に行って、この事件を担当した捜査員に話を聞く。簡単なことです」

簡単なことには思えなかった。所轄の警察官と顔を合わせることなど滅多にない。ただ千賀の言うことも理解できた。すでに解決した事件を調べるだけなので危険もない。

エラーを放置しておくこともできなかった。なぜエラーが発生したのか、それを調べることがさらなるプログラムの向上に繋《つな》がるのだ。バグだったら早めに潰しておくべきだし、改修すべき点は改修しなければならない。現時点では仮運用という段階にあるが、もし一定の成果が挙がれば、数年後にはこのプログラムをもとにして大手ソフト開発会社に正式に開発を依頼することになっていた。そういう意味でも見逃すことのできないエラーだ。

「わかりました。世田谷署に行ってきます」

「それがいいでしょう。私も喫茶店に行くので、途中まで一緒に行きましょう。警察手帳を忘れないように」

「わかりました」

資料と警察手帳を用意するため、竜生は自席に戻った。今日もサイバーセキュリティ対策室はいつものように静かだった。

※

「川村さん、わざわざお越しいただけるとは」

世田谷署の刑事、沼田が恐縮した顔つきで川村を出迎えた。聞き込みの帰りに思いついて世田谷署にやってきたのだ。例の駒沢の事件から一週間がたっていたが、あの夜のことは頭の隅にこびりついて離れなかった。

「こちらへどうぞ」

刑事課のフロアに通され、窓際にある応接セットに案内される。沼田も用件を察したのか、ソファに座ると同時に話し出した。

「まったく奇妙な事件でしたよ。事件といっていいのかどうか、それさえもわかりませんが」

「あれから何か連絡はありましたか？」

「ええ。事件のあった翌日に向こう――厚労省の担当から連絡があり、病死だったと告げられました。病名を尋ねても教えてくれませんでした。事件性はないものの、現場に駆けつけたことは事実でしたので簡単な報告書を作りました」

その報告書は上司にも見せたという。そもそも署長が認めていることなので、沼田が作成した報告書を咎《とが》める者はいなかった。

「あのときの男たちですが、厚労省の外郭団体の者だったようです」

「外郭団体？　厚労省の役人じゃなかったんですか？」

「おかしな話で、何をやってるのかわからん連中ですよ。ドールズって名乗ってました」

ドールズ。どういう意味だろうか。直訳すれば人形たちという意味だが、それではまったく意味が通じない。

「ところで亡くなった男ですが、身許《みもと》は確認できましたか？」

川村が質問すると、沼田は手帳を開いた。

「手出し無用と言われても、身許くらいは調べました。亡くなったのは野添孝明《のずえたかあき》、二十八歳、都内のＯＡ機器メーカーに勤めるサラリーマンです。ドールズってやつらが来る前にホトケの写真を数枚撮りました。本人で間違いないと大家の証言もとれました」

「本人の遺体はどうなったんでしょうか。そのドールズでしたっけ、彼らだって遺体を家族に返さないといけないわけですし」

「家族はいないようなんですよ」沼田が一枚の書類を出した。「これ、勤務先から提供してもらった履歴書です。どうやら野添という男は児童養護施設の出身らしいですね」

履歴書を見る。たしかにその通りだ。江東区《こうとうく》にある児童養護施設の名前が経歴欄に書かれていた。つまり野添の遺体を引きとる家族はいないということだ。これが何を意味しているか、現段階では川村はわからなかった。

謎は深まるばかりだった。厚労省の外郭団体であるドールズなる組織の者たちが、野添孝明というサラリーマンの死を隠蔽《いんぺい》しようとしている。そう思えて仕方がなかった。

川村は頭に浮かんだ疑問を口にした。

「野添という男ですが、どのような人物だったのでしょうか？」

「二日前に会社に出向いて話を聞いてみました。こう言っちゃあれですけど、ごく普通のサラリーマンといった感じの男でした。影の薄いタイプの男だったようですね」

そこでいったん沼田は言葉を止めた。一枚の写真を出し、それを川村に渡しながら言う。

「これ、野添の写真です。会社の同僚から借りてきたものです」

写真を見る。飲み会で撮ったものらしく、やや顔を赤らめた男が写っている。目が細くて神経質そうな顔立ちだった。

「川村さん、どこかで見た顔だと思いませんか？」

沼田にそう言われてもう一度よく写真を見たが、見憶《みおぼ》えはなかった。川村の表情からそれを感じとったように沼田が言う。

「そうですか。どこかで見たことがある顔なんですよ。それがまったく思い出せなくてね。やはり私の勘違いかもしれません」

写真と履歴書のコピーをもらった。しかしこれをもらったところで野添の死の真相が明らかになるわけではない。それ以前に野添は病死というのが厚労省側の見解だ。しかし——。

警察官になって二十年たつが、いきなり現れた部外者によって事件そのものをとり上げられるのは初めての経験だった。屈辱に近い感情だ。警察官として、刑事として、自分がとった行動は適切だったのか。この一週間、川村はそう自問していた。

「沼田さん」川村は率直に思いを口にした。「このまま終わりにしたくありません。なぜ野添という男の死は闇に葬り去られたのか、それを明らかにしたいと考えています。あのとき俺は黙って引き下がるしかなかった。それが正しい行動だったのか、ずっと疑問に思ってます」

沼田はすぐに応じた。その顔つきは真剣なものだった。

「私も川村さんと同意見です。何かモヤモヤしてるっていうか、嫌な感じなんですよ。できる範囲でお手伝いさせてください」

「ありがとうございます」

野添の周辺を洗っても、あまり意味はないように思われた。むしろ気になるのはドールズなる組織についてだ。彼らが何を目的として、どのような活動をしているのか、それを知るのが先決だった。

「沼田さん、ドールズの連中ですが、彼らのことを知りたいと思っています。何か気になった点はありませんか？」

「うーん。私もいろいろ考えてはいたんですけどね」

沼田は腕を組む。川村もスマートフォンを出し、『ドールズ』と入力して検索したが、めぼしい情報は得られなかった。アルファベットにしたり、厚労省などの単語と組み合わせてみたが結果は同じだった。それから事件当夜のことを思い出し、川村は言った。

「あの連中、どこから来たんでしょうか」

「ん？　どういうことですか？」

「マンションを出たあと、沼田さんたちはパトカーに乗って引き揚げたじゃないですか。それと一緒に救急車も走り去ったはずです。俺は最後に徒歩で帰ったんですが、マンションの前に公用車らしき車は停まっていませんでした」

彼らが何を移動手段として使っていたのか、気になったのはそこだった。すると沼田がこちらの意図を汲《く》みとったらしく、首を捻《ひね》りながら言う。

「タクシーでしょうかね。でもちょっと気になることがあるんで、少しお待ちください」

そう言って沼田が立ち上がり、誰かを捜すような目つきで歩き出した。川村はもう一度スマートフォンに目を落とし、ネットに繋いでヒントを探す。

ドールズ。厚労省の外郭団体。野添孝明という名のサラリーマン。

現時点で出揃っているデータはこれだけだ。野添の死にはどんな意味があり、その死を隠蔽するドールズの目的とは、いったい何だろうか。

「お待たせしました、川村さん」

十分後、再び沼田が現れた。若い制服警官も一緒だった。あの夜、マンションの前で最初に会った警察官だ。二人は川村の前に腰を下ろした。

「この男は田口《たぐち》といって、一週間前の事件の際、現場に来ていた警察官の一人です。普段は駅前の交番にいるんですが、あの日は応援に駆り出されました。田口、お前から話せ」

沼田にそう言われ、田口が話し始める。

「はい。自分は少し遅れて現場に到着しました。マンション前で待機していましたが、やがて沼田警部補がマンションから出てきて、引き揚げるように指示を受けました」

その指示を受け、田口は自転車に跨り、交番に引き返そうとした。でもどうせ外に出たのだから、パトロールがてら周辺を走ってみようと考え、田口は駒沢の住宅街を走って回った。

「十五分くらいでしょうか。パトロールをして、もう一度あのマンションの前に差しかかったときでした。マンションから一人の男が出てくるのが見え、自分は咄嗟《とっさ》にブレーキをかけました。向こうも警戒しているようでしたが、こちらの存在に気づくことはありませんでした」

男は警戒するように周囲を見回したあと、小走りで向かいにあるマンションの中に入っていった。彼が入ってしばらくして三階の一番東側にある部屋の電気が灯《とも》るのが見えた。田口はその場で五分ほど待っていたが、男がマンションから出てくることはなかった。

田口の話を聞き終え、川村は言った。

「つまり奴らは向かい側のマンションの一室を借りていた。そういうことでしょうか」

「そうかもしれませんね」沼田がそう応じて、テーブルの上に住宅地図を広げた。「例のマンションはレインボーヒル駒沢。その男が駆け込んでいったとされるマンションは、ゼファー駒沢壱番館《いちばんかん》です」

理由はわからない。しかし以前からドールズなる組織は野添孝明を監視していたとは考えられないだろうか。その前線基地として、監視対象者の住むマンションの真向かいに部屋を借りていたのかもしれない。

「このゼファー駒沢っていうマンションについて調べてみますよ。何か出てくるかもしれませんから」

沼田がそう言ったので、川村は礼を述べた。

「ありがとうございます。何かわかったら連絡をください」

川村は手帳を出し、そこに挟んである名刺を改めて沼田に渡した。警視庁の直通電話だけではなく、携帯番号も記載してある名刺だ。沼田も名刺を出したので、それを受けとった。

川村がその場を辞そうとすると一人の男が近づいてきて、沼田の肩を叩《たた》いて何やら耳打ちをした。沼田は「ちょっと失礼」と言って立ち上がり、カウンターに向かって歩いていく。カウンターの前には一人の若い男が困惑したように立っている。沼田はその男の前に立った。

遠いので二人のやりとりは聞こえない。しかし沼田の方が何やら威嚇するように話している様子だけは伝わってきた。

やりとりは二、三分で終わり、沼田がこちらに引き返してきた。ソファに座りながら笑って言う。

「あんなモヤシみたいなもんが警察官だなんて信じられませんよ」

「さっきの彼ですか？」

「ええ。サイバー何とか室ってところから来たようです。この駒沢の事件ですよ。それが何かのプログラムでエラーになったとか言って、その理由を調べているとか。データが足りないって言われてもねえ。この事件、ただでさえ捜査してないから」

サイバーセキュリティ対策室のことだろう。近年のネット犯罪の増加に対応するため、設置された部署だった。そこに配属されている多くは中途採用で雇ったＳＥだと聞いている。一般職で採用された警察官にＩＴの知識を仕込むより、最初からそういう知識を有した人材をとってしまえという理論だ。それは正しいやり方だと川村自身は思っていた。正義感と腕っぷしの強さしか取り柄のない新米警察官をＩＴの専門家に鍛え上げるのは至難の業だろう。

たしかサイバー犯罪捜査官といっただろうか。さきほどの彼もその一人というわけか。なぜサイバー犯罪捜査官が駒沢の事件に疑問を抱いたのか、そこは気になるところだった。

「すみません。失礼します」

川村は立ち上がり、さきほどの若者の姿を追った。

※

「つまりそのチェックアンサーってプログラムがエラー判定をしたから、君が捜査に来た。そういうことかな？」

「ええ、そうです」

「そのエラーが出るのはよくあること？」

「いいえ、滅多に出ません。だから捜査をしてるんです。無駄足に終わりましたけどね」

竜生は世田谷警察署の近くにあるファミレスにいた。世田谷署を出たところで川村と名乗る刑事に声をかけられたのだ。

　やはり現場の警察官は扱いにくい。さきほどカウンターで話した沼田という刑事は、こちらが所属を名乗っても相手にしてくれなかった。サイバー犯罪捜査官って何だよ。サイバーセキュリティって何だよ。わからないものを理解しようとしない古い人間だ。

「エラーになった原因だけど、やっぱりデータ不足なのかな？」

　川村に訊かれ、竜生は答えた。

「おそらく。だからデータが欲しかったんですよ。データを増やして再度バッチ処理を流してみて、結果を検証してみたかったんです」

「バッチ処理？」

「ええと、バッチ処理というのはですね……」

　竜生の言葉に川村という刑事は真剣に耳を傾けている。さきほどの沼田という刑事よりも柔軟な頭を持っているようだ。説明を聞き終えた川村がさらに質問を重ねてくる。

「そのチェックアンサーってやつだけど、実用化はいつかな？」

「まだ試験段階なので何とも言えません。試験の結果次第では見送る可能性もありますしね。そこまで期待されているプログラムじゃないので」

　警察が優先するのは犯罪者の検挙、その次が犯罪を未然に防ぐことだ。解決した事件の検証は優先順位が低いのは竜生も承知している。竜生自身の業務の中でも、チェックアンサーに費やす時間は少ない。多くの時間はほかのＳＥと同じく監視業務に費やしている。

今やネットと生活を切り離すことはできない。ＳＮＳが発展し、つぶやきがリアルタイムで世界中を飛び回る世の中だ。そこでは犯罪予告なども頻繁に飛び交うため、そういったものをピックアップして検証するのがサイバーセキュリティ対策室の業務の大半だった。

「駒沢の事件だけど、もうデータはないと思った方がいいかもね。詳しくは言えないけど」

そう言って川村はコーヒーを口にした。この川村という刑事、駒沢の事件について何か知ってるな。竜生はそう思っていた。そうでなければ見ず知らずのサイバー犯罪捜査官に話しかけたりしないはずだ。何かヒントがあるのではないか。その期待が空振りに終わったことは、彼の表情が物語っている。

「高倉君、警察官になる前はどんな仕事を？」

川村が質問してきた。これ以上の情報は期待できないので、コーヒー一杯分の世間話をしようと考え直したのだろう。竜生は答えた。

「民間のＩＴ企業で、ソフト開発の仕事をしてました」

サービス業向けのソフト、主にホテルや旅館の宿泊予約・管理システムや飲食店のオーダーシステムの開発に長《た》けたソフト開発会社だったが、成果主義というか、社内に露骨な格差があるのに辟易《へきえき》していた。さらに派閥のようなものさえあり、その争いに忙殺されるのが嫌だった。そんなときに声をかけてくれたのがサイバーセキュリティ対策室の千賀室長だった。

「でも民間にいたときより給料下がったんじゃない？」

「少しは。でも福利厚生は今の方が充実してます」

「なるほど。公務員だしね」

自分が公務員である。その自覚が乏しいことを竜生自身も気づいていた。少し古いが、お国のためにといった考え自体が理解できない。

「そろそろ行こうか」川村がカップを置いた。「高倉君、悪いけど名刺もらえるかな」

川村は内ポケットから手帳を出し、そこから名刺を抜きとってテーブルの上に置いた。

「警視庁捜査二課の川村だ。改めてよろしく」

竜生はうろたえつつもポケットから手帳を出した。名刺を交換する機会など滅多にない。手帳から名刺を出して川村に渡すと、それを見て彼が言った。

「へえ、巡査長なんだ」

採用条件で決まっていたことだった。民間企業で三年以上の勤続経験があれば巡査長、五年以上は警部補として採用されることになっていた。ただし巡査長という階級で呼ばれたことは一度だけで、警視庁の会議室で偉い人から辞令書を受けとったときだけだ。

「じゃあ俺はこれで。ここは払っておくから」

川村が立ち上がり、伝票を持ってレジの方に向かって歩いていく。「ご馳《ち》走《そう》様でした」とその背中に声をかけてから、竜生は手元のカップを口に運んだ。

竜生は蒲田《かまた》にあるマンションに住んでいる。間取りは１ＬＤＫだ。定時の午後五時十五分に品川のオフィスを出て、大抵は午後六時過ぎには自宅に帰ってくる。

「ただいま」

鍵を開けて中に入ると、何かを炒《いた》める香ばしい匂いが漂っていた。竜生は安堵《あんど》して靴を脱ぎ、リビングに向かった。キッチンには恋人の安城美那《あんじょうみな》が立っていた。

「おかえり、竜生。もうすぐできるから待ってて」

「ああ、わかった」

美那との付き合いは長い。小学校からの付き合いだ。高校、大学は別々だったが、社会人になってから中学校の同窓会で再会し、それから交際に発展した。付き合い始めて四年になる。

美那は品川駅に隣接した複合ビル内にある喫茶店で働いていたが、今は休職中だ。先月、美那は流産していた。妊娠三ヵ月だった。美那の落ち込みようは激しく、仕事にも行かずに一日中部屋に閉じ籠《こ》もることもあった。予定していた結婚もいつの間にか流れてしまい、この一ヵ月は大変だった。

しかしここ最近、ようやく美那の具合が落ち着いてきた。こうして料理を作るようになったのもいい兆候だと竜生は思っている。

洗面所で手を洗い、それから寝室で着替えてリビングに戻った。食卓には料理が並んでいた。今日は豚の生姜《しょうが》焼きらしい。食欲をそそる匂いが漂っている。

「旨《うま》そうだな」

竜生はそう言いながら椅子に座った。前は夕食のときに缶ビールを一本飲んでいたが、美那が流産したのを契機にその習慣もなくなっていた。もともとそれほど酒に強い方ではない。

「いただきます」

箸《はし》を持って食べ始める。生姜焼きは美味《おい》しかった。美那がエプロンを外して椅子に座りながら訊いてきた。

「今日、お仕事どうだった？」

「変わらないね。一日中パソコンとにらめっこしてた」

「でもそれで治安が守られるならいいことよ」

警察官の採用試験を受けると告げたとき、美那も賛成してくれた。千賀の誘いを受けると決めたのは、実は美那の存在も大きかった。当時美那と付き合い始めたばかりだったが、すでに竜生は結婚を意識していたので、千賀の誘いが魅力的なものに思えたのだった。公務員は安定していると聞いていたし、当時勤めていた会社を定年まで勤め上げる自信もなかったからだ。

「旨いね、生姜焼き。ご飯に合う」

「そう？　よかったわ」

ここ最近、どこかぎこちない空気が二人の間に流れているのを竜生も自覚していた。流産する前は、食事のときにもいろいろ話をした。子供の名前をどうしようとか、もう少し広いマンションに引っ越そうとか、そういう話だ。しかし今は会話もあまり弾まない。

嵐は過ぎ去ったが、今も曇り空の下にいる。竜生はそう感じていた。いつか晴れる日が来るだろう。美那も同じ年の二十八歳なので、子供をあきらめる年齢ではない。まだこれから妊娠できると産婦人科の医師も言っていたらしい。

「私ね、来週から仕事に出てみようと思ってるの」

「そうか。それはいいね」

「まだ不安だけど、少しずつ体を慣らしていかないとね」

久し振りの明るいニュースだった。曇り空のすき間から一筋の光明がさしたような気がした。竜生は味噌《みそ》汁のお椀《わん》を持ち、それを口に運んだ。

※

「夏川《なつかわ》、遠慮しなくていいんだよ。ガンガン意見してもいいと思うけどな。下手すりゃ来年くらいにはお前より若い奴が入ってくるぞ」

夏川郁人《いくと》はビール片手に会社の先輩である小《こ》池《いけ》典夫《のりお》の言葉に耳を傾けていた。場所は阿佐ヶ谷《あさがや》駅前にある居酒屋だった。小池の自宅が阿佐谷にあるので、飲むのは大抵この居酒屋だった。

「まあ気持ちはわかるよ。俺もお前くらいの年のときはそうだった。でもアピールは大事だぜ」

郁人はスーパーカブトヤの企画推進課に勤めている。スーパーカブトヤというのは都内を中心に展開するスーパーマーケットで、その本社は西新宿《にししんじゅく》にある。郁人が配属されている企画推進課は、各店舗で力を入れていく商品を決定したり、ホテルや料理店、農家などと提携し、新たな商品開発に携わったりする部署だった。今日も会議でうまくプレゼンができずに落ち込んでいると、飲みにいこうと小池に誘われた。

「夏川、もう一軒行くぞ」

店を出た小池が上機嫌で言ったので、郁人はやんわりと断った。

「小池さん、今日は帰りましょう。明日も平日ですし」

「じゃあ俺の家で一杯だけ。それならいいだろ」
七、八分歩いて小池のマンションに到着した。五階建てのマンションで、ここで小池は妻と娘の三人で暮らしている。一人娘は六歳になり、今年から小学校に通い始めたらしい。
「ただいまー。帰ったぞー」

小池が玄関でそう言うと、部屋の奥から妻の美樹《みき》が顔を出した。以前も同じような流れから小池の家を訪れたことがあったので、彼女とは面識もあった。郁人は美樹に向かって頭を下げた。

「すみません、お邪魔してしまいました」

「夏川、気にしないで上がれ。美樹、一杯だけだ。一杯だけ飲ませてくれ。今日も夏川は課長にやられて大変だったんだから」

靴を脱いで部屋に上がる。間取りは２ＤＫだった。短い廊下の向こうにダイニングがあり、そこのテーブルの前に座った。奥の二部屋は片方が寝室、もう一つは娘の部屋らしい。娘の部屋のドアが開き、実桜《みお》が顔を出した。

「ただいま、実桜。起こしちゃったかな？」

娘の顔を見て、小池が途端に父親の顔になる。実桜は首を振って答えた。

「ううん。まだ起きてたから」

午後十時になろうとしていた。本当に一杯だけ飲んだら帰ろう。そう思って郁人はテーブルの上に出された缶ビールを口に運ぶ。

「そうだ、実桜。夏川のお兄ちゃんにあれを見せてあげたらどう？」

妻の美樹がそう言うと、実桜が郁人を手招きした。「何かな」と言いながら郁人は立ち上がり、実桜とともに部屋に入る。玩具《おもちゃ》やぬいぐるみが置かれた室内の壁際に、それが置かれていた。背後から小池の声が聞こえた。

「凄《すご》いだろ。先週届いたんだよ」

ピアノだった。あまり音楽に詳しくない郁人だったが、そのピアノが新品であることは見ただけでわかった。実桜がピアノの前の椅子に座り、簡単なメロディを奏でた。

「実桜にはピアノを習わせたいってずっと思ってたんだよ。だからこのマンション、防音仕様になってるんだ。実桜、先週からピアノ教室に通ってるんだ」

国産のアップライトピアノという種類らしい。まだ習い始めなので、実桜の奏でる音がたどたどしいのが素人の郁人にもわかった。

「夏川も弾いてみたらどうだ？　実桜、お兄ちゃんに代わってあげて」

「俺はピアノなんて……」

「音を出してみるだけでもいい。いい音だぞ」

小池はよほどこのピアノがお気に入りらしい。相場はわからないが、おそらく数十万円はするだろう。郁人は実桜が座っていた椅子に座った。人差し指で鍵盤《けんばん》を押すと音が出た。その瞬間、郁人はこれまでに感じたことのない心地良さを感じた。

何だ、これって……。

その隣の鍵盤を押し、音を出す。その隣、さらにその隣と続けていく。鍵盤を押すたびに、発する音が自分の中に染み込んでいくような感覚があった。黒い鍵盤を含めて八十八個の鍵盤を押し終えたとき、すべての準備が整ったような全能感に支配された。なぜ俺はこんなに気持ちがいいんだろう。なぜこんなに喜んでいるのだろうか。

指が動き出す。さきほど実桜が弾いていた曲だ。自分でも驚いていた。指が勝手に動くのだ。

「夏川、驚かすなよ。ピアノ弾けるなら最初から言えよ」

小池の言葉に郁人は指を止めて答えた。

「いえ、初めてです」

「嘘だろ」

「本当です。楽譜も読めないですし」

譜面台の上には楽譜が置かれている。実桜がさきほど弾いていた曲のものだと思うが、それを見ても郁人は何もわからない。外国語で書かれた暗号でも見ているかのようだ。

不思議だった。なぜ自分がピアノを弾けるのか。その答えを知りたいというより、今はもっとピアノを弾きたいという気持ちが強かった。

再び指を鍵盤の上に置く。目を閉じて、メロディを呼び起こす。その音を再現する気持ちで鍵盤を叩いていく。心地が良かった。しばらくメロディを奏でてから小池に視線を向ける。小池は口をあんぐりと開けている。

「小池さん、よくカラオケで歌いますよね、サザン」

「あ、ああ。お前、凄いな」

小池がカラオケで歌っている曲を中心にしばらくピアノを弾く。このままずっと弾いていたいという気持ちが湧き上がってくるが、どうにかその欲望を押し殺して鍵盤から手を離した。すると拍手が聞こえた。実桜が笑みを浮かべて手を叩いている。

「ありがとう、実桜ちゃん。弾かせてくれて」

「夏川、冗談だよな。ピアノ習ってたことあるんだよな」

「いえ、本当に初めてです」

「凄いよ、お前。初めてでこんな弾ける奴、そうはいないよ」

「あなた」と美樹が隣から口を挟む。経験者だけあって美樹は冷静な意見を述べた。

「冗談に決まってるじゃない。昔、習ってたことがあったのよ。私たちを驚かせようとしたんじゃないの」

「そ、そうなのか」

「俺、そろそろ失礼します」郁人は立ち上がり、近くにいた実桜の頭を撫《な》でた。実桜の部屋から出てテーブルの上の缶ビールを飲み干した。「お邪魔しました。奥さん、お騒がせしてすみませんでした」

　郁人は玄関に向かい、靴を履いた。小池と美樹が何か言いたげな顔をして玄関先にやってきたが、郁人は頭を下げて外に出た。

　ドアを閉めて、大きく息を吐く。自分の指を見る。指先にまだ鍵盤の感触が残っていた。

川村は品川に来ていた。三十階建ての高層ビルの前だ。多くのビジネスマンたちがビルに出入りしている。

※

　さきほど世田谷署の沼田から連絡が入った。一週間前に駒沢で野添の遺体が発見された際、ドールズという組織が警察捜査にストップをかけた。そのときドールズの一人が真向かいのマンションに入っていく姿を所轄の警官が目撃していた。

　問題となったマンションはワンルームタイプで、その多くが学生やサラリーマンが入居している物件だった。男が入ったと思われる三階の一番東側の部屋は三一〇号室で、その部屋を借りているのは〈Ｊジェネリック〉という社団法人だった。大家の話によると二年前から借りているとのことで、これは野添が向かいのマンションに引っ越してきたのと同時期であることが沼田の調べでわかっていた。

　それらの情報を一日で調べてくれた沼田に川村は礼を言い、早速インターネットで情報を収集した。

　Ｊジェネリックという名前からして、ジェネリック医薬品の普及などを目的とした厚労省の外郭団体と思われたが、その全貌《ぜんぼう》はまったくといっていいほどわからなかった。ホームページもないというのはいまどき珍しく、唯一わかっている主たる事務所の所在地のビルを訪ねてみることにしたのだった。

ビルの中に入る。案内図を見ると二十五階にＪジェネリックという表示が見えた。エレベーターに乗って二十五階で降りる。長い廊下を歩いてようやくＪジェネリックのオフィスに辿《たど》り着いたが、そこは異質なものだった。

このビルは基本的に内部の壁が透明ガラスのため、廊下からオフィスが丸見えの状態で、中で働く人々の姿が廊下からも見えた。しかしＪジェネリックだけは内側のブラインドをすべて下ろしてあった。自動ドアも開かないし、インターホンらしきものもない。外部からの接触を一切拒絶しているような感じだった。今、中に人がいるかどうかもわからなかった。

「すみません、ちょっといいですか」

川村は通りかかった女性を呼び止める。このビルで働くＯＬのようだ。警察手帳を見せると、女性は驚いたような顔をした。

「このＪジェネリックって会社、いつもこんな感じなんですか？」

「そうですね」女性が答える。「昼間は大体こんな感じですね。たまに人が出入りしているのを見かけることがありますけどね」

「出入りしているのはどんな人でしょう？」

「さあ。そんなに注目しているわけではないんで」

あまり収穫があったとは言えないが、Ｊジェネリックという組織が不定期で活動している組織であることがわかった。もしくは別に活動拠点があるという可能性も否定できない。いずれにしても謎に包まれた組織であることだけは事実だった。

今はJジェネリック＝ドールズだと考え、その線を追っていくしか道はなさそうだ。しかしいきなり壁に当たってしまった感は否めなかった。できれば厚労省に直接問い合わせたいが、残念ながらコネクションがない。しかも野添は形式的に病死となっているので、事件捜査という大義名分を掲げられないのが痛かった。

エレベーターで一階まで降りる。これからどうしようか考えているとスマートフォンに着信があった。電話は世田谷署の沼田からだった。

「何かわかりましたか？」

沼田にそう訊かれ、川村は答えた。

「進展はありません。Jジェネリックの事務所に来てみたんですが」

人の出入りはあるが、従業員らしき者の姿はないことを伝えた。川村の報告を聞き終えると沼田が話し出した。

「死んだ野添ですが、思い出しました。棋士です。棋士の名《な》倉《ぐら》泰《たい》山《ざん》に似ているんです」

最初は棋士という単語がうまく漢字に変換されず、詳しい話を聞いてようやく将棋の棋士だと理解できた。川村は将棋のルールがわかる程度で、プロ棋士のことなどほとんど知らない。

「名倉泰山の若い頃に似ているんですよ。だからどうしたって話なんですけどね」

沼田は一人で納得している様子だった。喉に引っかかっていた魚の小骨がとれた心境なのだろう。死んだ野添がプロ棋士の若い頃に似ている。他人の空似だろうか。

とにかく今はＪジェネリックという組織のことを調べるのが先決だ。その方法を模索していると、川村はあることを思い出した。

※

竜生がその喫茶店に到着したのは午後四時過ぎのことだった。店に入ってきた竜生の姿を見て、窓際の席に座る男が手を挙げた。昨日も会った警視庁の川村という刑事だった。

今から一時間前、室長の千賀に呼ばれた。どうやら千賀のもとに電話が入り、捜査協力を要請されたらしい。捜査の対象はドールズという厚生労働省所管の組織で、Ｊジェネリックという社団法人と関係があるという。ドールズは謎に包まれた組織らしく、川村が捜査協力を求めてきたようだ。千賀は言った。高倉君、是非とも協力してあげてください。こういうのは大事です。我々の存在をアピールするためにもね。

竜生は短い時間でＪジェネリックという組織について調べ、待ち合わせ場所であるこの喫茶店に足を運んだのだ。

「悪いね、高倉君。忙しいのに手伝ってもらっちゃって。ちょうど品川に来ててね、君のことを思い出したんだ」

そう言って川村は通りかかった店員を呼び止め、「何にする？」と訊いてきたので、竜生はメニューを見ずにホットコーヒーを注文した。

「それで依頼のあった件ですが」早速竜生は本題に入った。「このＪジェネリックという組織ですが、川村さんもご存知の通りあまり情報がありません。意図的に情報を上げていないとしか考えられませんね」

Ｊジェネリックという単語で検索をかけても、わかるのは主たる事務所の所在地くらいだった。連絡先もメールアドレスすら出てこないというのは、今のご時世では異常なことだ。

行き詰まりを感じ、竜生は国会の議事録を当たってみることにした。すると今から八年前、野党の若手議員が予算委員会の席上で以下の通り質問していた。

議員『Ｊジェネリックなる社団法人に十億を超える予算が計上されている。これはいかがなものか』

厚生労働大臣『ジェネリック医薬品の普及を目指すための組織です。今後、医療費が増大していくことが見込まれ、その対抗手段としてジェネリック医薬品の普及は急務です。十億の内訳は人件費がおよそ七億。残りが啓発用の諸経費となります』

議員『十億という予算は大きい。削減等は考えていないのか』

厚生労働大臣『現時点では考えていませんが、ある程度の普及が見込まれたら縮小も考えています』

プリントアウトした議事録を川村に渡した。彼がそれを読んでいる間に注文したホットコーヒーが運ばれてきた。書類を読み終えた川村が顔を上げた。

「十億って予算規模は凄いな。しかもそのうちの七億が人件費ってどんな組織だよ」

「そうですね。一人年収七百万として、百人の従業員がいる計算になりますから。それにもう一つ」竜生は用意していたもう一枚の書類を川村に渡す。「ジェネリック医薬品の普及に関しては、ほかの組織もあるんです。ジェネリック医薬品を開発している製薬会社が共同で運営している協会です」

川村に渡したのはその協会のホームページをプリントアウトしたものだ。書類に目を通した川村が言った。

「本当だな。やはりJジェネリックってのは臭いな。隠れ蓑《みの》として作られたダミー法人かもしれない。実質的にはドールズって組織の可能性が高い」

何だか胡《う》散《さん》臭い話になってきた。こんな話に首を突っ込んでいいのだろうかというのが正直な気持ちだった。自分はあくまでもSEであり、情報の分析はできても警察官としての捜査はできないし、したくもない。

「どう思う？」竜生の胸中など知らずに川村が訊いてきた。「怪しいだろ、この組織。

君の意見を聞かせてくれ」

「すみません。特に意見はありません」

「は？　そもそも君のプログラムでもエラーが出てるんだろ。だったら意見くらいは言ってくれてもいいだろ」

「僕にできることは情報の分析だけです。それ以外は協力できません」

それに自分の守備範囲はネット上のサイバー犯罪だけで、実社会で起きた犯罪に関してはまったくの素人だ。下手に意見を述べてあとで責められてはたまったものではない。

「まあ仕方ないな」川村が笑みを浮かべて言った。「よく短時間でここまで調べてくれた。さすがサイバー犯罪捜査官だ。最後にもう一つ、君は名倉泰山という将棋の棋士を知っているかな？」

「申し訳ありません。名前も聞いたことがないです」

「そうか。ありがとう。協力を感謝する。君をこれ以上巻き込まないように気をつけるよ」

そう言って川村は立ち上がった。立ち去っていく川村を見送ってから、竜生はコーヒーに口をつけた。

※

「……そういうわけで、以上の三つが新CMの候補です。どれがいいと思いますか？来週中に決定したいと考えています」

「俺はBがいいと思うね。Aもいいけど、今のやつに似てるし、そこがちょっと不安かな」

　郁人は会議に出席していた。スーパーカブトヤ本社の企画会議で、今日のテーマは来年から放送するCMの選定だった。テレビだけではなく電車や地下鉄のディスプレイ、ネットにも流れることになる。

「多くの意見をとり入れた方がいいな」会議を仕切っている小池が言った。「社内で意見を募ってみよう。公開期間を決めて、社内メールで知らせることにする。夏川、頼んでいいか？」

「わかりました」

　会議が終わり、郁人は自席に戻った。文書作成ソフトを立ち上げ、社内メールで送る文書を作成する。キーボードを打っていると、昨夜のことを思い出した。

　昨夜、この指でピアノを弾いた。指先が感触を憶《おぼ》えていた。なぜあれほど上手にピアノが弾けたのか、よくわからなかった。特に後半、小池がカラオケでよく歌っている曲まで弾いてしまったのだ。なぜあんなことができたのか、まったく説明がつかない。音楽の成績は悪くなかったが、ある時期を境にして遠ざかったことを憶えている。

　物心ついたとき、郁人は練馬《ねりま》区《く》にある児童養護施設にいた。周囲も同じ境遇の子供ばかりだったし、自分が不幸であると思ったことはなかった。小学生になる頃、自分が捨て子であり、両親の行方すらわからないことを園長先生から教えられたが、別にショックを受けることはなかった。両親がいたら逆に憎んでしまいそうで、むしろ両親がいないことに安堵さえした。

施設の子供たちの中には、養子縁組が成立して施設を出ていく子供もいた。そういう子は羨望《せんぼう》の的だった。新しいパパとママと手を繋いで施設を出ていく子供たちは少し照れていて、同時に誇らしげでもあった。

里親に引きとられた子供たちには明るい未来が待っている。郁人たちはそれを知っていた。養子を迎え入れる夫妻には条件があり、ある程度の金銭的余裕、つまりお金持ちでないと養子を持てない、そんな噂が施設の子供たちの間で広まっていた。だから養子になれば新しい玩具もたくさん買ってもらえるはずだし、お菓子もケーキも食べ放題だ。施設の子供たちはみんなそう思っていた。

小学校中学年にもなれば、自分の位置というのがわかってくる。学校での成績やクラス内の人気など、そういったバロメーターを総合的に判断し、自分という存在がわかってくる年頃だ。郁人は学校の勉強もよくできたし、学級委員長を務めたこともあった。だから郁人はずっと思っていた。この施設の中で一番成績がいいのは僕だ。でも何でそんな僕が養子になれないんだろう。

一度園長先生に訴えたことがある。なぜ自分は養子として受け入れられないのか。園長先生の答えは『郁人がいなくなってしまうと施設が困るし、郁人にはここのリーダーになってもらいたい』というものだった。

もっと目立たないといけない。幼かった郁人はそう思うようになった。まだ努力が足りないのだ。もっと率先して何かをしないと、養子にしてもらえないのだ。ある一時期、郁人はそんな勘違いをして、あらゆることに率先して手を挙げるようになった。たとえば施設のクリスマス会。そこで合唱をすることになり、指揮者とピアノの伴奏者を決めることになった。指揮者は希望者が殺到してジャンケンで決めることになったが、伴奏者には希望者がいなかった。これはチャンスだと思い、郁人は手を挙げた。ピアノなんて弾いたことがないが、練習すればどうにかなるだろう。しかし結局伴奏者は別の女の子が指名された。

音楽について、ほかにも憶えていることがある。郁人が通っていた小学校では五年生になるとブラスバンドに入ることができた。郁人には仲良しのグループがあり、グループみんなでブラスバンドに入ろうという話になった。郁人は音楽の成績もよかったし、縦笛もクラスで一、二を争うほど上手だった。しかし郁人だけは加入を許してもらえなかった。理由は施設の子供がブラスバンドに入った前例がない、というものだった。抗議しても無駄だった。

あれ以来、音楽を避けるようになったと今になって思う。中学生になってもそれは変わらず、部活動として始めた卓球に打ち込むようになった。当時、施設にはＭＰ３プレイヤーが数台あり、それを競うように借りて音楽を聴いている子がたくさんいたが、郁人は借りたことが一度もなかった。

まともに音楽に接したのは大学に入ってからだった。奨学金で大学に進学した郁人は、飲み会の二次会などでカラオケに誘われるようになり、そこで歌うようになった。といってもあまりヒットソングを知らなかったので、友達が歌っている流行《はや》りの曲を真似して歌ったりする程度だったが、今思うと一度耳にした曲は大抵すぐに歌えた。

昨日、ピアノを弾いたのは夢ではない。もしかすると自分には生まれつき音楽的素養——絶対音感のようなものが備わっているのかもしれない。そんな風に思ったが、はっきりしていることが一つだけあった。ピアノを弾きたい。自分がそう思っていることだけは間違いなかった。

「夏川、できたか？」

気がつくと小池が背後に立っていたので、郁人は体をずらしてパソコンの画面を小池に見せた。しばらく画面を見ていた小池がうなずいた。

「オーケー。決裁はいいから、この文書を掲示板に載せてくれ。三つのＣＭは共通フォルダに入れて誰でも閲覧可能にしておいて」

「わかりました」

さすがにピアノを弾かせてほしいと小池にお願いするわけにはいかないだろう。そんなことを思いながら郁人は作業を再開した。

※

朝、川村が警視庁の自席に行くとすでに係長の梅本が在席していた。これまでの件を報告しておこうと梅本の席に向かった。

「係長。おはようございます。ちょっとお話よろしいですか」

「例の厚労省絡みの件か」

川村はこれまでの経緯を説明した。現場の真向かいのマンションの一室を謎の法人が借りていたようで、その借り主がおそらくドールズと名乗る組織であること。しかしその組織についての情報がまったくないこと。川村の話を聞き終えると梅本が言った。

「その死んだ男の写真、見せてくれないか？」

「わかりました」

一度席に戻って写真をとってくる。渡した写真を見て梅本が唸《うな》った。

「うーん、たしかに似てるな。名倉泰山に」

「ご存知なんですか？」

「俺、ガキの頃から将棋やってたから、知ってるんだ。天才棋士として持て囃《はや》された時期があった。もう結構前のことだけどな」

名倉泰山。川村は近くにあったノートパソコンを起動させ、その名前を検索してみる。

名倉は現在六十歳。今は日本将棋連盟の理事を務めているらしい。若い頃は同時に五冠を保持していたことがあり、天才の名をほしいままにしていた棋士だ。

「苦労人だよ、名倉泰山は」梅本がパソコン画面に目をやって言う。「十代で和歌山から単身上京して、今でいうホームレス同然の暮らしをしながら将棋を指していたっていうのは有名な話だ」

ネット上で見つかるのは最近の写真ばかりだった。和服を着ていて、その線の細い顔つきは野添に似ていると言えなくもない。

「ほら、そっくりだろ」

ようやく若い頃の写真が見つかった。何かのタイトルを獲《と》った直後の記者会見のようで、三十代くらいの名倉泰山の写真だった。たしかに似ていた。

「似てますね」

「だろ。何か関係があるかもしれんな」

思いついたことがあった。沼田からもらった履歴書のコピーを見て川村は言った。

「死んだ野添は児童養護施設で育てられたようです。つまり両親はいなかったと推測できます」

「名倉泰山は女流棋士と結婚しているはずだが豪快な男でな、若い頃は結構派手に浮き名を流していたはずだ。もしかしたら隠し子がいたりして」

血の繋《つな》がりがあっても不思議はないほど両者はよく似ている。隠し子という線を疑うのは飛躍しているだろうか。

「ほどほどにしろよ、川村。厚労省からクレームが来たら厄介だぞ」

梅本が席を立った。川村はもう一度画面に目を向け、名倉泰山の若い頃の写真を見た。そして今度は先週亡くなった野添孝明の生前の写真を見る。見れば見るほどよく似ている。

著名な棋士に隠し子がいて、その子が亡くなった。そしてそれを厚労省が隠蔽している。そういうことだろうか。仮に名倉泰山が本当に野添孝明の父親だとして、彼は子供の死を知っているだろうか。そんな突飛な筋書きを考えて、思わず川村は苦笑する。

いずれにしても、なぜ厚労省は野添孝明の死を隠蔽しようとしているのか。それが最大の謎で問題だ。せめてきちんと理由を説明してくれたら、こちらも納得して引き下がることができた。それをいきなりろくな説明もなく、紙切れ一枚で黙らせようとする彼らの手法に納得できなかった。あの行為が許されるのであれば、それこそ警察という存在自体が揺らいでしまう。自分が自棄《やけ》になっているのはわかっているが、どうにかして彼らの尻尾《しっぽ》を摑《つか》んでやりたかった。

しかし行き詰まっている感は否めない。ドールズという組織の詳細も不明だし、このままでは野添は病死で処理されてしまうだろう。彼の死にはきっと裏がある。刑事として培った勘がそれを告げていた。

川村はマウスを操り、名倉泰山のプロフィールを見る。被害者に似ている有名な棋士。

手がかりがないなら些細《ささい》なことでも当たってみるか――。

※

午後七時少し前、中野《なかの》駅北口の商店街は活気に溢れていた。スマートフォンの地図アプリを頼りにして、郁人は目当てのビルを探す。ほどなくしてそのビルの前に辿り着いた。中野ブロードウェイの近くの三階建てのビルだ。

ピアノを弾きたい。その欲望に克《か》つことができず、郁人が注目したのは個人レッスンだった。音楽教室に入れば、定期的にピアノに触れることができる。ネット上にピアノレッスンの斡旋《あっせん》サイトがあり、そこで中野にある社会人向けの個人レッスンを紹介された。馬場《ばば》という男が個人的に教えているらしく、一時間二千円の料金で好きな時間帯を選ぶことができた。ピアノのレッスンでは格安の値段だ。

場所は地下にある音楽スタジオだった。スタジオのドアは鍵がかかっていて開かなかった。どうしようかと迷っていると足音が聞こえた。顔を上げるとギターケースを背負った男が階段を降りてくる。

「ごめんごめん。あんたが夏川さん？」

「そうですけど」

「俺が講師の馬場。よろしく」

馬場と名乗った男が鍵を開けた。ジーンズに革ジャンといういかにもミュージシャン風の格好で、耳には銀色のピアスが光っている。気さくな感じの男のようだ。

「入って」

馬場に続いてスタジオに入る。スタジオは結構広く、中央にグランドピアノが置いてある。奥にはアンプなどの機材が見える。馬場がギターケースを壁に立てかけながら言う。

「一時間だったよね。前金でよろしく。税込みで二千円」

郁人は財布から紙幣を出し、馬場に手渡した。馬場は受けとった紙幣をそのままジーンズのポケットに押し込み、電子タバコを口に持っていく。大丈夫だろうかと不安になってくる。

「あんた、たしか初心者だよね？」

「ええ。今週、初めてピアノに触りました」

「それで巧《うま》く弾けるようになりたいと思ったんだ。最近多いんだよね。特におじさん。あんたはまだ若そうだけど」

郁人は説明した。ピアノを生まれて初めて弾いたのだが、ドレミファソラシドも満足に知らないのに、なぜか一度耳にしたメロディを弾けてしまうことを。話を聞き終えた馬場がグランドピアノに向かい、椅子に座りながら言った。

「じゃあやってみよう。こういうの何て言うんだっけ。そうだ、百聞は一見に如《し》かずだ」

馬場が腕まくりをしてから、鍵盤に指を置いた。静かな始まりだった。馬場の外見に似合わない美しい旋律が奏でられる。郁人は集中して、その音に耳を傾けた。キラキラとした音が郁人の体内に吸収されていく。

「このあたりにしておこうか」

馬場がそう言って演奏を止めた。二分ほどの演奏だった。まだ馬場が弾いた旋律の余韻が郁人の中にくっきりと残っている。

「じゃあ弾いてみて」

その顔は挑戦的なものだった。どうせあんたには無理だろ。そんなことを言いたげな顔だった。郁人は椅子に座った。

鍵盤に触る。それだけで嬉《うれ》しかった。小池のマンションでピアノに触ったのがはるか昔の出来事のようだった。右端から順に鍵盤を押していく。それをしないと出したい音の場所がわからないからだ。すべての鍵盤の音を出してから、記憶を頼りに演奏を開始する。

最初の音が違っていると思ったが、次の音から間違いなく弾けた。弾きながら、どこかで聴いたことがあるような気がした。有名な曲なのかもしれない。

あっという間に演奏は終わる。もっと弾いていたいと思ったが、続きがわからないのだから仕方がない。でも弾いていて美しい曲だと思った。できればもう一度弾きたい。

「冗談だよな」馬場が疑いの視線を向けてくる。「そんだけ弾けて初心者なわけねえだろ。あんた、いったい何が目的なんだ？」

「本当です。嘘じゃないです。信じてもらえないかもしれませんが……」

しばらく馬場は押し黙った。何か考え込んでいるような顔つきだ。やがて馬場は顔を上げた。

「まあ……たしかに初心者と偽っても得はねえしな。俺を騙《だま》しても意味ねえわけだし。でもあんたの言ってることが本当なら、あんた、天才だぜ」

自分でもわからない。なぜ自分がピアノを弾けてしまうのか、一回耳にした音楽を再現できてしまうのか、よくわからなかった。しかしそれ以上にピアノを弾きたいという欲求があった。できればずっとずっと弾いていたい。そう切実に思った。

「お願いします。この曲、最後まで弾きたいです」

「了解。レッスン料もらってるわけだしな」

「お願いします」

「じゃあもう一度俺が弾くから、それを聴いててよ」

郁人は椅子から立ち上がり、馬場に席を譲った。馬場は電子タバコを胸のポケットにしまってから椅子に座り、鍵盤に指を落とした。一音一音聴き洩《も》らさぬよう、郁人は注意深く音に耳を傾けた。

「あんた、何歳なの？」

馬場に訊かれ、郁人は答えた。

「二十八歳です」

「へえ、俺と同い年ってことか」

馬場がそう言って缶ビールを口にする。郁人がコンビニで買ってきたものだ。ビールのほかにスナック菓子なども買ってきて、それらを広げてスタジオ内で飲んでいるのだ。

郁人は結局二千円の追加料金を払い、レッスンを一時間延長した。お陰であの曲は完全に弾けるようになった。次はお手本なしでも弾けるだろう。ショパンのノクターン第二番という曲らしい。

さきほど鍵盤の音を当てるクイズを馬場が出してくれた。結果は全問正解で、馬場が言うには自分には絶対音感が備わっているようだった。しかし社会人になった今、それがわかってもどうしようもないことだと思った。

「馬場さんはやっぱりプロなんですか？」

「いや、違うよ」馬場はあっさりと否定する。「いわゆるミュージシャン志望のバンドマンってやつだよ。このあたりはそういう奴ばっかりだ。空き缶投げりゃ当たるんじゃないか」

そう笑いながら馬場は手に持っていた空き缶を投げる仕草をする。

「実は俺ってこう見えても音大生だったの。だからピアノも弾けちゃうわけ。今はギターだけどね」

馬場が飄々《ひょうひょう》と自分のことを語り出した。馬場孝介《こうすけ》は音大のピアノ科に入学したが、在学中にクラシックよりもバンド音楽に心が傾いたため、大学は二年で中退してバンドを結成。今は警備員など複数のバイトをしながらバンドを続けているらしい。

「このスタジオ、誰が所有してるんですか？」

「俺のバンド仲間。ドラマーなんだけど実家が金持ちで、ここを年間契約してんだよ。豪勢な話だろ」

　数年前まではバンド活動に熱心で、毎晩遅くまでスタジオに籠《こも》って練習したりデモテープを作ったりしていた。しかし最近では全体練習の頻度も減り、週に一度集まればいい方らしい。

「そろそろ解散かなって思ってんだ。ドラムやってる奴の親が地元で会社やってて、帰ってこいってうるさいみたいでな。あいつがいなくなったらスタジオも使えないし」

「大変なんですね、プロを目指すって」

「まあな」

　馬場が力なく笑った。あまり明るい話題ではないが、郁人は馬場のことを少し羨《うらや》ましく思った。こういう風になりたいとか、こういう仕事に就きたいと今までの人生で切実に思ったことはない。スーパーカブトヤに就職したのもそこしか受からなかったからだ。

「馬場さん、明日もレッスンをお願いしていいですか？」

「いいよ」と馬場は軽く応じた。「じゃあ午後七時にスタジオの前で待っててくれ」

「わかりました。お願いします」

「あんた、下の名前は何ていうんだっけ？」

「郁人といいます」

「改めてよろしく、郁人」

馬場は馴《な》れ馴《な》れしく手を差し出してきたので、仕方なく郁人はその手を握り返す。ここ最近、誰かに下の名前で呼ばれたことなどない。少なくとも大学を卒業してからは初めてだった。郁人も缶ビールを飲んだ。いつもよりビールが美味しく感じるのが不思議だった。

※

「いらっしゃい」

川村が暖簾《のれん》をくぐって店内に入ると、カウンターの中にいた大将が出迎えてくれた。家の近くにある定食屋だった。週に一、二度は必ず訪れる店だ。

「今日の魚は？」

「塩サバだね」

「じゃあ魚定食と瓶ビール」

注文してカウンターに座った。狭い店はほぼ満席に近い。おかみさんが運んできた瓶ビールを手酌で注いだ。仕事のあとのビールはやはり旨い。

奥にある座敷から子供の声が聞こえた。家族連れが入っているらしい。結婚していた頃、よく妻と二人でこの店を訪れたものだった。別れた妻はここの唐揚げ定食が大好きで、来るとそれしか食べなかった。

妻と離婚したことが、これほど自分に影響を与えるとは川村自身も思ってもいなかった。離婚して初めて家族の大切さに気づかされる結果となった。

警察官となって二十年がたち、自分が警察官であることが心の拠《よ》り所になっていた。ほかの職業に就いている自分などもはや想像すらできなかった。

まず第一に警察官であり、そのあとに家族が来る。今のご時世では流行らないだろうが、自分ぐらいの年齢の大抵の警察官がそうだろう。家族よりも職務を優先する。ときには家族を犠牲にしてでも、職務を優先しなければならないのが警察官という仕事だった。

だからこそ、家族が必要なのだ。帰還する場所として家族の存在は必要だった。たとえば凶悪事件が発生し、不眠不休で事件捜査に明け暮れたとする。それが終わったとき、家に帰ると妻が出迎えてくれるというのは、当たり前のようで、実は幸運なことだったと離婚をしてから痛感した。

今、自分は四十三歳だ。この年になり、帰還する場所、待ってくれている人を失ってしまった喪失感は思いのほか大きかった。

その反動なのか、最近は以前にも増して仕事に打ち込むようになった。だからかもしれない。あのドールズという組織に横槍《よこやり》を入れられたことに不満を抱いたのは。偶然立ち寄った現場ではあるが、目の前で事件を奪われたことがショックだったのだ。

テーブルの上に置いたスマートフォンが鳴っていた。表示された名前を見て店から出る。

「はい、川村です」

「俺だよ」

電話をかけてきたのは大学時代の同級生だった。今は大手新聞社に勤めている。昼間に電話をしたが繋がらず、メールで頼みごとをしていたのだ。

「名倉泰山、もしかして何かしたのか？」

電話の向こうで同級生は疑っていた。無理もない。警視庁の刑事が住所を知りたがっているのだ。安心させるように川村は穏やかな口調で言った。

「ちょっとした裏づけ調査だ。彼の証言をとりたいだけだ」

「明日までに調べてメールするよ。奥さんによろしく」

離婚したことを伝えていない友人は多い。こちらから言うのも変だと思った。

「ありがとう。助かったよ」

今日も離婚について切り出せなかった。通話を切って、店内に戻る。すでに定食が運ばれていた。グラスのビールを飲み干してから、川村は大根おろしに醤油《しょうゆ》を垂らした。

一人で食べる夕飯が当たり前になりつつあり、それが少し淋しかった。

※

自分の仕事は交番勤務の警察官とよく似ている。竜生はそう思っていた。

竜生の仕事のほとんどはサイバーパトロールというものだった。ネット上に乱れ飛ぶ情報をすくい上げ、危険と思われる書き込みを精査する。それが危険かつ緊急度の高いものであった場合は上司に報告するのだ。上司――SE採用ではなく、一般採用された警察官であることが多い――は書き込みの主《ぬし》に接触し、その真偽を確認する。実際にメールを送ったり、ときには電話をかけたりすることもあるようだ。

交番勤務の警察官は、自転車に乗って担当区域を巡回するのが仕事の一つらしい。そして怪しいと思った人物や出来事に遭遇した場合、職務質問をかけたりする。交番勤務の警察官はリアルな社会を、そして竜生たちサイバー犯罪捜査官はネットの中をパトロールしているのだ。

「高倉君、ちょっといいでしょうか」

室長の千賀に声をかけられたのは昼休みが終わった午後一時過ぎだった。「はい」と応じて竜生は自席から立ち上がった。

千賀はどうやら外で話をするつもりのようだった。サイバーセキュリティ対策室は出入りの際には二重のチェック――網膜認証と静脈認証をおこなうように決められており、千賀と一緒にチェックを受けてから外に出た。エレベーターで最上階である二十階に向かう。最上階は飲食店がテナントとして入っていて、昼や夜は大変混みあう。千賀と一緒に入ったカフェは八割方の席が埋まっていた。

　空いていたテーブルに座ってから千賀が言った。

「例の件ですが、どうなりましたか？」

　駒沢で起きた事件のことだろう。警視庁の川村と最後に会ったのは一昨日《おととい》のことだ。その話はすべて千賀に伝えてあるので、竜生は答えた。

「特に進展はありません」

　注文した二人分のコーヒーが運ばれてきた。店員が立ち去るのを待ってから千賀が言った。

「午前中、本社で会議に参加してきました」

　本社というのは警視庁のことだ。こういう場所で話をする場合、一般採用の警察官はこういう隠語を使ったりするのだが、竜生たちＳＥはそういう隠語をあまり知らない。

「テロ対策の委員会でした。退屈だったので居眠りしてしまいました」

　千賀はサイバーセキュリティ対策室の室長として、多くの会議に出席するが、そのほとんどで居眠りしているというのが本人の弁だ。たしかに人前で積極的に意見するタイプではなさそうだ。

「会議で知り合いに会いました。厚生労働省の役人です。昔、私は薬物関係の事件を追っていたことがありましてね、そのときにお世話になった方です」

久し振りに飯でも食べようか。そういう話になり、会議が終わって早めの昼食をとることになったらしい。二人は警視庁の食堂に向かった。

「ドールズなる組織について訊きました。向こうもかなり驚いていました。彼がその名を聞いたのはもうかれこれ三十年近く前、正確には二十八年ほど前だったといいます。そういう組織が作られたという噂が厚労省——当時の厚生省内部でも流れたらしいです。私の知り合いはその噂を耳に挟んだというわけです」

ドールズは駒沢のサフリーマン変死事件を隠蔽しようとしている組織らしい。警視庁の川村が追っている組織だが、その実態は不明だった。Jジェネリックという法人を隠れ蓑にしている形跡がある。

「ドールズは文字通り人形を守る組織のようです。人形というのが何を示す言葉なのか、残念ながら私の知り合いも知りませんでした。ただ一つ、彼はこう語っていました。『人形は七体いるらしい』と」

さっぱり意味がわからない。そもそも何を人形に見立てているのか、そこからして意図が不明だ。駒沢で死んだ野添というサラリーマンが人形だったということなのか。

「高倉君、今の話ですが、君から捜査一課の刑事、川村さんでしたか、彼に伝えていただきたいのです」

状況が読めない。千賀が川村に伝えればいいだけの話だ。

「実はね、高倉君」千賀がやや声のトーンを落として言う。「サイバー犯罪捜査官を現場で活用できないか。そういう動きが警視庁の上層部にあります。今回、君はひょんなことから捜査一課の刑事と顔を合わせた。これがいいきっかけにならないか。そう思ったんですよ」

不安が押し寄せてくる。サイバー犯罪捜査官といってもSEに過ぎない。竜生にとって現場というのは空調の効いたオフィスの中であり、もしくは眺めているパソコンの画面のことだ。

「警視庁の幹部とも話をつけてあります。当面の間、君は捜査一課の川村警部補と行動をともにしてください。サイバー犯罪捜査官の現場活用、そのテストケースに君が選ばれたということです。光栄なことですよ、高倉君」

口調は穏やかなものだったが、断ることのできない雰囲気を感じた。

「まずは川村君に連絡をとって、さっきのドールズの話を伝えてください。急いだ方がいいでしょうね」

「あの」言いにくいが念のために訊いてみる。「今の話、断ることはできませんか?」

「そんなに難しいことじゃありませんよ。捜査一課にも話を伝えてありますので。高倉君、頑張ってください」

千賀が無責任な口調で言った。竜生は内心溜《た》め息をつく。またあの刑事と行動をともにすることになるとは想像もしていなかった。

「人形とはいったい何のことでしょうかね」

千賀が他人事《ひとごと》のように言い、カップのコーヒーをゆっくりと啜《すす》った。

午後二時三十分、竜生は渋谷《しぶや》区《く》広尾《ひろお》にある閑静な住宅街の中を歩いていた。一時間ほど前、千賀と一緒にサイバーセキュリティ対策室に戻った竜生は、仕方ないので捜査一課の川村に電話をした。直接会って話したいことがある。そう言うと川村は待ち合わせ場所を指定してきた。

そろそろ目的地の近くだ。そう思って周囲を見回すと、前に停まっていた国産の黒いセダンの運転席の窓が開き、川村が顔を出した。手招きするので車に近づくと、川村が短く「乗って」と言う。言われるがままに助手席に座った。

ほかに刑事はおらず、川村は一人だった。斜め前方にある邸宅に目を向けたまま、川村がいきなり言った。

「前に会ったときに訊いたろ。名倉泰山を知ってるかって。名倉泰山は棋士だ」

川村がスーツの内ポケットから一枚の紙を出した。それを竜生に手渡しながら言う。

「見てくれ。似てるだろ」

二人の男の顔写真が並べられている。どちらも二十代から三十代と思われる男性の写真で、両者はたしかによく似ている。しかし左側がかなり古い写真だと思われた。

「右側の男が亡くなった野添孝明だ。そして左側が棋士の名倉泰山で、今から二十五年ほど前の写真だ。驚くほど似てるだろ。だから本人から話を聞こうと思ってる」

「似ているって理由だけで話を聞くんですか？」

「手がかりはほかにないんだよ。あの家が名倉泰山の自宅だ。さっきインターホンを押してみたら、妻らしき女が出た。主人は休んでるって言われたよ。名倉泰山は自宅の中にいるはずだ。出かけるところを狙って話を聞こうと思ってる」

たいした執念だ。ただ顔が似ているというだけで、ここまで追いかける執念には頭が下がる。自分が無知なだけで、大抵の刑事というのは執着する生き物なのかもしれない。

「上司から聞いてる。しばらくあんたと行動をともにしろと命令された。命令に逆らうような真似はしたくないし、ここは穏便にいこう。あんたは黙って俺の近くにいればいい。それだけだ」

この川村という刑事にとってもサイバー犯罪捜査官と組まされることには不満があるに違いなかった。しかしそうした不満を飲み込み、半ば強引に妥協点を見出《みいだ》したのは大人のやり方だと竜生は素直に感心する。

「で、話って何だ？　話したいことがあるんだろ」

「ええ。実は僕の上司が厚労省の役人と話をして、ドールズの情報を得たんです」

「本当か？」

予想通り川村が食いついてきた。落胆させては申し訳ないので、竜生は前置きした。

「たいした情報ではないかもしれません。わかったことは三つです。ドールズは二十八年前に結成された。ドールズは人形――人形の意味はわかりませんが、とにかく人形を守るための組織であること。最後の一つ、人形は七体いる。以上です」

「七体の人形を守る組織。つまり死んだ野添は人形だったってことか。なあ、そもそも人形って何なんだよ」

「それは僕にもわかりません」

　直後、川村が身を乗り出した。見張っていた名倉の邸宅に異変があったからだ。閉ざされていたシャッターがゆっくり上がっていく。半分ほどシャッターが開くと、中に黒いベンツが停まっているのが見えた。運転席に人影がある。どこかに出かけるのだろうか。

「よし」

　運転席の川村がうなずき、ドアを開けようとしたときだった。一台のワゴンが走ってきて、竜生たちの覆面パトカーの前を遮るように停車した。ワゴンの後部座席のドアが開き、三人の男が降り立った。川村が運転席から降りたので、竜生もそれに続く。ワゴンから降りた男の一人が言った。

「警視庁の川村さんですね。失礼ですが、これ以上近づくのはご遠慮願いたい」

「邪魔するな」川村が怒気をはらんだ声で言う。「あんたら、ドールズだろ。何の権限があるんだ。人が死んでんだ。その捜査をして何が悪い」

名倉を乗せていると思われるベンツが車庫から出て、ゆっくりと走り去っていくのが見えた。それを目で追いながら川村が言った。

「お前たちは人形を守るための組織なんだろ。人形って何だ？　死んだ野添は人形だったのか？」

三人の男は答えなかった。さきほど口を開いた男が一番若く、竜生と同じくらいの年齢に見えた。あとの二人は三十代後半から四十代前半だろう。川村とは初対面というわけではないらしい。

「おい、答えろ」

川村が詰め寄ると一番若い男が言った。

「あなた方の捜査能力を甘く見ていたようでした。私から説明させていただきたいと思います。これから品川のオフィスにお越しください。場所はすでにお調べになっていると思いますので」

懐柔しようという魂胆だろうか。川村を見ると、彼はその誘いに応じるようだった。

「了解だ。話を聞かせてもらうぞ」

「そちらの方も是非ご一緒に」

若い男の視線が自分に向けられているのを見て、竜生は内心肩を落とす。警視庁と厚生労働省の縄張り争いに巻き込まれるのはごめんだった。何とか言い訳をと考えていたが、「おい」と呼ばれると川村がこちらを睨《にら》んでいる。

「早く乗れ」

川村にそう言われ、竜生は仕方なく助手席に乗り込んだ。

※

品川のＩＴビルの二十五階、Ｊジェネリックのオフィスに向かうと、その前で三人の男たちが川村たちの到着を待ち受けていた。隣にいる高倉竜生は緊張した面持ちだった。無理もない。彼は中途採用されたＳＥだ。

「どうぞ」

そう言われて中に入る。外から見るとすべてブラインドが下ろされていたが、中は明るかった。ガラス張りの窓から日光が射し込んでいる。あまり物は置かれておらず、簡素なオフィスだった。一番若い男——野添が死んでいた現場でも会った男——に先導されて奥に向かった。ドアを開けるとそこは会議室になっていて、十人ほどが座れる会議机が置かれていた。

「おかけください」

川村は椅子に座った。一座席離れたところに高倉も座る。若い男が川村の真向かいに座りながら言った。

「初めまして。ドールズの朝比奈《あさひな》勝《まさる》といいます。現場責任者をやっております。以後お見知りおきを」

朝比奈が名刺を寄越してきた。肩書きは〈一般社団法人J《ジェネリック》・主任主査〉となっており、表向きの名刺だと思われた。朝比奈の年齢は二十代後半だろうか。端整な顔立ちだ。現場責任者というのがどれほどの権限を持つ役職なのかわからないが、その如才のない話し方からして優秀な人物であろうことは伝わってくる。

「刑事さん」朝比奈が川村に声をかけた。「まずは刑事さんの推理を聞かせていただくことはできますか？　警視庁捜査一課の刑事の見解を聞いてみたいので」

「馬鹿にしてんのか」

「決してそんな。私は本気ですよ」

そもそも情報が少ない。しかし相手が厚労省という点を考慮すれば、推理の選択肢は限られてくる。

「何らかの感染症ではないかというのが俺の考えだ。死んだ野添は珍しい感染症に罹《かか》っていたので、あんたらの監視下にあった。報道されない理由はあんたら厚労省の落ち度を隠すためじゃないか。このご時世だ。感染症患者をうっかり死なせてしまったなんて、マスコミが飛びつきそうなネタだからな。妥当な推理ですまない。情報が少なくてな」

「なるほど。感染症ですか。そちらの方のご意見は？」

朝比奈の視線が高倉竜生に向けられた。この男の意見を聞いても無駄だろう。彼は警察官ではあるが、その実態はコンピュータ相手の技術者に過ぎない。

「亡くなった人、年齢は何歳ですか？」

ようやく高倉が声を発する。朝比奈がその質問に答えた。

「二十八歳です」

「そうですか」しばらく何やら考え込んでいた高倉だったが、やがてたどたどしい口調で話し出す。「ドールズが二十八年前にできたと上司から聞きました。亡くなった人が生まれた年にドールズはできたってことです。彼は何かの人体実験で生まれた子供じゃないかと」

SF映画の見過ぎだ。いや、年齢からしてゲームのやり過ぎかもしれない。川村は高倉に向かって言った。

「おい、いくら何でも人体実験はないだろ」

「す、すみません」

「いえ、彼の発想は悪くありません」朝比奈が口を挟んだ。「野添が生まれた年に我々ドールズが発足したという着眼点も素晴らしい。それは正しい推理です」

「まさか本当に人体実験を……」

しかしそう考えると納得できる部分があるのも事実だった。ドールズについてもそうだ。これほど秘密裡に運営されている組織はほかに知らない。その一点だけでも厚労省が隠そうとしている秘密の大きさが窺《うかが》い知れるというものだ。

「刑事さん、さきほどあなた方は棋士の名倉泰山に会おうとしていましたね。なぜ彼に目をつけたんですか？」

「外見が似てたからだ。血の繋がりがあるんじゃないかって考えた。根拠はないが、ほかに手がかりもなかったしな」

「そうですか。彼に目をつけたのは間違いじゃありません。ところでお二人とも確認させていただきたいんですが、これから私がお話しするのは国家機密と言っても過言ではない情報です。上司であろうが家族であろうが、絶対に他言無用でお願いしたい。よろしいですか？」

それは無理だ。刑事として、警察官として報告の必要があると判断した場合、必ず上司や同僚と情報を共有するのが警察社会のルールだ。しかしそんなことを言っていたら、この朝比奈という男は情報を明かさないだろう。川村はそう判断して何も言わずに黙っていた。隣を見ると高倉が青い顔をして固まっている。事態を飲み込めていないのかもしれない。

「わかりました」二人の無言を肯定の意味と受けとったのか、朝比奈が話し出す。「棋士の名倉泰山と死んだ野添孝明。この二人が似ているのには理由があります。二人はまったく同一の遺伝子を保有しているからです」

同じ遺伝子ということは、つまり双子ということか。しかしそれにしては年が離れ過ぎている。続けられた言葉が川村の想像を打ち砕いた。

「クローンというのをご存知でしょうか。人間の手により、意図的に作られた同一の遺伝情報を持った生物個体です。有名なのは羊のドリーです。一九九六年にスコットランドで生まれたクローン羊のドリー。あれの人間版だと考えていただければわかり易いかと」

予想を超えた話に頭がついていかなかった。朝比奈は冷静な口調で続けた。

「今から二十八年前、ある一人の分子生物学者の手により、七体のクローンが生まれました。亡くなった野添はそのうちの一体です。そう、我々はクローン人間の監視をおこなっている組織なんです」

「く、クローン人間って……」

どうなってんだよ、これは。川村はあまりの驚きで言葉を続けることができなかった。

第二章　秘せられた者たち

一九九〇年の夏、その事件は起きた。きっかけは文京区本駒込《ぶんきょうくほんこまごめ》在住の有馬《ありま》千恵《ちえ》という女性が駒込《こまごめ》署に夫の捜索願を出したことだった。夫の名前は有馬正義《まさよし》（当時四十歳）、文京区千駄木《せんだぎ》にある英麟《えいりん》大学の教授で、専攻は分子生物学だった。有馬教授は多忙を極めており、実験や論文の執筆などで一週間は平気で家に帰らないこともあったが、今回は少し違っていて、一ヵ月近く帰宅しないことから、妻の千恵は捜索願を出すに至った。

駒込署は形式的な捜索をおこなったが、自宅周辺にも職場である大学周辺にも有馬教授の足跡を発見できなかった。しかし大学構内で聞き込みをおこなったところ、助手の一人がたまたま大学の最寄り駅で有馬教授を見かけており、そのときに長野行きのチケットを買っていたことが駅員の証言で判明した。長野市内に英麟大学の保養施設があったが、当時は売りに出されていて、保養施設は無人のはずだった。

駒込署からの協力要請を受けて、長野市内の所轄署の警察官が英麟大学の保養施設に足を踏み入れたのは八月三十一日、捜索願の受理から十日後のことだった。中に入った警察官は七台の保育器の前で目を輝かせている有馬教授を発見する。有馬教授が常軌を逸していたのはその目を見ても明らかだった。警察官の姿を見た有馬教授はこう言ったという。

「見ろ、全員が私の子供だ。ノーベル賞を私に寄越せ」

七台の保育器には生後間もない赤ん坊が入っていて、リストバンドにイニシャルと生年月日らしき日付が入っていた。七人の赤ん坊は全員が八月生まれだった。赤ん坊たちはすぐさま近隣の病院に搬送され、容態を確認された。七人とも異常はなく、健康状態は良好だった。一方、発見された有馬教授は極度の躁《そう》状態にあったため、いったん病院に運ばれ、七人の赤ん坊が眠る同じ病棟で一晩を過ごした。

明くる九月一日、取り調べに応じた有馬教授が衝撃の事実を口にする。

「あの七人はクローン人間だ。人類初のクローン人間なんだ」

最初は有馬教授の与太《よた》話だと誰も相手にしなかったが、東京から駆けつけた英麟大学の助教授が保養施設内に残されていた有馬教授の研究資料を見て、七人の赤ん坊がクローン人間である可能性が高いとの見解を示した。

状況は一変した。厚生省にも一報が入り、事実を検証するための調査チームが長野入りをした。人類初のクローン人間の作製に成功。本来であれば日本中、いや世界中を駆け巡ってもおかしくはないニュースだったが、当時の日本政府は事態を重く見たのか、事実を隠蔽《いんぺい》することを選択した。クローン人間を作製したことは道徳的観点から世界中から非難を浴びることは疑いようもなく、それを懸念した日本政府は事実の公表を恐れたのだった。

しかし七人の赤ん坊が長野市内で発見されたという第一報だけは止めることができず、現在も新聞のバックナンバーではその記事を確認することができる。ただ、その扱いはどれも小さなものだった。一九九〇年の夏、世間を騒がせていたのはレオナルド田宮《たみや》という連続殺人鬼による一連の犯行で、その前年から女性十二人を殺害したレオナルド田宮はその年七月に逮捕され、自供の内容に国中の注目が集まっていた。長野市内で七人の赤ん坊が同時に保護された事件は、レオナルド事件の陰に埋もれ、忘れ去られることとなった。

政府主導で極秘裏にチームが組まれた。厚生省を中心とした官僚、研究者により構成された彼らの目的は七人のクローンの維持・管理だった。世間の目に触れぬよう、七人のクローンの成長を見守り、その成長過程を記録するのだ。

七人の赤ん坊は東京都内の某大学病院に搬送された。厚生省のチームは七人の今後の育成方針を議論した。一ヵ所で一緒に育てるのか。それとも別々に育てるのか。そもそも名前はどうするのか。決定すべきことは無数にあったし、それらをどう実現していくか、課題は山積みだった。

一方、日を追うごとに有馬教授の研究内容も明らかになっていった。有馬教授が用いた手法は体細胞核移植というものであり、Ａの体細胞からとり出した核を、Ｂからとり出した卵子（核をとり除いたもの）に移植し、それに微弱な電圧をかけて初期胚《はい》とする。

できた初期胚をＢの子宮に移植し、出産させるというものであった（相違点はあるが、有馬クローンの六年後、スコットランドのロスリン研究所で誕生したクローン羊ドリーとほぼ同じ手法である）。

　少なくとも七人の協力者（代理母・卵子提供者）がいたはずだが、彼女らの正体はその後の調査でも判明しなかった。有馬自身もそれについては頑《かたく》なに口を閉ざした。おそらく経済的に困窮していた成人女性を極秘で募集し、多額の謝礼を餌にして雇ったのではないかと推測される。

　体細胞提供者、つまりクローンのオリジナルとなった者については、七人中六人の素性が明らかになっている。六人とも優秀な日本人であり、ＮＡＳＡの宇宙飛行士、当時最強と称された将棋の棋士、日本を代表する脳神経外科医など、その顔触れは豪華なものだった。該当する六人はいずれも英麟大学の附属病院での受診歴があり、有馬教授が該当者の体細胞を手に入れたのは附属病院であった可能性が高いが、その詳しい方法についても有馬教授は口を閉ざしている。看護師を買収したと考えられているが、その人物についても特定できていない。なお、オリジナルの正体がわかっていない七人目だが、オリジナルの体細胞提供者は有馬教授自身ではないかとされ、教授もそれについては否定はしていない。

　七人のクローンは政府の厳重な監視下に置かれることとなったが、その育成については人格を与えるべきとの見解が政府から示された。つまり戸籍も与えられ、一般人と同じように育てられることになったのだ。一般人と異なるのは、七人とも身寄りがないため主に児童養護施設で育てられることと、その行動に関しては常に監視されること。この二つだった。

七人のクローンは今、一般人と同じように社会に溶け込み、自分がクローンであることを知らぬまま、ごく普通に生活を送っている。

まるでSF映画の設定資料集を読んでいるようだった。高倉竜生はJジェネリックのオフィスで朝比奈勝から提供された資料に目を通していた。隣には警視庁の川村の姿もある。資料は一冊しかないので、二人で同じものを読んでいるのだが、川村は時折唸《うな》り声を上げていた。

すべてを読み終えても、竜生は信じることができなかった。この日本で起きている出来事とは思えなかった。やや遅れて読み終えた川村が訊《き》いてくる。

「信じられるか？」

「信じられません」竜生は正直な感想を口にした。「映画の脚本かと思いました。クローン人間なんて簡単に作れるものとは思えません」

「俺もそう思った。だが俺たちを騙《だま》す意味がないだろ。騙すんだったらもう少しまともな嘘をつけばいい」

それもそうだ。ここまで壮大な話をでっち上げる意味がない。

「つまりこの国には七体のクローン人間がいて、そいつらは自分がクローンだとは知らずに普通に暮らしてる。それを陰で見張っている組織がドールズってわけだな」

そして先週、七体のうちの一体が死んだ。クローンが死亡してしまい、慌てたドールズは遺体を極秘裏に処理したいため、警察の介入を阻止したのだ。

いずれにしても自分には縁遠い話だ。竜生はそう思った。サイバー犯罪捜査官という肩書きがあるものの、所詮《しょせん》は一介のＳＥに過ぎない。国家機密が絡むような犯罪に首を突っ込むのは荷が重い。

「川村さん、僕はそろそろ……」

竜生がそう言いかけたとき、会議室のドアが開いて朝比奈が入ってきた。微笑を浮かべて訊いてくる。

「お読みになりましたか？」

答えたのは川村だった。

「ああ。信じられないというのが正直なところだ。クローン人間なんて映画や小説の世界の出来事だと思ってた」

「羊でできることを人間でできないわけがありませんから。有馬クローンについては最重要の機密事項として管理されていて、それを知る者は我々ドールズの人間以外には五十人にも満たないのです」

「そんな大事な話をなぜ俺たちに？」

「あなた方が我々に近づき過ぎたというのが理由の一つです。最初はあなた方を排除しようと考えました。いや、命を奪うとかそういう物騒な話ではありません。たとえば違う部署に異動させるなど方法はいくらでもありますから」

朝比奈はまだ若い。おそらく自分と同じく二十代の後半だろう。端整な顔立ちでどこか超然とした雰囲気を持っている。会ったことはないが、優秀な官僚とはこういう人間なのではなかろうか。竜生は勝手にそう思った。

「本来であれば排除を選択していたでしょう。ですが現在、我々は窮地に立たされています。一号クローンが何者かに殺されたんです。一号クローンの死を隠すことは上からの指示でしたが、今ではその判断は間違っていたのではないかという反省の声も上がっています。殺人事件として警察に捜査を委《ゆだ》ねるべきだったのではないかと」

「当たり前だ」と川村が口を挟んだ。「一人の人間が殺されたんだ。警察が捜査をするのが当然じゃないか。殺した奴を野放しにしておくのは危険だ」

「ですからあなた方をここにお連れしたんです。川村警部補は優秀な刑事さんだったと聞いてますし、一緒に行動しているのはサイバー犯罪捜査官らしい。是非ともこの事件の捜査をお願いしたいと思いましてね」

優秀な刑事だった――。過去形なのが気になった。それが原因なのかはわからないが、川村が不機嫌そうな顔で言った。

「今さら何を言ってんだ。捜査っていうのは初動が肝心なんだ。それに今は科学捜査が基本だ。遺体を解剖して死因や死亡推定時刻を特定し、現場に残された指紋や遺留品をもとに捜査を進める。刑事ドラマくらい観たことあるだろ」

「その点については謝ります。どうでしょうか？　もしご協力いただけるようでしたら、我々からお二人の上司には説明させていただきます。事情が事情ですので、あまり事を荒立てたくありませんから」

　できれば首を突っ込みたくないが、自分だけ断るのは無理そうだ。川村を見ると、彼は額を指で叩《たた》いている。やがて彼は顔を上げた。

「いいだろう。ただしさっきも言ったが、科学捜査ができないんじゃ犯人の特定は極めて難しいかもしれない。それでもいいんだな？」

「助かります。よろしくお願いします」

　そう言って朝比奈は手を差し伸べてくる。川村が困惑した表情でその手を握り返した。

「高倉さんもよろしく」

「こ、こちらこそ」

　朝比奈と握手を交わした。それから朝比奈は会議机の上の内線電話の受話器をとり、「コーヒーを」と短く言ってから二人に向き直った。

「私は予定があるのでここで失礼させていただきます。別の者にもう少し細かい説明をさせますので」

　朝比奈が会議室から出ていった。

※

次に部屋に入ってきたのはがっしりとした体つきの男だった。男は紙コップのコーヒーを会議机の上に置いてから言った。

「私は畠山《はたけやま》といいます。よろしくお願いします」

川村は紙コップのコーヒーを遠慮なく飲んだ。上目遣いで畠山という男を観察する。さきほどの朝比奈が柔らかい、ともすれば中性的ともいえる雰囲気だったのに対し、畠山は視線の鋭い男だった。厚労省のイメージとはほど遠い武闘派の匂いさえ漂っている。

「まずはこちらをご覧ください」

そう言って渡されたのは駒沢で死んだ野添孝明のプロフィールだった。しかしその内容は世田谷署の沼田が調べてくれたものと大差がなかった。身長や体重、出身大学などが目新しい情報だが、それらが事件解決に役立つとは思えなかった。

「ちなみに野添の遺体はどこに？」

川村がそう訊くと畠山が答えた。

「我々で保管しています。現時点では荼毘《だび》にふす予定はありません」

だろうな、と川村は思う。クローン人間を火葬するはずがない。生物学の成果としてその価値は計り知れないものがあるだろう。

「残り六体のクローンの名前、居住地等の詳細なデータを教えてほしい」

川村の依頼に対して畠山は首を縦に振らなかった。

「それはできません」

「なぜだ？」

「あなた方にお伝えできるデータは限られており、それを判断するのは朝比奈なので」

「データに関しては重要度でランクづけされてるのか？」

畠山はしばらく考え込んでいたが、明かしてもいい内容と判断したらしく、言葉を選びながら話し出した。

「カテゴリー1から3まで分かれています。もっとも機密性が高いのはカテゴリー1です。私が知り得る情報はカテゴリー2までで、それは朝比奈も一緒です」

川村は考える。つまりあの朝比奈ですら知ることができない情報があるということか。何となく想像はついた。さきほどの資料を読んでいて気になった点がいくつかあった。

「駒沢の現場を見せてほしい。俺は鑑識ではないが、犯行現場を見るのは捜査に欠かせない」

「それは難しいですね。すでに清掃業者が入りました。家具一つ置かれていないはずです」

まったく。川村は溜《た》め息を吐く。捜査を依頼しておいて、協力する気は一切ないということか。あの朝比奈という男の意図がだんだんわかってきたような気がした。川村は質問の方向性を変えてみた。

「あんたらは残り六体のクローンを常時監視している。そう考えていいんだろ。具体的な監視体制を教えてほしい」

「二十四時間、常に二人以上の監視員が対象クローンを監視しています。ただしクローンが職場等で活動している場合、その監視は弱まりますが。たとえば会社勤めをしているクローンの場合、その会社の近くで必ず監視員が待機しています」

大変な労力だと川村は思った。高倉が調べてきたドールズの予算のことを思い出す。年間十億を超える予算で動いており、その内の七億が人件費らしい。単純計算ではクローン一体につき一億の人件費が費やされてきたことになる。

「やはりクローン人間っていうのは、外見に関してオリジナルと瓜《うり》二つと考えていいのか？」

川村が訊くと畠山が答えた。

「決してそういうわけではありません。双子くらいだと思っていただけるとよろしいかと。私もすべてのクローンを見たわけではありませんが、似ているクローンもいれば、あまり似ていないクローンもいます」

そういうものなのか。クローンというからにはまったく同じ容姿をイメージしていた。現実のクローンというのはＳＦ映画のようにはいかないらしい。

「最後にもう一つ」川村はさきほど資料を読んだときに感じた疑念を口にした。「七体のクローンを発見した際、政府は何の迷いもなくクローンの隠蔽を決定したような印象を受けた。二十八年前、公表すべきか否か、そういう議論は起きなかったのか？」

　しばらく考えていた畠山だったが、観念したように話し出した。

「さすが刑事さんですね。二十八年前、政府は巨額の予算を投じてドールズを設立し、クローンの監視及び情報の隠蔽を推し進めました。しかしいつまでも隠蔽しているつもりはありませんでした。クローンがある程度成長した段階を見計らい、報告書とともに全世界に向けて有馬クローンの研究成果を公表する、そういう計画でした。そのために設立されたのがドールズだったんです」

　難しいことはよくわからない。しかしクローン人間の研究成果というのが大きな価値を持っていることだけは理解できた。この場合、クローンの価値イコール利権となる。つまり金だ。クローンの研究成果は巨大な利権となることだろう。

「なぜ公表されなかった？」

　川村が訊くと、隣にいた高倉がつぶやいた。「ドリー……」

「その通りです。一九九七年、クローン羊のドリーの発表が全世界に衝撃を与えました。しかしその反応はドールズ、いや政府が予想していた以上にネガティブなものでした。特に欧米諸国では宗教的理由から、かなりの嫌悪感情がドリーに向けられました」

　川村もクローン羊ドリーのニュースを知ったときのことを憶《おぼ》えている。たしかにあまりいい気分がしなかった。少し気味が悪いな。そんな風に思ったものだ。

「世界はクローンを受け入れる土壌がない。ドリーの発表を受けて政府は方向転換せざるを得なくなったんです。以降、有馬クローンの存在は一貫して隠されてきました。ドールズの存在意義も、クローンを隠蔽するためだけのものとなったんです」

なるほど。川村は腑《ふ》に落ちた。ドールズという組織の成り立ちと変遷について理解できた。

「ありがとう。よく理解できたよ」

「いえいえ。今日のところはこれで」

畠山が腰を上げる。

「我々も失礼させてもらうよ。今後の捜査については、どうすればいい？　あんたらの指示に従わないといけないのか？」

「お好きに動いていただいて結構です。もし何か進展があったら、この番号におかけください」

そう言って名刺大の紙片を渡された。そこには携帯番号が書かれていた。この男の番号だろうか。

畠山に見送られ、オフィスから出た。高倉もあとからついてくる。二人でエレベーターに乗り、一階まで降りた。

「どう思う？」

川村が訊くと高倉は答えた。

「正直言って僕の出る幕じゃありません」

まあそうだろうな、と川村は思った。川村も内心は似たような思いだった。クローン人間の殺人事件など、一介の刑事が担当するには荷が重い。

「川村さん」高倉が訊いてくる。「本当に二人で捜査をするんですか？　僕には捜査なんてできませんよ」

「奴らも俺たちに本気で捜査をさせようなんて思っちゃいない。俺たちのことが目障りだったんだ。排除するよりも取り込んだ方が早い。奴らはそう思ったんだよ」

朝比奈の余裕のある態度を思い出す。あいつは俺たちの捜査になどまったく期待していないだろう。しかしこうなったからには絶対に何らかの成果を挙げて、朝比奈を見返したいという思いもある。

時計を見ると午後五時三十分を過ぎていた。今日のところはいったん別れることにした。高倉の仕事場はここから歩いていける場所にあるようだった。

「じゃあな」と短く高倉に告げ、川村は品川駅を目指して歩き出した。

※

竜生が勤めるサイバーセキュリティ対策室の勤務時間は午前八時三十分から午後五時十五分までだ。竜生が職場に戻ったとき、フロアにほとんど人影はなかった。基本的に竜生の同僚たちは残業はしないで、終業時刻になるとそそくさと家に帰っていく者がほとんどだった。

自分の席に座り、竜生はパソコンを立ち上げた。特にメールなどは受信していなかった。今日のところはもう帰ろうか。そう思ったとき、後ろから声が聞こえた。

「お疲れ様。大変だったようですね」

振り返ると室長の千賀が立っていた。千賀は近くにあった椅子を引き寄せて、それに座りながら言った。

「さきほど厚労省の朝比奈という役人から電話がありました。しばらく君に仕事を手伝ってほしいという話でね。断る理由もないので承知しておきました」

仕事が早い。もう根回しを終えたということだろう。どういう説明を受けたのか気になったので、それとなく千賀に訊いてみる。

「向こうは何て言ってましたか？」

「珍しい感染症に罹った遺体が発見されたらしいですね。死んだ男性が活動していたエリアを特定するために、パソコンを解析するという話でした。どうですか？　捜査一課の川村君とはうまくいっていますか？」

「ええ、まあ」竜生は答えた。「あちらはベテランの刑事さんなので邪魔にならないように気をつけています」

「あまり無理しないように。こちらの仕事が負担になるようだったら言ってください」

千賀は立ち上がり、椅子を元の場所に戻してから、フロアの奥に消えていった。千賀の席はフロアの一番奥にあり、そこで雑誌や新聞を読んでいるのが常だった。

パソコンの電源を落として竜生はオフィスから出た。エレベーターで一階まで降り、会社帰りのサラリーマンに交じってビルから出る。行き交う人々の顔つきが明るいのは今日が金曜日だからだろうか。たまには外食するのもいいかもしれない。以前は仕事終わりに美那と待ち合わせをして、二人で食事をしたものだった。

美那とは古い付き合いなので、彼女の好き嫌いはすべて把握している。二人でよく行くのは品川駅近くにある洋食屋で、彼女はハンバーグを、竜生はポークジンジャーを好んで食べた。久々にあの店に行ってみようか。

竜生はスマートフォンを出し、美那に電話をかけた。しかしどれだけ待っても美那は電話に出ない。どうしたんだろうか。不安になって竜生は足を止め、品川駅に向かうサラリーマンの列から外れた。歩道の脇に立ち、もう一度電話をかけてみる。

結果は同じだった。夕飯を作っていて着信に気づかないのかもしれない。だとしたら外食は難しい。そう思って歩き出そうとすると一通のメールを受信した。『今、病院。これから帰る』と短く書かれていた。

美那は今でも産婦人科に通っている。今日が通院の日なのだろう。そう思って再び竜生は歩き出した。

それにしても厄介なことになってしまった。クローンの件だ。この国には七体のクローン人間がいて、そのうちの一体が殺された。まったく現実感が湧いてこない。SF映画のようだ。

しかもクローン殺しの犯人捜しをすることになってしまった。あの川村という刑事が厄介だった。彼が何やら本気で捜査を始めようとしているのは明らかだ。彼の行動に巻き込まれたくはないが、協力せざるを得ない状況ができあがっている。

品川駅の構内に入ったとき、ポケットの中でスマートフォンが震えた。美那からだろうか。そう思ってとり出して画面を見たが、そこには知らない番号が並んでいた。嫌な予感がしたが、竜生はスマートフォンを耳に持っていく。「はい、高倉ですが」

「俺だ、川村だ」

やはり。竜生は内心溜め息をついた。電話の向こうで川村が一方的に訊いてくる。

「今、どこだ？」

「品川駅です。これから帰るところなんで」

「品川だな。そうだな、あと十分で着くから待っててくれ」

通話の中にサイレンの音が交じっている。川村はパトカーを運転しているようだ。

「どういうことですか？　もう今日は勤務を終えたんですけど」

「さっき朝比奈から電話があった。また一体、クローンが殺されたらしい」

※

　現場は豊島《としま》区の椎名《しいな》町《まち》駅近くのアパートだった。川村が到着すると、朝比奈が待っていた。ドールズの人間は朝比奈を含めて四人いた。いずれもスーツを着ており、エリート然とした連中だった。畠山の姿もある。

「こちらです」

　朝比奈に案内されて外階段を上る。二階の廊下のなかほどで朝比奈は足を止めた。

「この部屋です」

　川村は部屋の中を覗《のぞ》き込んだ。ワンルームだったので、内部を一望できた。部屋の中に一人の男が倒れている。川村は靴を脱ぎ、慎重な足どりで男のもとに向かった。仰向けに倒れた男の胸にはナイフが突き刺さっている。死んでいるのは明らかだった。

　いったん部屋から出て、外で待っていた朝比奈に訊く。

「警察に通報は？」

「まだです。川村さんの指示を仰ごうと思いまして」

「すぐに警察に通報してくれ」

「待ってください」と朝比奈が反論した。「彼の素性が明らかになったら困ります。秘密の保持が我々の最優先事項ですので」

ドールズにとって最悪のシナリオは、遺体がクローンであると発覚することだ。それを朝比奈は危惧《きぐ》しているのであろう。

「司法解剖してクローンってわかるのか？」

クローンの存在自体を知ったのが今日なので、川村はクローンについてまったく知らない。しかし医師が解剖してもその遺体をクローンと見破ることはないと思われた。

「無理ですね」朝比奈が答えた。「解剖してもクローンだと見破ることはできません。クローンと言ってもれっきとした人間ですので。川村さんのおっしゃる通り、警察に通報するのが最善の策かもしれません。しかし我々の存在を警察に明かすことはできません。そこだけはご理解ください」

「わかった。ちょっと口裏を合わせておこう」

「場所を変えましょう」

現場となったアパートの斜め向かいにドールズが監視用に借りている部屋があるようで、いったんそこに入った。室内には望遠鏡やパソコンなどの機材が並んでいる。

「まずは遺体を発見した経緯から聞かせてくれ」

「はい」そう言って一人の男が前に出た。年齢は四十代で、おそらくこの男が被害者を監視していた者だろう。「対象は午後五時四十五分に帰宅。その十分後、一台のバイクがアパートの下に停まりました」

バイクに乗っていたのはライダースーツを着た男で、フルフェイスのヘルメットを装着していた。男は階段を駆け上がり、被害者の部屋のドアをノックした。ドアが開くと男が強引に中に押し入るのが見えた。

「この時点で我々は異常を察知し、私が対象の部屋に向かいましたが、間に合いませんでした。私がアパートに到着したとき、ちょうどバイクが発進しました。フルフェイスの男が部屋に入っていたのは正味一分程度だったと思います」

「逃げていったバイクの男にほかに特徴は？」

「バイクのナンバーです。慌ててメモしたので合っていないかもしれませんが」

そう言って男が差し出した紙片を受けとった。上出来だ。バイクのナンバーを照会できるだけでも大きな収穫だ。

「亡くなった男について教えてほしい。俺がわかっているのは二十八歳という年齢だけだ」

七体のクローンは二十八年前の夏に生まれているので、全員が二十八歳のはずだった。

川村の問いに答えたのは壁際に立つ朝比奈だった。

「名前は遠藤恭平《えんどうきょうへい》。練馬の電子機器メーカーに勤める技術者です。独身で趣味はゲーム。彼のオリジナルは海《え》老《び》沼《ぬま》恒《こう》という宇宙飛行士です」

「まさかあの海老沼恒か」

「そうです。有馬教授がクローンのためのオリジナル細胞を採取したとされる英麟大附属病院は都内でも大きな大学病院です。スポーツ選手や芸能人などの著名人の多くが利用しています」

川村が高校生だった頃だ。理科の授業で教師が話していたのでよく憶えている。宇宙飛行士の海老沼恒はスペースシャトル・エンデバー号に科学技術者として搭乗した。スペースシャトルに乗ったのはその一度きりで、帰還後はＪＡＸＡで要職に就きながら講演会などをおこなっていたらしい。たしか数年前に死去しているはずだ。

「一つ確認させてくれ」川村は朝比奈に訊く。「監視する手法はここで見張るだけなのか？　隠しカメラや盗聴器、そういった物を対象者の周囲に仕掛けているってことはないか」

「部屋に盗聴器を仕掛けてあります。すぐに外させます」

「頼む」

男の一人が部屋から出ていく。警察を呼べば部屋の中を調べられる。そのときに盗聴器が発見されたら不都合だった。

「ほかにないか。発見されて困るようなものがあったら今のうちに引き払うんだ」

「大丈夫です。盗聴器以外はありませんので」

問題は誰が通報するかだ。ドールズの人間に通報させるわけにはいかない。川村自身が通報してもいいが、なぜここを通りかかったのか、それを説明するのが面倒だ。放っておいても誰かが遺体を見つけてくれる保証はどこにもない。

「外に俺が乗ってきた覆面パトカーが停まってる。助手席に座ってる男を呼んできてくれ」

その言葉を聞いた朝比奈がもう一人の男に目配せを送る。男が部屋から飛び出していった。

「高倉さんを通報者に仕立て上げるつもりですか？」

朝比奈の問いに川村はうなずいた。

「消去法だ。あいつ以外にいない」

※

夏川郁人は中野《なかの》駅近くの本屋にいた。ピアノの教則本を買うためだ。それほど大きな本屋ではなかったが、子供用のピアノの教則本は置いてあった。結構な種類があったので、そのうちの三冊を買って本屋から出た。

金曜日の中野駅周辺は多くの人で賑《にぎ》わっている。郁人はコンビニに寄って菓子パンとドリンクを買ってから、馬場が待つ音楽スタジオに向かった。

自分がピアノにハマっていることが驚きだった。今までの人生でこれほど何かに夢中になったのは初めてではないか。そう思うほどだった。大学生の頃、初めて人を好きになったときの感覚に似ている。寝ても覚めてもその子のことを考えていた、あの感覚だ。

こんなことならもっと早くピアノをやっていればよかったのにと思ったが、このタイミングで正解だったと考え直した。今の方が学生時代より時間と金に余裕があるし、趣味に没頭できる環境もある。しばらくは馬場にレッスンをお願いするとして、できれば自宅でピアノを弾きたいと思い始めていた。冬のボーナスが出たら引っ越すのもいいかもしれない。楽器の演奏を許された物件を探すのだ。音大生のためにそういう物件があると聞いたことがあった。そして中古の安いピアノを買えばいい。

スタジオのあるビルに到着した。階段を降りて地下に向かったが、ドアは閉ざされていた。ノックをしても反応がない。まだ馬場は来ていないのか。

再び地上に戻り、コンビニで買ってきた缶コーヒーを飲みながら馬場の到着を待つ。ビルの壁に背中をつけて座り、本屋で買ってきた教則本を開く。ドレミファソラシド。ト音記号。シャープとフラット。楽譜の読み方からスタートしているので、非常にわかり易い内容だ。こんなことなら小学校のときにもっと真面目に音楽にとり組むべきだった。

五線譜の上に配置された音符と音部記号は、隠された宝の地図のようだ。それを辿《たど》っていくと音楽が生まれるのだから。「音符を書いてみよう」。そんな練習問題があり、郁人は夢中になって五線譜に音符を記す。オタマジャクシに似た音符を五線譜に書くのは楽しかった。

教則本を半分ほど読み終えても、まだ馬場は姿を現さなかった。約束の午後七時を過ぎている。電話してみようか。郁人はスマートフォンをとり出して電話をかけてみた。

五回のコール音のあとで留守番電話に切り替わった。何度か試したが結果は同じだった。

缶コーヒーを一口飲み、再びピアノの教則本を膝《ひざ》の上に載せる。未知への冒険を再開しようとしたとき、スマートフォンが鳴った。馬場からだった。

「郁人、悪い」

電話の向こうで開口一番、馬場が謝ってきた。

「どうしましたか？」

「ちょっと都合が悪くなった。明日なら時間を作ることができるかもしれない」

落胆したが、こっちは教えてもらう方なので文句は言えない。すると馬場が思わぬことを言い出した。

「俺は行けないけど、スタジオは自由に使ってくれていい。こんなこともあるんじゃないかと思って鍵《かぎ》をある場所に隠してきた。もうスタジオの前にいるんだろ。ドアの前に行ってくれ」

「わかりました」

郁人はピアノの教則本と飲みかけの缶コーヒーを持ち、慌てて階段を降りた。ドアの前に立って再びスマートフォンを耳に当てる。「着きました」

「傘立ての裏側にガムテープで留めてある」

馬場の言葉に間違いはなかった。傘立ての裏側に手を入れると、そこにはガムテープで鍵が留められている。「ありました。ありがとうございます」

「今は郁人以外にレッスンはしてないし、バンドの練習も全然ない。当分の間、スタジオは好きに使っていいよ」

「本当ですか？」

「ああ、本当だ。じゃあな、郁人」

通話が切れる。郁人は鍵を差し込み、スタジオのドアを開けた。電気を点《つ》けると無人のスタジオの中で、中央に置かれたグランドピアノが浮かび上がる。鍵を閉めてからピアノに向かって歩き、椅子に座った。

時間はたっぷりある。郁人は幸福《しあわせ》だった。余計なことは気にせず、これから数時間、ピアノをずっと弾けるのだ。

※

竜生は池袋《いけぶくろ》警察署にいた。取調室ではなく、雑然とした刑事課のフロアの一角だ。さきほどからずっと強面《こわもて》の刑事に質問を浴びせられている。

「もう一度最初から整理しようか」刑事が言った。「午後五時四十分、あなたは電車を乗り継いで椎名町の駅で降りた。椎名町に来た理由は昔の友人を訪ねるためだった。路上を歩いていて、アパートから飛び出してきたライダースーツの男に気がついた。男はそのままバイクで走り去ったが、そのアパートを見ると二階の一室のドアが開いていた。

ここまではいいね？」

「ええ。間違いありません」

「不審に思った君は階段を上り、問題の部屋を覗き込んだ。部屋の中に倒れている男を発見し、慌てて一一〇番通報した。そういうことだね？」

「そうです。その通りです」

遺体の第一発見者になってくれ。川村の提案を聞いたときは驚いたが、それが既定路線のようになってしまっており、断れない雰囲気ができあがっていた。何を話すか、何を話してはいけないのか、それらはすべて川村と打ち合わせで確認している。

「君が通りかかってくれたのはラッキーだった。遺体を発見して、しかも逃走したバイクのナンバーも入手できたわけだし。お手柄だよ。サイバー犯罪捜査官か。初めて会ったけど、意外にやるもんだな」

「たまたまです」

すでにこちらの身分を明かしており、照会も済んでいる。現場をたまたま通りかかったのがサイバー犯罪捜査官だった。今のところ刑事は竜生の話を信じているようだった。

「君が訪ねようとしてた友人だけど、今はその部屋には別人が住んでるようだ」

「その可能性もあるなと思ってました。大学時代の友人なんで」

時刻は午後九時になろうとしていた。現場にパトカーが到着したのが午後六時三十分で、それから一時間ほどそこで事情を訊かれ、その後に池袋署に場所を移して改めての事情聴取がおこなわれている。

「大体こんな感じかな。また訊きたいことがあったら連絡するよ。今日のところは帰っていただいて結構です。ご苦労様でした」

「失礼します」

竜生は立ち上がり、刑事に案内されてエレベーターを降りた。池袋警察署から出ても、ここがどこなのかさっぱりわからなかった。池袋にはほとんど土地勘がない。スマートフォンの地図機能を立ち上げようとしていると、背後から声をかけられた。

「高倉、ご苦労だったな」川村が立っていた。彼は短く言った。「行こう」

川村と肩を並べて歩く。てっきりどこかに覆面パトカーが停めてあるのかと思ったが、彼が向かったのは通り沿いにある中華料理屋だった。そういえば昼から何も食べていない。

カウンターとテーブルが二台あるだけの狭い店で、二人は空いているテーブル席に座った。川村が壁のメニューを見てギョーザとチャーハンを注文したので、竜生も同じものを注文した。

「悪かったな」川村はおしぼりで顔を拭《ふ》きながら言った。「お前しかいなかったんだ。何か問題はあったか？」

「特にありません。僕の話を全面的に信用していると思います」

「それはよかった。海老沼恒って知っているか？　死んだクローンのオリジナルだ」

「知りません。何をやってる人ですか？」

「宇宙飛行士だよ」

すぐに竜生はスマートフォンで検索した。海老沼恒という宇宙飛行士についての情報が出てくる。二年前に死去しているらしいが、九〇年代前半にスペースシャトルに搭乗した宇宙飛行士だった。当時、宇宙に飛び立つ彼の姿に日本中が熱狂したらしい。

「死んだ遠藤恭平は練馬の電子機器メーカーの技術者だった。優秀だったようだ」

たった数時間前にクローン人間の存在を知ったわけだが、自分が恐ろしくクローンについて無知であることに竜生は気づいた。クローンがどのように作られるのか、倫理上どういった問題点があるのか、何一つ知らなかった。

「俺もよくわからないが」川村が水を飲んでから言う。「クローンだからといって同じ人生歩むわけじゃないんだな」

あのときこうしていたら、人生はもっと違うものになっていたのではないか。人間なら誰しもそういう想像をするはずだ。人生にはいくつかの分岐点があり、それらを選択して今の自分が成り立っている。同じ遺伝子を持っているからといって、まったく同じ人生を歩むことなど有り得ないのだ。

「さっき朝比奈から聞いた。クローンには番号がつけられているらしい」

「番号、ですか？」

「そうだ。最初に死んだ野添は一号クローン、そして今日殺された遠藤は二号クローンだ」

男の店員がやってきてギョーザの皿を置いていった。彼が立ち去るのを待ってから川村が続けた。

「これはな、クローン人間を狙った連続殺人だ。次の狙いは三号クローンと考えて間違いない」

※

翌日、川村は台東区《たいとうく》東上野《ひがしうえの》にあるアパートの一室にいた。時刻は午前九時三十分を過ぎたところだった。隣には高倉竜生も座っている。今日は土曜日で彼を連れ出そうか迷ったが、電話をかけると意外にもここまでやってきた。この男も何か思うところがあるのかもしれない。

「そろそろ動きがあると思います」

三号クローンの監視員が言った。さきほど対象者の説明は受けている。

名前は石川丈志《いしかわたけし》といい、浅草《あさくさ》にある自動車部品の製作工場で働く二十八歳の独身男性だ。今日は休日だが、彼の行動パターンは大体予想できるという。趣味がパチンコで、休日は朝から晩までパチンコをしているようだ。

「出てきましたよ」

監視員の男の声に川村は立ち上がり、カーテンを薄く開けて外を見た。向かいのアパートの外階段を降りてくる男の姿が見える。一九〇センチ近くある大男だ。ドールズの監視員は対象者の行く先がわかっているのか、非常に落ち着いた様子だった。「行こう」と高倉に声をかけ、川村も部屋から出た。

尾行を開始する。石川丈志はゆったりとした足どりで歩いている。その後ろを歩いているのがドールズのもう一人の監視員で、スーツではなく普段着だった。さらにその後ろを川村と高倉が続く。

アメ横《よこ》に入った。石川はほかの通行人より頭一つ抜けていたので、距離を多少開けても見失うことはなかった。やがて石川は一軒のパチンコ店に入店した。割と大型の店舗らしく、二階から地下一階まである。台を選んでいるときに鉢合わせになってはいけないので、少し時間を置いてから店内に入った。高倉はあまりパチンコに馴染《なじ》みがないのか、不安そうな顔つきであたりを見回していた。

石川の姿は地下一階にあった。同じ列の離れたところに監視員も座っていた。ここは彼に任せておいてもいいだろう。三号クローンの顔を見るのが今日の目的だった。ただし監視員の数が少ないような気がする。石川が狙われているのはほぼ間違いないはずなので、もう少し監視員の数を増やしてもよさそうだ。

朝比奈に提言しようとスマートフォンを出したが、地下のためか電波が届いていなかった。一階に上がり、店から出て朝比奈に電話をかける。すぐに朝比奈は電話に出た。

「警視庁の川村だ。今、上野のアメ横で三号を監視している。もっと監視員の数を増やすべきだと思う」

「承知してます」と電話の向こうで朝比奈は答える。「目下調整中です。一号、二号についていた監視員を割り当てるため、ローテーションを組み直したところです。おそらく今日の昼までには増員できるはずです」

「わかった。それなら了解だ」

　パチンコ店の向かい側には回転寿司《ずし》の店があり、その店の前にベンチが置いてあった。行列客のために用意されたベンチらしいが、まだ開店前なので誰も座っていない。自販機で缶コーヒーを買ってからそこに座った。隣に座った高倉に缶コーヒーを手渡すと、彼は小さく頭を下げた。

「ありがとうございます」

「休日のところ悪かったな」

「やっぱり大きいですね」

　高倉が言っているのは石川丈志の身長のことだろう。石川丈志のオリジナルは岩本琢《いわもとたく》朗《ろう》という元プロ野球選手だ。二十九年前には東京オリオンズに在籍しており、最多勝のタイトルを二度、沢村《さわむら》賞を一度獲《と》ったことがある名投手だった。現役引退後は複数の球団をピッチングコーチとして渡り歩き、六十代を迎えた現在では一線から退いている。

「野球をやらせれば名投手だったかもしれないっていうのに、いい年した若者が朝からパチンコだ」

「環境因子って言うみたいですよ」

「何だよ、それ。もしかして勉強したのか？」

「ネットで調べただけです。知らないことがあったら検索する。一種の病気ですね」

　高倉が自嘲《じちょう》気味に笑った。こう見えても一応は警察官なのだ。しかも専門的な知識を有したサイバー犯罪捜査官。意外に好奇心は強いのかもしれない。

「クローン人間っていうと、容姿、能力、性格など、すべてがまったく同じの複製人間を想像してしまいますが、実際のクローンはそうじゃないみたいです。昨日も畠山さんが言ってましたけど」

　高倉は説明した。現実のクローンは一卵性双生児程度という見解が多数を占めているようだ。しかもオリジナルとは年齢差もあり、育つ環境も違うため、どのように育っていくか予測がつかない。それが環境因子と呼ばれるファクターだ。

「偉大な野球選手のクローンでも、一切野球との接点がなかったらオリジナルと同じ才能を発揮することはありません」

　まさに三号クローンである石川丈志のことだ。しかし川村は石川個人というより、もっと意図的に仕組まれた何かを感じていた。同じことを考えていたのか、高倉が続けて言った。

「でも石川丈志はあれだけの体格があるんだから、別のスポーツで頭角を現しても不思議じゃないと思うんです」

「そうならないように仕組んでいたんだよ、ドールズが」

ドールズの最優先事項はクローンの存在が世間に知れ渡らないことだ。そのためにクローンを監視し、ときにはその人生に介入したのではないかと川村は考えていた。一号クローンは棋士、二号クローンは宇宙飛行士、三号クローンはプロ野球選手。クローンたちはその才能を発揮するどころか、逆に能力を封じ込められているようだった。まるでその目覚めを恐れるかのように。

今、クローンたちは全員が二十八歳という年齢を迎えている。たとえば三号クローンの石川丈志がこれから何かの拍子に野球に開眼し、プロ野球選手になる可能性はゼロに近い。しかしこれが十代の多感な頃だったらどうだろうか。

クローンが持つ本来の能力が目覚めないように、より強力な監視体制が敷かれていたことだろう。その網は対象者のすぐ近くまで、たとえば学校の内部や友人関係にまで及び、多大なコストをかけて監視・修正されていたと考えられる。

「高倉、クローン殺しの犯人はどんな奴だと思う？　何でもいい。思ったことを言ってくれ」

「当たり前のことですけど」そう前置きして高倉が言う。「犯人はクローンの存在を知っています。最初から知っていたということは有り得ないので、その情報をどこかから入手したと考えられます。情報を入手する方法は大きく分けて二通りです。一つはデータをハッキングするなどして入手する方法で、もう一つは情報を知っている者から教えてもらう方法です。詳細はわかりませんが、ドールズのデータのセキュリティはかなり高度だと考えていいかと思います」

高倉が語っている話の内容は、川村が考えていたものとほとんど一緒だった。川村は確認するように言った。

「つまり内通者がいて、そいつが犯人に情報を流した。お前はそう言いたいのか？」

「その通りです。それ以外に考えられません」

高倉は自信に満ちた表情でうなずいた。

土曜日、続く日曜日と石川丈志は上野のアメ横の中にあるパチンコ店に通った。ドールズの監視員に聞いた話では、平日の夜も寄ることがあるようだった。

日曜日の午後、川村は監視から離れることにした。ドールズの監視も増員され、絶えず三、四人が石川丈志の動きを見張っていた。あとは任せてもいいだろうと判断してパチンコ店から出て、川村はその足でＪＲ上野駅に向かい、駅構内の売店でみたらし団子を買ってから、電車で新宿《しんじゅく》に向かった。

駅に隣接した商業施設に入った。エレベーターで三階まで昇る。三階は婦人服売り場になっていて、日曜日ということもあってか、若い女性客でごった返していた。

売り場を歩き、あるテナントの前で足を止めた。大きな柱があったので、それに寄りかかるようにしてスマートフォンを眺める振りをしつつ、たまにテナントの中に目をやった。視線の先には一人の女性スタッフが働いている。

彼女は今も接客に追われていた。笑顔で客に何やら説明している。店内に置いてある服は黒とかベージュといった比較的落ち着いた色合いのものが多かった。

「ありがとうございました。またお越しくださいね」

客を見送りに出てきた彼女が川村の存在に気づき、周囲に目を配ってからこちらに向かって走ってくる。

「川村さん、いつからここに……」

「すみません。近くまで来たものですから」

彼女の名前は市野《いちの》美香《みか》という。一年前の大久保スナックママ殺人事件の犯人、永岡達治によって娘を奪われた母親だ。娘の萌《もえ》は脳挫傷《ざしょう》で即死だったが、母親の美香は軽傷で済んだ。娘を失ったシングルマザーの悲しみは大きく、当時勤めていたアパレル会社は退職していた。しかし、二ヵ月ほど前にこの店で働き始めていた。今でも川村は後悔している。美香から娘を奪ってしまった責任の一端は自分にあると。

「どうですか？　新しい職場には慣れましたか？」

「ええ、何とか」

娘が死んだ直後は食べ物が喉《のど》を通らなくなり、一時は体重が三十キロ台まで落ちたらしいが、今ではもう回復しているようだった。一ヵ月に一度の割合で彼女の様子を見ることが川村の習慣であり、自分に課した義務でもあった。

「これ、よかったらどうぞ」

そう言って川村は上野駅で買ったみたらし団子の包みを美香に渡した。包みを受けとった美香が怪《け》訝《げん》そうな顔つきで言った。

「何ですか？　これ」

「団子です。みたらし団子、お嫌いですか？」

真面目な顔で川村が訊くと、美香が噴き出すように笑った。

「ありがとうございます。でも刑事さん、私ってそんなにおばさんですか？　お団子っておばさん臭くないですか？　ケーキやシュークリームとかの洋菓子と比べると」

「あ、いえ、そんなつもりじゃ……」

「でもありがとうございます。お団子も好きなので」

彼女と言葉を交わせるようになったのは、半年ほど前からだった。それまでは家を訪ねて顔を合わせても彼女は口を利こうとせず、川村は仏壇に手を合わせて帰るだけだった。こうして彼女の笑顔を見ることができようとは、事件の直後には考えられなかった。

「お元気そうでよかったです。何かお困りのことがあったらいつでも連絡ください」

「ありがとうございます」

美香が小さく頭を下げた。顔を上げた彼女の瞳《ひとみ》に何か暗い翳《かげ》りを見たような気がしたが、一瞬のことだったので確信は持てなかった。何か悩んでいることがあるのだろうか。

「市野さん、ちょっといいですか？」

「はい。今行きます」

店内で若い店員が美香のことを呼んでいて、それに美香が反応する。川村は言った。

「お忙しいところ申し訳ありません」

「お団子、ご馳走《ちそう》様でした」

美香が店内に戻っていき、女性客の一人と何やら話し出した。ジャケット選びにアドバイスをしているようで、たまに女性客と笑い合ったりしていた。そんな彼女を見ているだけで何だか嬉《うれ》しくなってくる。

川村は踵《きびす》を返し、下りのエスカレーターを探して歩き出した。

※

「郁人、凄《すご》いよ。本当に凄い」

馬場が目を細めた。郁人は中野にある音楽スタジオにいた。午後二時から二時間だけならレッスンできると馬場から連絡があり、こうして馬場と一緒にスタジオにいる。といっても郁人は昨日も一日中ここでピアノを弾いていたし、今日も朝からずっとピアノを弾いている。

「何て言うんだろう、こういうの。才能ってやつだろうな」

先日買った教則本に載っていた曲はすべて弾けるようになっていたし、楽譜の読み方や特殊な記号なども理解した。それでもやはり楽譜を読んで弾くよりも、実際に耳で聴いて弾いてしまった方が簡単だったし、楽しかった。

スマートフォンの動画投稿サイトで有名ピアニストの演奏を探し、それをそのまま弾くというのを今朝からやっている。今それを実演してみせたところ、馬場が感嘆の声を上げたのだった。

「ちゃんと楽譜見て、いろいろと解釈しながらピアノを弾くのが定石だと俺は思う。でも郁人はこれからコンクールに出たりするわけじゃないから、自由に弾くのがいいのかもしれないな。実は郁人、お前にプレゼントを持ってきた」

そう言って馬場がスタジオの隅に歩いていくので、郁人はその背中を追った。棚の上に一台のＣＤプレイヤーが置いてあった。その脇にある段ボール箱を指でさして馬場が言う。

「うちにあったピアノのＣＤだ。全部で五十枚くらいはあるかもしれない。これ、郁人にあげるよ」

「いや、もらうわけには……」

「いいんだよ。俺、家にいてもクラシックもう聴かないしな。たとえばほら」

馬場が一枚のＣＤをケースから出し、ＣＤプレイヤーで再生した。海外のピアニストによる演奏のようだ。特に序盤の旋律が激しく、さすがにこれを弾くことはできないのではないかと思われるほどだった。

五分ほどで曲が終わり、馬場は別のCDを再生する。前と同じ曲だったが、弾いているピアニストが今度は違った。馬場から渡されたCDケースを見ると最初の演奏は白人の男性によるもので、今度は東洋人の男性だった。中国人のようだ。

同じ曲だったが、どこか印象が異なるのが興味深い。二曲目が終わると馬場が言った。

「この曲はショパンの『幻想即興曲』。俺みたいにピアノをドロップアウトした人間が語るのはおこがましいけど、ショパンっていうのはピアニストにとって登竜門でもあるし、逆に永遠のテーマでもある。ショパンを得意にしているピアニストのことをショパン弾きっていうんだ。今の曲、どっちが好みだった？」

「前の演奏です」

「どこら辺が？」

「何ていうか、とても冷酷な感じなんですけど、それが重厚っていうか」

「いいね。俺と同じだ。先に聴いたピアニストはイタリア人で、完全無欠なマシーンのような演奏をすることで有名なんだ。じゃあ次ね」

次の曲が再生される。弾いているのはさきほどと同じイタリア人だ。明るめで、元気よく行進していくような曲だった。演奏に引き込まれ、気がつくと曲の世界に入り込んでいた。

演奏が終わり、別のピアニストによる同じ曲が再生された。今度は白人の女性ピアニストだった。男性の演奏とは違い、華やかな感じがした。

「どうだ？　面白いだろう。今の曲は『英雄ポロネーズ』っていうんだ。ピアニストによってこんなにも印象が変わるんだよ」

　さきほどはイタリア人ピアニストの演奏の方が素晴らしいと思ったが、今度は女性ピアニストの方が個人的には気に入った。不思議なものだった。

「さあ郁人、弾いてみよう」

　そう言って馬場が腕を組んだ。どちらの曲を弾こうかと迷ったが、郁人は『英雄ポロネーズ』を弾くことにした。最後に聴いた女性ピアニストの演奏がまだ耳の中にくっきりと残っている。彼女の演奏を意識して、郁人は鍵盤《けんばん》に指を置いた。

　指が勝手に動き出す。もはや郁人の意思ではなく、最初からこの音楽が自分の中にプログラムされているような錯覚さえした。弾いているうちに心も昂《たか》ぶっていく。ＣＤの女性ピアニストも、こんな風に楽しい気持ちで演奏していたのだろうか。

「素晴らしいよ、郁人。本当に素晴らしい」演奏を終えると、馬場がそう言って手を叩いた。冗談交じりに馬場が続けて言う。「俺がイタリア人だったら、ブラボーと言って手を叩くだろうね。凄いよ、本当に」

　褒められて悪い気はしなかった。馬場が来るまではずっとゲームやドラマの主題歌を弾いていたのだが、やはりクラシックの方が弾いていて数倍気持ち良いし、また難しいので弾き甲《が》斐《い》もある。

「俺が教えることはもう何もないよ。俺にできることは……そうだな、休憩をとることぐらいかな。郁人、ずっとピアノ弾きっ放しなんだろ。少しぐらいは休憩しないと体に毒だ。コンビニに行こうぜ」

そう言って馬場がスタジオのドアに向かって歩き出す。朝、缶コーヒーを飲んで以来、何も口にしていない。腹が減っていることに気がつき、郁人は立ち上がって馬場の背中を追った。

※

月曜日の午前九時、川村は池袋の東京芸術劇場近くの喫茶店にいた。店内は八割近くの席が埋まっている。一人の男が店に入ってくるのが見えた。手を挙げた川村に気づくと彼はカウンターでコーヒーを買い、それを持って川村のもとにやってくる。

「川村さん、厚労省のお使いをやってるって本当ですか？」

先週川村は課長に呼ばれ、厚労省への捜査協力を直々に頼まれた。朝比奈が裏から手を回した結果だろう。だからこうして自由に動けている。

「まあな。いろいろあるんだよ」

「感染症絡みって本当ですか？」

「悪いがそれは言えない」

男の名前は新井《あらい》といい、川村とは班が違うが、同じ捜査一課の刑事だ。出身大学が同じで、何度か飲みに連れていったことがある後輩だ。川村は本題を切り出した。

「椎名町の事件、何か進展あったか？」

新井の目つきが変わった。彼が今、金曜日に発生した二号クローン、遠藤恭平が殺された事件を担当していることを川村は知っていた。土曜日には池袋署に捜査本部が立ち上がっている。

「どういうことですか？」新井が探りを入れてくる。「あの事件、川村さんの件と関係があるんですか？」

本当のことを言うわけにはいかなかった。川村は適当にはぐらかす。

「もしかしたらな。できれば詳しい状況を教えてほしい」

新井が紙コップのコーヒーを口にした。何やら思案している様子だった。同じ捜査一課の刑事なので話しても差し支えない。そう判断したのか、新井が話し出す。

「現状ではまだ容疑者は特定できていません。被害者の勤務先の会社が土日は休みだったので、今日から本格的に聞き込みをおこなう予定です」

遠藤恭平は練馬の電子機器メーカーに勤務していると聞いていた。彼に恨みを抱いている人物がいるかどうか、それを聞き込みするのだろう。遠藤はナイフで刺殺されたので、怨恨《えんこん》の線を疑うのは捜査の基本中の基本だ。

「割と大人しい男だったようです。昨日、彼の直属の上司と話ができました。あまり会社内に親しい友人もいなかったみたいで、会社関係の怨恨は期待薄かもしれません。両親が北千住《きたせんじゅ》に住んでいるようです」

「両親がいるのか？」

遠藤恭平はクローンだ。家族などいないはずだ。児童養護施設で育ったものだと思っていた。新井が答える。

「養子ですね。幼い頃に引きとられたようです。北千住の商店街で洋服店を営んでいると聞いています」

そういうことか。川村は納得し、次の質問をした。

「犯人がバイクで走り去ったんだろ。そのバイクの行方はわからないのか？」

「照会した結果、一週間前に品川区で盗まれたバイクだと判明しました。バイクの行き先はわかっていません」

あまり進展がないようだ。今日から本格的に始まる聞き込み捜査で何かわかるといいのだが。新井が紙コップを持ち上げて言った。

「川村さん、そろそろいいですか？　俺、行かないと」

「ああ。悪かったな、忙しいところ。またそのうち一杯やろう」

新井が立ち上がり、店から出ていった。川村は腕を組んだ。そもそもなぜ犯人はクローン人間を殺しているのだろうか。クローンを殺すことにどんな意味があるというのだろうか。

一昨日、高倉が指摘したように、犯人がドールズの内部情報を入手していることに間違いはないが、それは決して簡単なことではない。そんな危険を冒してまで、なぜ犯人はクローンを殺すことに執着するのだろうか。

川村は刑事としての経験から、殺人という犯罪の側面を知っている。殺しは、殺した側にとってメリットがなければならない。言うなればメリットがあるからこそ人は人を殺す。たとえば金。殺すことによって経済的なメリットが生まれる。たとえば感情。殺すことによって憎しみが晴れる。では今回の事件、クローン人間を殺すことによって生じるメリットとは何だろうか。

いくら考えてもわからなかった。川村は一人の人物のことを考えていた。有馬正義教授。七体のクローンを生み出した張本人だ。彼は今、どこで何を考えているのだろうか。

「ないんですか？　まったく？」

「ええ。申し訳ありません」

事務員が頭を下げた。川村は千駄木にある英麟大学のキャンパスを訪れていた。有馬教授のことを考え始めたら気になってしまい、その情報を入手しようと思ったわけだが、大学の事務局には一切情報がないという。おそらくドールズの仕業だろう。有馬教授という存在自体をすっかり消してしまっているのだ。

川村は事務局をあとにした。授業中ということもあってかキャンパス内は閑散としている。川村は大学の周辺を歩いてみることにした。学生や大学関係者目当てとおぼしき定食屋や弁当屋などを見かけたら中に入り、有馬正義という教授に心当たりはないかと質問したが、憶えている店員はいなかった。

　無理もなかった。何しろ二十八年前のことなのだ。大学内の情報はすべてドールズにより規制されているはずなので、活路があるとすれば大学の外だと踏んだのだが、その目論見《もくろみ》も外れたようだ。

　そう思い始めたとき、一軒の喫茶店が目についた。ちょうど大学のキャンパスの裏手にあたり、住宅街の中にひっそりとある小さな喫茶店だった。古めかしい外観で、店の名前は〈ツグミ〉といった。

　川村が中に入ると、若い女性の店員に出迎えられた。この若さでは二十八年前は生まれているかどうかも怪しいところだ。すると店の奥でマスターらしき男性がパイプを吸っているのが見え、川村は窓際の席に座ってホットコーヒーを注文した。

　店内を見回す。壁には何枚もの写真が飾られている。どれも鳥の写真だった。見たことがある鳥もあるし、初めて見る鳥もあった。コーヒーが運ばれてきたタイミングで、川村は身分証を呈示した。若い女性の店員が首を捻《ひね》った。

「刑事さん、ですか」

「ええ。ちょっと昔のことを調べているんです。あちらのマスターに話を伺いたいと思いまして」

「少々お待ちください」そう言って女性がカウンターの中にいる老人に話しかけた。

「おじいちゃん、警察の人。おじいちゃんに話を聞きたいんだって。昔の話だって」

祖父と孫か。川村はそう推測した。マスターはパイプを持ったまま川村の方に近づいてきた。「私に何か？」

「お忙しいところすみません」

「さほど忙しくないよ。見ればわかると思うが、客はおたくさんだけだ」

川村は苦笑した。皮肉屋の気難しいマスターのようだ。まずは機嫌をとることから始めてみようか。

「素晴らしい写真ですね。バードウォッチングですか。是非やってみたいと思っていました」

マスターが鼻で笑った。「本当にそう思っているなら連れていってあげてもいい」

「すみません。嘘を言いました。何か話のきっかけになればいいかなと」

「あんたの用件は？」

「二十八年前、英麟大学で教授をしていた有馬正義という人物について調べています。ご存知ありませんか？」

マスターは答えなかった。しばらく待っているとマスターが話し始めた。

「有馬先生なら知ってる。この店の常連だったからな。英麟大の先生の中にはツケ払いにしていく人もいて、有馬先生もそのうちの一人だった。奥さんが体調を悪くされて、急に田舎に引っ越すことになったと聞いている。もうかれこれ二十年以上も前のことだ」

「その話は誰から聞きましたか？」

「たしか遠い親戚だという男がツケを払いに来た。そのときに聞いたはずだ」

ドールズの息のかかった人間だろう。それにしても徹底している。馴染みの喫茶店にまで情報操作を試みるとは。

「有馬教授について、いろいろお話を聞かせてください」

「話といっても、あの先生は寡黙なお人だったからな。この店に来ても難しい顔をして専門書を読んでいたもんだよ」

「有馬教授の顔写真はありませんかね」

「写真？　そんなもんを何に使う？　それより有馬先生はご健在なのかね」

川村は答えなかった。鍵になるのは有馬教授ではないか。川村はそう思い始めていた。七体目のクローンの正体は明らかにされておらず、有馬教授自身のクローンである可能性も高いらしい。となれば七体目のクローンは有馬教授と似ているはずだ。顔写真を入手しておいて損はない。

「一度だけ、有馬先生と旅行に行ったことがある。仲間とバードウォッチングに行ったんだが、先生も同行されたんだ。場所は長野。英麟大の保養施設があったから先生も一緒に行かれたんだと思う」

「そのときの写真、残っていませんか？」

「わからん」マスターが首を横に振った。「鳥の写真なら一枚残らず保管しているんだが、人間の写真となると、ちょっとな。約束はできない」

「もし見つかったら連絡をください」

コーヒーを飲み干し、勘定を払って店から出た。やはり二十八年も前のことなので、そう簡単にはいかないらしい。しかもドールズが情報を隠そうと暗躍しているのだ。一人の男の顔写真を入手するのがこれほど難しいとは思ってもいなかった。

川村が駅に向かって歩き始めようとしたとき、視界の隅で何かが動くのを感じたが、あえてそちらに目をやらずにいた。尾行だろうか。俺は誰かに尾行されているのかもしれない。

※

頭の中でピアノが鳴っている。仕事中もずっとだ。郁人は会社の自分の席で書類を作成していたが、頭の中ではずっとピアノの音色が鳴り響いていた。

寝ても覚めてもピアノだけだ。昨夜も中野のスタジオで深夜一時までピアノを弾いていた。今朝も一時間早く起きて出勤途中でスタジオに寄り、三十分だけピアノを弾いた。弾くたびに上達していくのが自分でもわかった。馬場が言ったショパン弾きという単語が気に入り、馬場からもらったCDの中からショパンの曲の演奏を探し、それを真似て弾いている。

「……おい、夏川。返事をしろよ、夏川」

名前を呼ばれていることに気づいて郁人はパソコンから顔を上げた。いつの間にか眠ってしまっていたらしい。課長がこちらを見ていることに気づき、郁人は立ち上がって課長のもとに向かう。

「何でしょうか」

「夏川、先週に頼んだ北海道のやつ、どうなった？」

言われて思い出した。先週課長から頼まれていた仕事だ。郁人が勤めるスーパーカブトヤでは北海道の水産加工物を売り場に充実させる計画があった。そのため地元の加工会社に連絡をとり、サンプルを送ってもらうことを頼まれていた。すっかり失念していたので、郁人は頭を下げた。

「すみません。すぐにとりかかります」

「遅いよ、もう。それと荻窪《おぎくぼ》駅前店の店長から電話があった。お前にポスターの追加を頼んだようだけど、まだ届いてないらしいぞ」

「すぐに送ります」

「それも遅いって。だって先週のことだろ」

「申し訳ありません。これから行ってきます。すみませんでした」

すべて自分に非がある。郁人はその自覚があったので素直に頭を下げることしかできなかった。スーパーカブトヤの本社は少数精鋭を謳《うた》っているが、それは慢性的な人手不足を意味している。仕事量はそれほど多くないが、就業時間内に業務を終えるのが難しいこともある。以前なら仕事に遅れが生じた場合、必ず残業して遅れをとり戻した。休日にこっそり出勤して仕事をすることもよくあった。しかしここ最近は残業しないで帰ることが多かった。理由はピアノを弾きたいからだ。必然的に仕事が溜《た》まる一方だった。

　これではいけないという思いもある。しかしピアノの魅力には抗《あらが》えない。それほどまでにピアノというものは郁人の中で大きなウェイトを占めるようになっていた。

　郁人は自分の席に戻り、荻窪駅前店に届けるポスターを用意した。それを脇に挟んで「荻窪まで行ってきます」と周囲の同僚に声をかけてから廊下に出た。

「夏川、ちょっといいか？」

　振り返ると先輩社員の小池が追ってきた。小池とともに廊下の突き当たりにある喫茶スペースに向かう。以前は喫煙場所になっていたが、今年の春から社内は全面禁煙になっていた。

　自販機が並んでいて、その近くにベンチが置かれている。今も二人の社員がベンチに座ってジュースを飲んでいる。小池が缶コーヒーを買い、ベンチに座った。郁人もその隣に座る。

「まあ飲め」

「ありがとうございます」

缶コーヒーを受けとった。小池が訊いてくる。

「調子悪いのか？」

「いえ、そういうわけじゃないです」

「さっき寝てただろ。疲れてるのか？　悩みでもあるなら相談に乗るぞ」

悩みなどない。むしろ充実していると言ってもいいほどだ。理由はピアノに出会ったからだ。そういう意味では小池に感謝しなくてはならないだろう。彼の自宅に招かれなければピアノに触れることもなかったはずだ。

「とにかく仕事はきちんとした方がいい。来週になったら俺も落ち着くと思う。そしたらまた飲みにいこうぜ」

「ありがとうございます。ところで娘さん、ピアノ弾いてますか？」

「ああ。弾いてるよ」話題が娘のことになり、小池は相好を崩した。「毎日弾いてるらしい。お前が来たときより上達してる。でもラッキーだったよ、本当に。あのピアノ、もらったんだよ」

「えっ？　誰からですか？」

買ったものだと思っていたので郁人は驚く。

「飲み屋で出会った人から。何でも娘のために買ったはいいけど、急に離婚することになって奥さんと子供が出ていったらしいんだ。家にあっても邪魔だからって言うから、俺が引きとることになったんだよ。ラッキーだろ」

たしかに幸運だ。あのピアノが五十万以上はする代物であることを郁人は知っている。

「夏川、引き留めて悪かった。早く荻窪に行ってこい」

そう小池に言われ、郁人は立ち上がった。「ご馳走様でした」と小池に頭を下げてから廊下を歩き出す。早く仕事が終わらないだろうか。仕事が終わればピアノを弾ける。

こうしている今でもショパンの旋律が頭の中に流れていた。

※

竜生は品川にあるサイバーセキュリティ対策室のオフィスにいた。職員たちは皆、自分の席で静かに仕事をしている。今日は警視庁の川村から待機を命じられていた。

職員それぞれにはメインの端末であるデスクトップ型のパソコンと、サブのタブレット端末が与えられている。竜生はメイン端末で監視システムを起動させ、ネット上の不穏な動きを監視していた。それと並行してサブのタブレット端末では、クローンについてあれこれと調べていた。

クローンという言葉が一般的に広まったのは一九九七年二月のことだった。スコットランドのロスリン研究所のウィルムット博士率いる研究チームが、成体ヒツジの乳腺《にゅうせん》細胞からそのヒツジとまったく同じコピー、すなわちクローンを作ることに成功したと発表をしたのだ。いわゆるクローン羊ドリーである。

この研究成果は科学界に大きな衝撃を与えた。ウシなどの哺乳《ほにゅう》動物の胚のクローン化はおこなわれていたものの、成体の哺乳類の体細胞からクローンを作り出す実験に、歴史上初めて成功したのである。

敏感に反応したのがマスコミだった。人間でも可能なのか。我々もヒツジに続くのか。そういった過激な見出しを世界中の週刊誌が競って掲げた。当時、アメリカのクリントン大統領は関係各所に対し、ヒトのクローン化に関する研究には資金を割り当ててはならないとの指示を出した。それに呼応するかのように欧州主要国もこぞってクローン禁止の動きに出た。クローン人間を作ることへの生理的嫌悪感が色濃く出た反応だった。

日本も例外ではなかった。二年近くの議論を費やしたのち、『ヒトに関するクローン技術等の規制に関する法律』、略してクローン技術規制法を公布した。

ドリー誕生により世界が狂騒に包まれる六年半前、日本の長野県にある大学の保養施設で、七体のクローン人間が誕生していたのである。しかも驚くべきことに、その存在は政府によって秘匿され続けているのだ。

七体の有馬クローンは、厚生省主導によって設立されたドールズなる組織に監視され、能力の開眼を抑制されてきた。そして今、そのうちの二体が殺され、三体目の命が危険に晒《さら》されているのだった。

自分が関与しているとは思えないほどの、大がかりな事件だった。関与しているといっても、今はただ傍観しているだけに過ぎないのだが。

「ペンある？」

いきなり隣から声が聞こえた。顔を向けると、同僚である加藤《かとう》がこちらを見ていた。加藤は竜生と同時期に入ったＳＥで、ここに来る前はゲーム開発会社にいたらしい。内向的な性格のためほとんど話したことはなく、たまにこうして文房具を貸してあげることがあるくらいだ。

ペンくらい持っておけよ。その言葉を飲み込んで竜生は加藤にペンを手渡した。礼すら言わずに加藤は書類に何やら書き込んでいる。

加藤のデスクの上は彼が贔屓《ひいき》にしているアニメキャラのフィギュアで溢《あふ》れ返っている。カップ麺《めん》とドーナツの食べ過ぎで、体重はおそらく八十キロを超えているだろう。とても警察官には見えないが、彼もれっきとしたサイバー犯罪捜査官である。

「はい、これ」

そう言って加藤からバインダーを手渡された。バインダーに挟まれているのは回覧文書だった。忘年会に関するアンケートで、幹事である室長の千賀が作ったものだった。一番が横浜中華街への慰安旅行、二番が隅田川で屋形船に乗って宴会、三番が近くの居酒屋で宴会という内容で、希望の番号を記入する欄があった。現在のところほとんどの者が三番を希望していて、加藤にいたっては「不参加」と汚い文字で記入し、協調性のなさを披露していた。

おそらく忘年会は三番の案で決定する。問題はそのあとだ。開催が決定したのち、参加を募るアンケートが回ったときに、どれだけの者が参加の意思を表明するかだ。去年の忘年会も結局参加人数が集まらずに見送りとなっている。

バインダーをデスクの上に置き、竜生はメイン端末のデジタル時計を見た。時間は午後二時になろうとしていた。まだ警視庁の川村から連絡はない。

入り口の自動ドアが開き、室長の千賀がオフィスに入ってきた。会議から帰ってきたようだ。千賀がそのままこちらの方に歩いてきたので、竜生は慌ててバインダーを裏返した。この場でショックを与えてしまうのは可哀想だ。千賀が竜生を見下ろして言う。

「高倉君、例の件、進捗《しんちょく》状況はどうですか？」

例の件というのは、ドールズからの協力要請のことだ。感染症絡みの捜査協力だと千賀は認識しているはずだった。

「まだ続いています。解決の目処《めど》は立っていません」

「そうですか。引き続きお願いします」

「わかりました」

千賀が小さくうなずいてから立ち去っていく。加藤がこちらを見ている視線に気がついた。どこか小馬鹿にしたような顔つきだった。上司に媚《こび》を売るのも大変だね。そんな声が聞こえてきそうだ。

こっちだって好きでやってんじゃない。そう言いたいのをこらえて、竜生はメイン端末に意識を集中させた。

※

尾行されているのは間違いなかった。川村は今、山手《やまのて》線に乗っている。おそらく尾行者は別の車両に乗り、自分のことを観察しているはずだ。

午前中、英麟大学近辺で聞き込みを終えたあと、川村はいったん警視庁に戻った。クローン殺しの捜査以外にも抱えている仕事がいくつかあり、その進捗状況を確認するためだった。意外にも時間がかかってしまい、それらを終えたのが午後五時のことで、川村はこれから上野に向かうつもりだった。上野には三号クローンである石川丈志の自宅があり、メールで高倉にも呼び出しをかけた。

山手線が上野駅に到着した。川村は電車から降り、ホームを歩いた。尾行されていることには気づいてはいるが、いまだにその者の顔を見ることもできずにいる。よほど熟練した尾行者である証《あかし》だった。

複雑に入り組んだ駅の構内を歩き、中央改札から出た。特に目的はなかったが、尾行者の様子を観察するために、川村は駅に隣接している商業施設の中を歩いた。たまにショーウィンドウに目を走らせてみるのだが、不審な人物は発見できなかった。かなり距離をあけて尾行しているようだ。

このまま石川丈志の自宅アパートに向かうわけにはいかなかった。揺さぶりをかけてみるか。川村はそう決意し、施設の奥へと走り出した。角をいくつか曲がったところで書店の看板が見えた。書店の中に駆け込み、客に紛れて本棚の陰に隠れた。

腕時計に目を落とす。秒針が一周回るのを待ってから、川村は飛び出すように書店から出た。視界の隅で人影が動くのを見逃さなかった。川村の動きを予知していなかったのか、ぎこちなく背中を向ける男がいた。

距離にして一〇メートルほどだった。川村は背後から男に近づき、その肩に手を置いた。振り返った男の顔には見憶えがあった。ドールズの畠山だった。

「誰の命令だ?」

川村が訊くと、畠山は鼻の頭をかきながら答えた。

「さすが警視庁の刑事さんですね。結構慎重に尾行していたつもりなんですけど」

最初会った時にも感じたことだが、畠山は体格がよく、武闘派の匂いが漂っている。基本的にドールズは厚労省所管の組織のため、派遣されているのは厚労省で採用された国家公務員と考えて間違いない。そのためか、どこかエリート然とした態度の職員が多いと川村は個人的に感じているが、この畠山だけは違う。もしや――。頭の隅でひらめいた考えを川村は口にした。

「まさかお前、警視庁の……」

「警部補、お待ちください」川村の言葉を遮るように畠山が言った。周囲の目を気にしている。「ここではお話しできません。場所を変えましょう」

認めたも同然だった。詳しい話を聞きたいと思い、畠山の提案を受け入れることにした。畠山が先を歩き、その五メートルほど後方をついていく形で上野駅の構内から出た。横断歩道を渡り、アメ横に入る。しばらく歩いていくと畠山がカラオケルームに入っていったので川村もあとに続く。二人で部屋に入った。アイスコーヒーを二つ注文し、コーヒーが届くのを待ってから畠山が話し出す。

「ご推察の通り、私は警視庁から出向している人間です。ここに来てもう三年目です」

畠山の年齢は三十歳、階級は巡査部長だった。以前は渋谷《しぶや》署の刑事課にいて、二十七歳のときにドールズへの出向を打診された。

「ドールズが発足して以来、必ず数名の警察官がドールズに出向していたようです。主な職務内容は監視体制の強化と見直しですね。断ることもできたんですが、俺は若かったし、よくわからないまま引き受けてしまいました。まさか自分がクローン人間の監視をするなんて考えてもいませんでしたよ」

一度出向したら短くても五年、長ければ十年近く勤めることになるらしい。ただし特典が一つだけあり、戻ってきたときには希望する部署に必ず配属してくれるという。

「単刀直入に訊く」川村は疑問を口にした。「今回の件だが、クローンに関する情報はかなりの機密事項と言っても過言ではない。情報が洩《も》れたと考えるのが自然だろう。俺はドールズの人間が情報漏洩《ろうえい》に関与していると考えている。巡査部長の考えを聞かせてほしい」

畠山はその質問にすぐには答えなかった。今、彼の中でドールズに属する職員という立場と、本来は警察官であるという立場、この二つが相反していることは明らかだった。

しばらくして畠山が苦しげに言った。

「畠山と呼んでください。警部補のおっしゃる通りです。俺も内通者がいると考えています」

「心当たりはあるのか？」

「残念ながらありません。組織の人間を全員把握しているわけではありませんので。百人近い人間が働いていて、昔はもっと多かったようです」

ドールズは活動拠点を都内に分散させており、その代表的な拠点が品川のＪジェネリックと、永田町《ながたちょう》にあるビルの一室らしい。どちらもセキュリティレベルは高く、部外者の侵入は難しいようだ。

「ここ最近ですが、ドールズ内において組織縮小の動きが出ています。理由はクローンたちが大人になり、監視が比較的容易になったからです。それに今になって彼らの能力が目覚めるとは思えませんし、中にはオリジナルが死亡したクローンもいます。もうドールズの役割は終わった。そう唱える者もいますし、まだまだ続けるべきだと存続を訴える者もいます。俺は警視庁からの出向なんで詳しいことはわかりませんが、政治的なしがらみもあるみたいで、縮小派と存続派が対立しているみたいです」

組織であるからには派閥争いのようなこともあるだろう。それはどの世界でも同じらしい。

「あの朝比奈という男はどっち派なんだ？　現場責任者だと言っていたが。あいつに言われて俺を尾行していたんだろ」

「そうです。警部補の動きに目を光らせろと言われました。あの男は中立派ですね。彼は優秀ですよ。I種採用ですから」

国家公務員I種試験、現在では総合職と呼ぶらしいが、その試験を突破してきた者たちは、いわゆる官僚と呼ばれるエリート候補生だ。たしかに朝比奈という男は頭が切れそうな感じだった。実際に優秀なのだろう。

「俺もずっとクローンを監視してきましたが、結局、彼らはただの人なんです。宝の持ち腐れっていうんですかね。立派な遺伝子を受け継いでいるのに、その能力を発揮できずにいる。金と労力をかけて監視する必要があるのかって疑問に思った時期も正直ありました」

畠山の言わんとしていることは理解できた。ある種の矛盾だ。クローンは、クローンであることを発表してこそ、その存在価値がある。発表しなければただのヒトだ。

胸のポケットの中でスマートフォンが震えた。画面を見ると高倉からメッセージが入っていた。上野に到着したようだった。「中央改札の前」と短く返信し、畠山に訊いた。

「もう一つ教えてくれ。カテゴリーとか言っていたな。最高ランクの機密は何だ？」

「俺も下っ端なんでよくわかりませんが、二つだけ知っています。七体目のクローンの詳細、それから有馬教授の行方については、ごく一部のお偉方しか知らないみたいです」

「七体目のクローンは有馬教授本人のもの。そういう噂を聞いたこともあるか？」

「あります。あくまでも噂ですよ」

クローンについて、そしてドールズという組織について、いろいろとわかってきたことがあるが、肝心のことはまったくわからないままだった。川村はすっかり氷が溶けてしまったアイスコーヒーを口にした。

誰が、何の目的で、クローンの命を狙っているのだろうか。

カラオケルームを出て、川村は再び上野駅に戻った。そこで高倉と合流した。タクシーを拾おうか。そんなことを考えながら駅の構内を歩いていると、突然畠山が立ち止まった。何やら真剣な顔をしてスマートフォンを耳に当てている。

「……それは本当ですか。……今、私は上野駅にいます。……わかりました。捜してみます」

通話を終えた畠山が言った。

「石川丈志が行方をくらましたようです」

「どういうことだ？」

畠山が事情を説明する。石川は浅草にある自動車部品の製作工場で働いているが、今日は江東区にある系列工場に出張したという。行きは電車で行ったらしいが、帰りにタクシーを使われたことが予想外だった。監視員は追跡したが、石川を乗せたタクシーを見失ってしまった。石川を見失って一時間が経過しており、工場にも自宅にも戻ってきていないようだ。

「GPSは？　そのくらいは追跡できるだろ」

「反応がないようです。電源を切られているのかもしれません」

時刻は午後六時になろうとしていた。すでに石川は犯人に捕まっている可能性もある。非常事態とみていいだろう。

「何をやってるんだ、ドールズの奴らは」

無駄とはわかっていたが、毒づかずにはいられなかった。すると畠山が申し訳なさそうに頭を下げた。

「すみません」

「別にお前を責めたわけじゃない」

今は石川の行方を追うのが先決だ。しかしどこから捜していいものかわからなかった。もしすでに拉致《らち》されてしまっていたら事態は最悪な方向に向かうだろう。

「ちょっといいですか」ずっと黙っていた高倉が口を開いた。「電源が入っていないんじゃなくて、電波の届かないところにいるんじゃないでしょうか？」

「つまり？」

「思い出してください。この間行ったパチンコ店です。地下だけは電波が届かなかったじゃないですか。直帰することになってそのままパチンコ店に……」

　高倉が話し終える前に走り出していた。畠山と高倉も後からついてくるのが足音でわかった。横断歩道を渡りアメ横に入る。通行人をかき分けて走った。一昨日、昨日と同じパチンコ店に入って地下への階段を降りる。夕暮れどきという時間帯のせいか、台は八割方埋まっている。三人で手分けをして石川を捜す。有線放送とパチンコの電子音が騒々しい。

「いました」

　近寄ってきた畠山が川村の耳元で怒鳴るように言った。畠山の視線の先に石川の姿がある。列の中ほどで石川はパチンコに夢中になっている。

「本部に報告してきます」

　そう言って畠山がスマートフォン片手に階段を上っていく。ずっと走ってきたので息が上がっている。川村は空いている台を見つけ、座席に座った。しばらく息を整えていると石川が立ち上がる気配があった。川村も慌てて立ち上がり、石川の背中を追った。

　石川は店内を奥へと進んでいき、トイレに通じる狭い廊下に入っていった。川村は躊躇《ためら》った。ここで待っているべきか、それとも中に入って様子を確認するべきだろうか。

　しばらく様子をみることにして、出入り口に目を向けたまま壁に寄りかかった。二分ほど待っても石川は出てこない。痺《しび》れを切らして川村は通路を奥に進む。突き当たりに二つのドアがあり、右側が男性用、左側が女性用トイレだった。男性用トイレのドアを開けて中に入る。手前に小便器が三台あり、奥に個室のトイレが二つある。一番奥の個室を覗き、川村は思わず叫んでいた。

「石川っ」

便器に覆いかぶさるように石川は倒れていた。その背中にはナイフが突き刺さっている。まだ微《かす》かに息はあるようだ。

川村はトイレから出た。ホールに戻ると高倉が歩いているのが見えた。

「救急車を呼べ」

そう叫んだが高倉に通じない。川村は高倉に駆け寄り、彼の肩を摑《つか》んで言った。

「石川が刺された。救急車を呼べ」

ようやく意味を解して高倉が踵を返し、階段に向かって駆けていく。川村はもう一度トイレに戻った。石川が入ってからずっと見張っていたが、人が出入りした形跡はなかった。試しに女性用トイレを覗いてみたが、こちらも無人だった。犯人がトイレの中で石川を待ち伏せしていたのは間違いない。では犯人はどこから逃げたのだろうか。

もう一度男性用トイレに入る。個室に向かい、膝をついて石川の容態を窺《うかが》う。まだ息があるので、その耳元で川村は言った。

「もうすぐだ。もうすぐ救急車が来るからな」

腸《はらわた》が煮えくり返る思いだった。自分自身の不甲斐なさに対してだ。石川と一緒にトイレに入っていたら防げた犯行だった。彼が刺された原因の一端は自分にある。

「助かるぞ。絶対に助かるぞ」

川村は石川に向かって言葉をかけ続けることしかできなかった。

※

午後七時過ぎ、夏川郁人は中野の商店街の中を歩いていた。少し残業をしたのでいつもより遅いが、足は自然とスタジオに向かっていく。

スタジオのある雑居ビルの前にコンビニがあり、そこで飲み物と食べ物を買うのが習慣になりつつあった。いつもと同じようにコーヒーと菓子パンを買ってから地下への階段を降りていく。

スタジオの鍵を開けて中に入る。電気を点けてから、買ってきたコーヒーを一口飲んだ。それから手首を回しながらピアノに向かう。椅子に座り、右端から順番に鍵盤を押していく。郁人はこの瞬間が好きだった。まるで音をインプットしているかのように自分の中に音が入ってくるのがわかる。

練習曲を弾く。教則本で知った小学生用の簡単な曲なので、ウォーミングアップにはちょうどいい。練習曲を弾き終えたタイミングでスマートフォンが鳴り始めた。郁人は立ち上がってスマートフォンを置いたテーブルに向かった。かけてきたのは馬場だった。

「郁人、俺だ」

「あ、こんばんは」

実は今夜、馬場の都合次第でレッスンを受けることになっていた。郁人が予想していた通り、電話の向こうで馬場が謝った。

「悪い、郁人。今日は行けそうにない」

「いいですよ、馬場さん。スタジオを使わせてもらうだけで俺は十分です」

「まあ俺が教えることなんてほとんどないしな。じゃあ頑張って練習しろよ、郁人」

慌ただしく通話が切れてしまい、郁人はスマートフォンをテーブルの上に置いた。

今日は何を弾いてみようか。そんなことを思いながら段ボールを覗き込む。馬場からもらったＣＤが入っている。ショパンはほとんど弾いてしまったので、箱から適当にとったＣＤを聴き、それを弾いてみるということを繰り返している。

一枚のＣＤを手にとった。ジャケットには見知らぬ外国の街並みが写っている。『ＩＯＲＩ　ＮＡＲＵＭＩＹＡ』という文字が読めた。成宮《なるみや》イオリ。日本人のピアニストのようだが、初めて聞く名前だった。アルバムのタイトルは『アイデンティティ』。

どんな音楽だろうか。ＣＤプレイヤーにＣＤをセットして再生ボタンを押す。知らない曲を耳にするのは、見知らぬ土地を旅するような感覚だ。

スピーカーから流れ始めた曲の冒頭を耳にしただけで、何だか不思議な気持ちになった。初めて聴いた曲なのに、ずっと昔から知っているようだ。既視感の音バージョン、既聴感とでもいうべきか。

小舟に乗り、激流に流されるかのように、ピアノの音色とともに時間が流れていく。ショパンに負けないほど繊細で、ベートーヴェンに比肩するほどダイナミックなハーモニーだ。郁人は時間が過ぎるのを忘れ、スピーカーから流れてくるメロディに身を任せた。

気がつくと静寂に包まれていた。いつの間にか再生が終わっていたようだ。もっとも印象的だったのは最後の曲だった。その曲を聴きながら郁人はいつしか涙を流していた。ケースをとり、ジャケットの裏側を見る。全部で十曲で構成されており、最後の曲はアルバムタイトルにもなっている『アイデンティティ』という曲だった。

CDプレイヤーの液晶画面には『四十二分三十秒』と表示されている。このアルバムの収録時間だった。四十二分三十秒の間、ずっと鳥肌が立ちっ放しだった。今まで音楽を聴いてこんな衝撃を受けたことはない。

ケースに挟まれた冊子をとる。歌詞がないためページ数は少なかった。一ページ開いたところで、郁人は息を呑《の》んだ。

モノクロの写真だった。ピアノを弾く男の横顔がアップで写っている。おそらくこの男が成宮イオリというピアニストだろう。

成宮イオリの横顔は、郁人と瓜二つだった。

第三章　インポッシブル・コンタクト

川村は御徒町《おかちまち》にある総合病院のロビーにいた。午後八時になろうとしている。もう診療時間は終わっていて、ロビーは静まり返っていた。

石川丈志がこの病院に搬送され、二時間近くがたっていた。すでに上野《うえの》署が捜査を始めている。川村は第一発見者であり、自分が警視庁の刑事であることを告げていた。上野署の刑事が二人、少し離れたソファに座っている。なぜ石川丈志を追っていたか、その理由はまだ話していない。

隣には高倉が座っている。高倉も暗い顔つきで床に視線を落としていた。サイバー犯罪捜査官という肩書きがあっても、この男の本職はＳＥだ。立て続けに事件に遭遇して精神的に参っているかもしれない。

薄いブルーの手術衣を着た医師が廊下を歩いてきた。医師は上野署の刑事に何やら告げていた。その顔つきから不穏な空気を感じとった。医師が立ち去ると上野署の刑事がこちらに向かって歩いてきて、暗い顔をして言った。

「亡くなったようです。手を尽くしてくれたようですが、駄目だったとのことです」

「そうですか」

川村は肩を落とした。一年前と同じだ。また目の前で人が殺されたのだ。しかも今度も救えたかもしれない命だった。石川がトイレに入っていくのを黙って見ていたのが失敗だった。あとから何食わぬ顔をして入っていけばよかったのだ。

「殺人事件です。おそらく捜査本部が設置されることになるでしょう。差し支えなければお話を聞かせてください。署まで来ていただけると助かります」

「わかりました」こういう流れになるだろうという予感はあった。「私も上司と話をしたいので、少し時間をください。必ず説明いたしますので」

「了解しました。我々も詳しい死因について医師から話を聞いてきます。三十分後、正面玄関の前にパトカーを回します」

そう言って二人の刑事は廊下を歩いていった。高倉と二人、ロビーに残される。それを見計らったように別の足音が聞こえてきた。スーツを着た二人の男が歩いてくる。ドールズの朝比奈と畠山だった。二人に向かって川村は言った。

「石川は死んだ。俺たちはこれから上野署に行って事情を訊《き》かれることになる」

「上野署には話をつけました」朝比奈が冷静な口調で言う。「お二人は上野署に行かなくて結構です。このまま帰ってくださって構いません」

「待て、本気か？　人が殺されてんだぞ。それに上野署の刑事たちだって困るだろうが」

「問題ありません。遺体はうちで引きとります」

一号クローンの野添が殺されたときと一緒だった。話をつけたと言うからには、上野署の幹部の了解を得ているはずだ。警察に捜査を任せるよりは、裏から手を回して隠密裏に処理した方が早い。そういう結論に至ったのだろう。

「行きましょう。ここでは詳しい話ができない」

そう言って朝比奈が歩き出した。畠山が小さく頭を下げてきた。傲慢《ごうまん》な上司の非礼を詫《わ》びているようでもある。川村も立ち上がり、高倉とともに歩き出した。殺人事件の第一発見者であるのに聴取を受けないなど、ことごとく常軌を逸している。そもそも殺されたのがクローン人間であるということ自体が信じられない話なのだが。

夜間通用口を出た。黒いワゴンタイプの車が停まっていて、その車に乗り込んだ。畠山が運転席に、残りの三人が後ろに座る。車が走り出すと朝比奈が口を開いた。

「三号を見失ったのはうちの失態です。見つけていただいてありがとうございました。事件について詳しい話を教えてください」

「石川がトイレに行った。俺はそのあとを追ったんだ」

起こったことをそのまま話した。男性用トイレで刺された石川を発見し、外に出て高倉に救急車を呼ぶように指示を出したこと。すぐに戻って念のために女性用トイレに入って中を確認したが無人だったこと。話を聞き終えた朝比奈がバッグから薄いノートパソコンを出して膝《ひざ》の上に置いた。

「これを見てください」

パソコンの画面を覗《のぞ》き込む。パチンコ店の店内の様子が映し出されている。防犯カメラの映像らしい。

「いったいどうやってこれを……」

「そんなことはどうでもいいでしょう。もうすぐです」

一人の男が画面を横切り、トイレのある通路に入っていった。石川だった。画面右上に時刻が表示されていて、午後六時七分を示していた。川村は食い入るように画面を見る。トイレに向かう通路に不審な動きはない。石川が入って二分後、一人の男が通路に入っていった。川村だった。川村が入った直後、帽子を被《かぶ》った人物が通路から出てきて、画面を横切って消えていく。こいつが犯人で間違いない。

「犯人だ。女性用トイレにひそんでいたんだな」

犯人の動きはこうだ。まずは男性用トイレに隠れ、石川が入ってくるのを待つ。そしてトイレに入ってきた石川を刺し、隣の女性用トイレに駆け込む。その直後に川村が男性用トイレに入ってきたので、その隙を狙って女性用トイレから出て店から逃亡したのだろう。

「でもおかしくないですか」高倉が首を捻《ひね》りながら言う。「石川がトイレに行かなかったら犯人はどうするつもりだったんでしょうか。無駄足になってしまいますよ」

その疑問は当然のものだった。朝比奈が答えた。

「おそらくメールで呼び出したんじゃないでしょうか。川村さん、そういった形跡はありませんでしたか？」

　あのときのことを思い出すが、何とも言えなかった。離れた台に座っていたため、石川の手元まで注意を払えなかった。彼がスマートフォンを目にしてから席を立った可能性も低くはない。

「警察に捜査を任せるべきだ」川村はそう進言した。刑事という立場上、そう言うよりほかになかった。「証拠は残ってる。店中の防犯カメラの映像を隈《くま》なくチェックすれば犯人像が浮かび上がってくるかもしれない。石川の携帯もそうだ。持ち去られている可能性もあるが、電話会社に照会をかければ通話履歴やメールの履歴も割り出せる。犯人に繋《つな》がる痕跡《こんせき》が見つかるかもしれないんだ」

　すでに三人も殺されているのだ。何もせずに手をこまねいていてはさらなる犠牲者を増やすだけだ。しかし朝比奈は首を縦に振ろうとしなかった。

「川村さんの助言に従い、二号クローンの事件は警察に捜査を委《ゆだ》ねました。しかし現在のところまったく進展がありません」

　今日は月曜日で、一号クローンの遠藤恭平が殺害されたのは先週の金曜日だ。まだ三日しかたっておらず、この短い期間で犯人を見つけ出せという要求はシビアなものだ。それを伝えようとすると朝比奈が先を急ぐように言った。

「我々の最優先事項はクローンの命ではなく、クローンの存在を隠すことです。この国で二十八年前に七体のクローンが生まれた。その事実は世間にバレてはならない究極の秘密なんです」

究極の秘密。果たしてクローンの存在がそこまで大きな秘密だろうかという疑問はある。クローンが存在していようがいまいが、国民の生活に影響を与えることはない。クローンの秘密を保持しようというのは厚労省側の論理であり、一般的な常識とはかけ離れているように思えてならなかった。しかしそれを議論しても始まらないので、川村は説得を試みた。

「秘密を公にしろとは俺は言ってない。せめて二十人、いや十人でいい。警視庁の刑事にこの事態を知らせて、専属として捜査に当たらせるべきだ」

「あなた方二人を巻き込んだことでさえ、かなり危ない橋を渡っているんです。もし警視庁の刑事十人にこの秘密を伝えるとなると、おそらく大臣の許可が必要になってくるでしょう。警視庁のトップにも説明しないといけないでしょうね」

三人はクローンであるから殺された。彼らの正体を隠したまま捜査をしていても真犯人に辿《たど》り着くことは難しいだろう。

川村は朝比奈との立ち位置の違いを痛感した。ドールズはクローンの命などどうとも思っていない。秘密を保持できるのであれば、その命などどうなってもいい。それがドールズの本音だ。

「それに今日の一件でははっきりしました。警察が当てにならないということがね。現場に警察官が三人もいながら犯行を阻止できませんでしたから」

川村と高倉、そして畠山のことを言っているのだろう。反論する言葉は見つからず、バックミラーに目をやると運転席の畠山が唇を噛《か》んでいるのが見えた。

「降ろしてくれ」

気がつくと川村は声を発していた。しばらくして車が路肩に停車した。ドアを開けて川村は車から降りた。高倉が降りようとしていたので彼に向かって言った。

「お前は送ってもらえ。俺は少し頭を冷やしたい」

川村は強引にドアを閉めた。神保町《じんぼうちょう》のあたりだった。走り出したワゴンを見送ってから川村は歩き出した。朝比奈の言葉が耳から離れない。

そうだ。今日の事件、俺は犯行を阻止することができなかった。刑事失格という烙印《らくいん》が押されても文句は言えなかった。

※

「頭を冷やしても問題は解決しない。そう思いませんか？」

ワゴンが再び走り出すと朝比奈が言った。竜生が答えることができずにいると朝比奈が続けた。

「警視庁の刑事ならもう少し使えると思ったんですが、意外に駄目でしたね。これ以上は期待しない方がいいかもしれません」

そう決めつけるのは早計かと思ったが、実際に目の前で三人目のクローンが殺されている以上、何の言い訳もできなかった。ただ川村のことが気になった。必要以上に自分を責めているような気がしてならなかった。悪いのは犯人であり、川村ではないのだから。

それにしてもドールズというのは凄《すご》い組織だと改めて感じた。殺人事件をなかったことにしてしまうのだ。たしかにクローン人間が生存しているという事実は全世界に衝撃を与えるほどのニュースだろう。しかしその秘密を保持するために殺人事件を隠蔽《いんぺい》してしまうというのは過剰防衛に思えて仕方がない。ただ、そこまでしないと秘密というのは保持できないものかもしれない。中途半端に隠そうとするから露見するのであり、やるなら徹底的に隠すというのがドールズのやり方なのだろう。

我が身のことを考える。成り行きとはいえ国家規模の重大な秘密を知ってしまい、これからどうなってしまうのだろうか。誓約書でも書かされるのだろうか。誓約書で済めばいいが、今後数年間に亘《わた》って監視対象になるとか、電話やＳＮＳのやりとりを覗き見されるとか、実生活に影響が出そうで怖かった。

車は靖国《やすくに》通りを西に向かって走っている。どこに連れていかれるのか気になり、「あのう」と運転席に座る畠山に声をかけると、「ご自宅までお送りします」と言われた。自宅の住所を教えた記憶はないが、そんなものはとっくに知られていても不思議はなかった。

朝比奈はスマートフォンをしきりに操作している。メールを打っているようだ。国の役人らしいが、ＩＴ業界でもよく見かけるタイプだった。どこかのＩＴ企業の若手幹部と言われても信じてしまうだろう。

車内は静かだった。およそ三十分ほどかかって蒲田の自宅マンション前に到着した。やはり自宅の住所はすでに知られていたのだ。ドアを開けて降りようとすると背後で朝比奈が言った。

「高倉さん、あなたと川村さんには実は少し期待していました。もし川村さんに会われることがあったら、私がそう言ってたと伝えてください」

竜生が車から降りると朝比奈を乗せたワゴンは走り去った。車のテールランプが角を曲がって見えなくなるのを待ってから、竜生はマンションのエントランスに入った。エレベーターで自宅に向かう。時刻は午後九時になろうとしていた。

遅くなることを美那に伝えていない。玄関を開けて中に入ると部屋は薄暗かった。リビングの電気を点《つ》ける。寝室を覗くとベッドの上で美那が寝ていた。ドアが開いたことに気づいたのか、美那が体をこちらに向けた。

「お帰り」

「ただいま。調子悪いのか？」

「ちょっと頭が痛いだけ。ご飯できてるよ」

「そうか。寝てていいよ。勝手にやるから」

ドアを閉めてキッチンに向かう。コンロの鍋《なべ》の中身は味噌《みそ》汁だった。冷蔵庫の中に肉ジャガを見つけた。それを温めようとしていると美那が寝室から出てくるのが見えた。

「大丈夫か？」

竜生が訊くと美那が笑って言う。

「うん、平気。私が用意するから待ってて」

竜生はサワーの缶を一本持ち、キッチンから出てリビングのテーブルの前に座った。サワーを一口飲んでから考える。明日はどうすればいいのだろうか。通常通りの仕事に戻るか、それとも川村と行動するべきか。まあ川村次第だろうなと竜生は思った。彼が手を引くならそれに従うし、彼がまだクローン殺しに関わるなら付き合うしかないだろう。

「お待たせ」

美那がトレイを運んできて、お椀《わん》や皿を竜生の前に置く。「いただきます」と言って食べ始める。美那は竜生の前に座って緑茶を飲んでいた。

「そういえば仕事はいつから？」

「水曜日から。まずは半日から始めようと思ってるわ」

「その方がいいね」

公務員という手堅い身分を手に入れたはいいが、正直収入面では以前の仕事より少し落ちる。美那が仕事を再開してくれると助かる部分が大きかった。

「今日、お父さんから電話があったわ」

「父さんから？　何で僕じゃなくて美那にかけてきたんだろ」

「仕事の邪魔をしたくないからでしょ。元気にしてるか確かめたかっただけみたいだけど」

　竜生の父は板橋《いたばし》区成増《なります》に住んでいる。今年で七十歳になる元警察官だ。サイバー犯罪捜査官になろうと思ったのは、少なからず父の存在が影響しているかもしれない。警察官といっても総務関係の仕事を長年していたらしい。

「たまにはお父さんのところに行きたいね」

「それもいいな」

　母は竜生が幼い頃にガンで急逝していて、竜生には母親の記憶がない。大学卒業まで父とずっと二人で暮らしてきた。就職を機に実家を出て一人暮らしを始め、今では盆と正月に顔を出す程度だ。

　今度の週末、美那を連れて実家に帰ろうか。そんなことを思いながら竜生は白米を口に運んだ。

※

　指定された店は歌舞伎町《かぶきちょう》にあった。新宿区《しんじゅくく》役所の裏手の雑居ビルの二階だった。川村が名前を告げると個室に通された。個室居酒屋と謳《うた》っているだけあり、すべてが個室でカウンターなどは見当たらない。中で市野美香が待っていた。

「すみません、急にお誘いしてしまって」

美香が頭を下げた。連絡があったのは一時間ほど前だった。朝比奈たちと別れてから、警視庁に戻って自席で溜まった書類を見ていたところ、スマートフォンにメッセージが入った。市野美香からで、相談があるので今晩会えないかという内容だった。何度かやりとりを重ね、美香が指定した店がここだったのだ。

「それで、俺に相談というのは？」

「まずは頼みませんか？　川村さん、お酒お飲みになりますか？」

「ええ。今日はもう仕事を終えたので」

川村は生ビール、美香がモスコミュール、鶏《とり》の唐揚げなどの食べ物を数品注文した。美香が申し訳なさそうに言った。

「本当にすみません。こんなに遅い時間に来ていただいて」

「構わないですよ。この時間まで仕事をやってることもありますから。ところで市野さん、今までお仕事ですか？」

「ええ。遅番だったもので」

時刻は午後十時になろうとしている。美香の店の閉店時間は午後九時で、それから片づけやレジの精算をしてから店を出るらしい。

「川村さん、お変わりないですか？　今も捜査一課にいらっしゃるんでしょう？」

「はい。今も捜査一課です」

「じゃあお忙しいんですね。奥さんが可哀想」

「妻とは別れました」

「あ、そうだったんですか。すみません」

「いいんですよ。それより市野さんがお元気そうで何よりです。先日お会いしたときも思ったんですが、かなり顔色がよくなりましたね」

一時期、彼女が激やせしたときはどうなることかと思ったものだった。だからこうして娘の死から立ち直った彼女の姿を見るのは嬉《うれ》しかった。

頼んだ料理がすべて運ばれてきたタイミングを見計らい、川村はもう一度訊いた。

「相談って何ですか？」

「あ、そうですね」美香が箸《はし》を置いて話し出す。「プライベートで嫌なことがあって………。実は私、ストーカーに悩まされているんです」

男は四十代くらいのサラリーマンで、彼と出会ったのは友人が経営するバーだった。美香はそのバーで何度かヘルプとして働いたことがあり、男はその店の常連だった。半年ほど前、尾行されていると気づき、やがてその男だと知った。たまに郵便ポストが開けられていることもあったが、彼がやったとは特定できなかった。

「私、最近引っ越したばかりなんです。二週間くらい前なんですけど」

引っ越しを機に男の影は消えた。しかし喜んでいられたのは束の間だった。三日ほど前に引っ越し先のアパート近くで男の姿を目撃した。

「ほかに彼から直接的な被害を受けましたか？　たとえば何かを盗まれたりとか」

「そういうことはありません。ただ遠くから見ているだけなんです。それが不気味でたまらなくて……」

それは怖いだろう。しかし警察としては何か具体的な行為を示してくれた方が取り締まり易い。

「男の素性はわかりますか？」

「ええ。もらった名刺がどこかにあるかと思います」

「今度見せてください。新しいお住まいはどちらですか？」

「高円寺《こうえんじ》です」

「近日中に最寄りの交番に行って、事情を説明してみましょう。そういう情報があるとないとでは、交番の警察官の動きも違ってきますから」

「ありがとうございます。何だかすっきりしました」

美香が胸を撫《な》で下ろしていた。問題が解決したわけではないが、悩みを打ち明けて楽になったのかもしれない。川村は生ビールを飲み干し、足元に置いてあった紙袋を膝の上に置いた。

「これ、つまらないものですが」

「何ですか？」

「プレゼントです。娘さんへの。よかったら飾ってください」

クマのぬいぐるみだ。二週間ほど前にたまたまデパートで見かけ、いつか渡そうと買ったものだ。

一年前、俺は萌を救えなかった。目の前で逃走中の犯人をとり逃がし、その男の無謀な運転で萌を死なせてしまった。そして今日もまた目の前にいた石川丈志という男をむざむざと殺されてしまった。自分の不甲斐《ふがい》なさに呆《あき》れると同時に、怒りさえ感じてしまう。

「どうかしました？　怖い顔して」

「い、いえ、別に」

「本当にありがとうございました。それと……」彼女が名刺を出し、その裏にペンを走らせた。それをこちらに寄越しながら言う。「私の新しい住所です。今度萌にお線香をあげにいらしてください」

「わかりました。そのうちお伺いします」

川村は受けとった名刺を胸のポケットにしまった。

※

フリー百科事典『ネットリア』より抜粋。

成宮イオリ　一九五七年生まれ。日本のピアニスト、作曲家。

経歴

本名、成宮伊織。神奈川県横浜市生まれ。父親は外交官、母親はピアノ教室の講師。母親の影響で幼い頃からピアノを弾き、数々のコンクールに参加・入賞。地元の中学校を卒業後、横浜桜高校音楽科に進学。一九七四年、十七歳のときに全国高校生音楽コンクールで優勝する。一九七五年、ジュネーブ音楽院に留学し、同年、ロン＝ティボー国際音楽コンクールピアノ部門で優勝する。

一九七六年にパリでデビューリサイタルを開き、以降、欧州各地でリサイタルを開く。一九八二年、二十五歳のときに日本に帰国し、東京を中心にして活躍する。八〇年代後半から作曲活動を開始し、一九九三年に初のアルバム『アイデンティティ』を発表、同アルバム収録曲である『アイデンティティ』は同年公開の映画『サムライの消えた夏』のメインテーマとなり、日本人ピアニストのオリジナルアルバムとしては異例のヒットとなる。

一九九九年、四十二歳のときにピアニストとしての活動停止を宣言する。持病の悪化が原因ではないかと言われているが、真偽のほどは定かではなく、以降、公の場からは姿を消している。

人物

かなりの偏食で、肉以外は食べないという。

一九九三年、日本グラミー賞の最優秀映画音楽部門にノミネートされたが、発表当日にテレビ局のディレクターと口論となり、辞退している。

高円寺の自宅アパートに戻った郁人は、パソコンのインターネットでピアニスト・成宮イオリについて調べた。孤高のピアニストというのがネット上の評価であったが、活躍していた期間が短く、さらに活動停止後は一切公に姿を見せないため、今ではその名を知る者も少ないようだった。ネットに出回っている本人の画像もいくつかあったが、やはりアルバムに入っていた冊子の写真が一番鮮明だった。

似ている。もう何度見たかわからないが、見るたびにそう思う。それほど成宮イオリというピアニストと自分はよく似ている。もちろん相違している点もある。一番違うのは髪型だが、そんなものはどうにでもなる。顔の輪郭も成宮イオリの方が多少痩《や》せているようだが、一つ一つのパーツは驚くほどよく似ていた。

郁人はもう一度ネットで成宮イオリの経歴を確認した。頭の中で計算し、郁人との年齢差が三十三歳であることがわかった。ない話ではない。この男が自分の父親である可能性だ。

郁人は捨て子だった。詳しい話は知らないが、都内の産婦人科医院の前に置き去りにされ、それを保護されたという話だった。郁人の中で、勝手に物語は生まれていく。一九八九年、成宮イオリは売れっ子のピアニストだった。一人の美人ホステスと付き合っており、彼女が妊娠してしまった。子供を産みたいと彼女は成宮に言ったが、当時の成宮は売れっ子であり、それどころではなかった。中絶費用と手切れ金をホステスに渡して、それで終わりだと思っていた。

しかしホステスは子供を堕《お》ろさず、翌年の夏に出産した。実際に産まれた子供を見て、育てていく決意が揺らぐ。いや、もしかするとすでに新しい男がいて、その男が子供の存在を嫌がったのかもしれない。とにかく女は子供の養育を放棄し、我が子を産婦人科医院の前に置き去りにした。紙に『夏川郁人』という名前だけ書き残して。

有り得ない話ではないが、確証はゼロだ。もし十代の多感な時期にこのピアニストの存在を知っていたら、ピアニストとホステスの恋と悲しい別れのストーリーを本気で夢想し、信じていたかもしれない。しかし今の自分はそれを信じるほどの夢想家ではなく、現実というものを知っている。

ただ、成宮イオリの血が自分に流れているという空想は、説明し難い一つの事象を解決してくれるのだ。ピアノだ。初心者である自分が、一度耳にした音楽をピアノで弾けるという事実は、自分にピアノの才能があることを物語っている。その才能はどこから来たのか。そう、成宮イオリから受け継いだものと考えれば説明がつくのだ。

俺は成宮イオリの息子かもしれない。その着想は抗《あらが》い難い誘惑を秘めていた。顔の造作とピアノの才能。この二つを根拠にした着想だ。だからといって、今さらどうすればいいのだという思いもあった。隠遁《いんとん》したピアニストを訪ねるわけにもいかないし、そもそも彼が生きているか死んでいるかも定かではないのだ。

郁人は壁の時計を見た。時刻は午前一時を過ぎている。明日も仕事なのでそろそろ眠りに就きたいところだが、睡魔はまだ襲ってこない。目は冴《さ》える一方だった。

郁人はもう一度『成宮イオリ』と画面に入力して検索する。ヒットしたページの見出しを読み続けた。

※

目覚めると二日酔いだった。川村は冷蔵庫からミネラルウォーターのペットボトルを出し、それを直接口に当てて飲んだ。テーブルの上にはウィスキーの瓶が空になって転がっていた。半分ほど残っていたのを憶《おぼ》えている。それを一晩で飲み干してしまったようだ。以前なら何ともない酒の量だが、四十歳を過ぎたあたりから酒に弱くなっていた。

朝の八時を過ぎたところだった。熱いシャワーを浴びてから、今度は冷たい缶コーヒーを飲んだ。次第に気分がよくなってくる。スマートフォンを出してニュースサイトに繋《つな》ぐ。ネットでニュースを見るのが朝の日課の一つだった。特に大きな事件は起きていないようだった。大きな事件というのは殺人や強盗といった捜査一課が絡むような事件のことだ。

これからどうするべきか。川村は自問した。

朝比奈が言った通り、俺はまったく役に立たなかった。目の前にいた石川丈志を救うことができなかった。完全な失態だ。

しかし三人のクローンが殺されているのは紛れもない事実だった。しかもドールズはその事件に蓋《ふた》をして、事実をひた隠しにすることに躍起になっていた。殺人が発生したら、その犯人を捕まえるために警察が捜査をする。そういった通常踏まれるべき手順が無視されてしまっているのだ。そう、被害者がクローンであるが故に。

しかしクローンといっても人間だ。殺された三人はドールズによって監視対象にあったとはいえ、それぞれに人間関係を築いていたはずだ。クローンである前に人間である。ドールズは秘密を守ろうとするあまり、そういう本質的な部分を見落としているような気がしてならない。

川村はスマートフォンをとり、『クローン』と入力して検索した。ネット辞書にある語句の説明を読む。

クローンは同一の起源を持ち、尚且つ均一な遺伝情報を持つ核酸、細胞、個体の集団。
もとはギリシア語で植物の小枝の集まりを意味する。

　わかるようでわからない説明だ。クローンとは何か。クローン人間とは何か。そういった小難しい話はさっぱりわからないが、一つだけたしかなことがある。殺人は罪であるということだ。

　クローン人間だろうが、普通の人間だろうが、殺すのは罪だ。それを逮捕するのが警察官の務めだろう。川村はスマートフォンで通話履歴を表示した。ボタンを押してスマートフォンを耳に当てる。相手はすぐに電話に出た。

「はい、畠山です」

「川村だ。昨日の件、どうなった？」

「遺体はうちで引きとりました。朝比奈が警視庁と上野署に話をつけたようです。事件は完全になかったことになりました」

　そんなことが許されるのか。パチンコ屋の男性用トイレで見た、石川丈志の姿を思い出す。背中をナイフで刺され、か細い呼吸で命を繋ぎとめていた。あの男の死がなかったことになった。なかったこととはいったいどういうことなのだ。

　部屋を見回した。それほど散らかっていない。妻と一緒に住んでいた２ＤＫの間取りは正直一人では広過ぎる。最近ようやく離婚したことを受け入れ始めている自分がいた。

帰るべき場所に家族はいないが、俺には仕事がある。警察官という仕事が。

　刑事として今なすべきことをしよう。川村はそう心に決めた。そのためだったらどんな手を使ってもいい。最優先すべきは……。

「畠山、四号クローンについて知りたい。彼の警備状況についても教えてほしい」

　犯人が次に狙うのは四番目のクローンだ。これ以上クローンを殺されてはならない。今度こそ阻止して、あわよくば犯人をこの手で捕まえたかった。

「一時間後にお迎えにあがります」電話の向こうで畠山が言った。「川村さんの指示には従うように朝比奈に言われておりますので」

　こっちの行動は読んでいるというわけか。朝比奈の冷静な顔を思い出しながら畠山に言った。

「頼む」

「彼はどうしましょう？　もしあれならピックアップしていってもよろしいですが」

　高倉竜生のことだ。警察官としては少々頼りない部分があるが、今後の捜査のことを踏まえると彼の力が必要になる時期が訪れるような気がした。それに彼と行動をともにするように上司からも命令されている。

「高倉も連れてきてくれ」

「わかりました」

　通話を切ってからスマートフォンをテーブルの上に置いた。あと一時間か。歯を磨こうと思って立ち上がったとき、テーブルの下に一枚の名刺があるのが目に入った。昨夜シャツを脱いだときに落ちたものだろうか。名刺の裏に市野美香の新しい住所が書かれている。

※

「あのビルの三階に彼が勤めるオフィスがあります。今日も出社していることはすでに確認済みです」

運転席で畠山が説明している。助手席には川村が座っていて、竜生は二人の話を後部座席で聞いていた。このビルの前で張り込みを開始して一時間半近く経過していた。時刻は正午を回ろうとしている。

四号クローンは夏川郁人という名前のサラリーマンらしい。スーパーカブトヤの本社に勤務していて、次に狙われるのは彼だと考えられた。そのためドールズも彼の監視には力を入れており、常時四人体制で見守られているという。

竜生は手元の紙片に目を落とした。そこには現在までに判明しているクローンの正体が記されている。さきほど畠山から渡されたものだ。

一号クローン　野添孝明（名倉泰山）八月四日生まれ

二号クローン　遠藤恭平（海老沼恒）八月九日生まれ
三号クローン　石川丈志（岩本琢朗）八月十日生まれ
四号クローン　夏川郁人（成宮伊織）八月十二日生まれ
五号クローン　橋本圭《はしもとけい》（服部啓介《はっとりけいすけ》）八月十四日生まれ
六号クローン　？？？
七号クローン　？？？

　カッコの中がオリジナルの名前だった。四号クローンのオリジナルである成宮伊織は八〇年代前半から九〇年代後半にかけて活躍したピアニストらしい。五号クローンの橋本圭は商社マンで今はアメリカのニューヨーク支所に赴任しており、ドールズから二名の監視員がニューヨーク入りしているとのことだった。オリジナルの服部啓介は有名な脳神経外科医だが、すでに他界している。六号及び七号クローンについてはカテゴリー1という最上級の部類に入る機密のようで、畠山も詳細は知らないという。

「出てきました」畠山が言った。「グレーのパンツに白いワイシャツです。コンビニに行くか、向かいのファミレスに行くか、そのどちらかのようです。あ、今日はファミレスに行くみたいですね」

　オフィスのあるビルの向かい側にも同じような建物があり、その一階がファミレスになっていた。似たような服を着ているサラリーマンばかりのため、まだ竜生は夏川郁人という男を特定できていなかった。

「俺たちもあの店で飯を食おう」

　そう言って川村がドアに手を伸ばすと畠山が苦笑した。

「本気ですか？　監視員に叱られますよ」

「接触しようってわけじゃない。遠くから見ながら飯を食うだけだ」

　川村が車から降りていく。どうやら畠山はコインパーキングに車を入れるつもりらしく、竜生は先に車から降りて川村の背中を追った。

　店内は混んでおり、客のほとんどが近くに勤めるサラリーマンのようだ。窓際に長めのカウンターがあり、一人の客はそこに案内されていた。竜生たちはテーブル席に案内された。しばらくして畠山もやってきた。川村がメニューを手にとりながら畠山に確認する。

「あの男だろ？」

「そうです。今、注文している男です」

　竜生はこっそりとカウンターに目を向ける。ほっそりした真面目そうな男だった。竜生は少し緊張していた。何だか本物の警察官になったような気分だった。

「決まったか？」

　川村がそう言いながら呼び出しボタンを押す。すぐに店員がやってきて、川村と畠山はランチセットを注文したので、竜生も同じものにした。

「勤務態度は可もなく不可もなくといったところらしいです」畠山がやや声のトーンを落として話し出す。「高円寺のアパートに住んでいて、恋人はいません。それほど特徴のある男とは言えないんですが、最近少し異常があったようです」

　川村が反応した。「異常？」

「ええ。彼のオリジナルは高名なピアニストです。彼は幼い頃から徹底して音楽——特にピアノに接することがないよう、ドールズによる干渉を受けていました。ところが最近、ピアノを始めてしまったようなのです」

「そりゃ困った」川村が他人《ひと》事《ごと》のように言う。「まずいんじゃないか、それは。メキメキ上達してプロになってしまったら大変だろ」

「そこまではないと思いますけどね。ドールズの上層部も判断に迷っているようです。当の本人は結構ピアノにハマっているみたいで、毎日のように知人に借りたスタジオで弾いてるようです」

　竜生は成宮イオリというピアニストを知らなかった。しかしネットで調べたところかなり高名なピアニストだったらしい。その人物とまったく同じ遺伝子を有しながらも、夏川郁人という男はその秘められた可能性を抑制されて生きてきたのだ。いや、生かされてきたと言った方が正確だろうか。いずれにしてもどこか可哀想な感じがした。本人は感じていないが、その人生は第三者の手によって管理されているのだから。

　ちらりとカウンターの方に目を向けると、夏川郁人のもとにちょうどランチセットが届けられたところだった。同じタイミングで竜生たちのテーブルにもランチセットが運ばれてきたので、竜生は籠《かご》に入っていたナイフとフォークをほかの二人に配った。

※

会計を済ませて郁人はファミレスを出た。まだ午後の仕事が始まるまで三十分以上ある。オフィスの自分の席でインターネットでも見て時間を潰《つぶ》そうか。そう思って横断歩道の赤信号を待っているとスマートフォンに着信があった。馬場からだったので、すぐに郁人は電話に出た。

「はい、夏川です」

「俺だよ、馬場。メール見たよ。俺に話があるんだって？」

「ええ、まあ」信号が青に変わったので歩き出す。午前中、馬場にメールを送った。大事な話があるから今晩会いたいという内容だ。「それで馬場さん、今夜はどうですか？」

「悪い、郁人。今日は夜勤なんだよ」

「そうですか」

悩みは大きくなる一方だった。なぜ自分は成宮イオリに似ているのか。もしかして成宮イオリは俺の父親ではないだろうか。考えれば考えるほど自分が成宮イオリと血縁関係にあるのは間違いないような気がしてきて、それを相談できる相手が馬場以外に思い浮かばなかったのだ。

「今、昼休みだろ？　この電話でよければ話を聞くぜ」

馬場が電話の向こうで言った。郁人は本社のあるビルには入らずに、そのまま右に曲がって歩き続けた。突拍子もない内容なので、できれば会社の人間には聞かれたくない。こうして歩きながら話していた方が安全だろう。

「わかりました。実は……」

郁人は話し出した。馬場が持ってきた箱の中に入っていた一枚のCDについて。そのCDは成宮イオリのオリジナルアルバムで、彼の容姿が自分と酷似していること。話を聞いた馬場が言った。

「成宮イオリか。そういえばアルバム持ってたな。まあ他人の空似ってやつじゃないか」

馬場は音大のピアノ科を中退しているし、そもそも彼のCDなので成宮イオリを知っていて当然だ。しかし馬場があまり反応しないことに落胆した。郁人の気も知らずに馬場が言う。

「よく聞くだろ。この世で自分にそっくりな顔をした奴が三人いるって。そのうちの一人じゃないか。まさか郁人、大事な話ってそれか？」

「そうです。すみません」

それから二言三言話して通話を切った。やはり馬場の言う通り他人の空似というやつなのだろうか。はしゃいでいた自分が恥ずかしくなってくる。

会社に戻ろうとしたそのときだった。またスマートフォンに電話がかかってきた。馬場からだった。

「悪いな、郁人」いきなり馬場が話し始める。「ちょっと気になったもんで、パソコンで調べてみた。なるほど、よく似てるわ。言われるまで気づかなかった。でもマジ似てるな」

成宮イオリのアルバム『アイデンティティ』の写真を馬場もネット上で見つけたようだ。馬場は感嘆したように言う。

「似てるってレベルじゃないぞ、これは。成宮イオリそのものだよ」

「馬場さん、笑わないで聞いてくれますか？」

「ん？　何だ？」

郁人は周囲を見回し、それから少し声のトーンを下げて言った。

「成宮イオリは俺の父親ではないのか。俺はそう思っているんです」

「待てよ、郁人。お前……」

「馬場さんにはまだ話してなかったと思いますけど、俺、実は両親がいないんです。産婦人科医院の前に棄てられてたのを保護されたみたいで」

郁人は自分の生い立ちを簡単に話す。両親はおらず、児童養護施設で育ったこと。さすがにピアニストとホステスの恋の話は恥ずかしくて言えなかった。話を聞き終えた馬場が電話の向こうで言った。

「なるほど。可能性はゼロじゃないってわけだ」

「そうなんです。でもこんな話、誰にも話せないじゃないですか」

実は俺の父親は有名なピアニストかもしれない。そんなことを話しても誰も相手にしてくれないだろう。唯一、馬場だけが頼りだった。彼なら信じてくれるかもしれないという期待があった。馬場の口から出てきたのは郁人の期待していた通りの言葉だった。

「俺は信じるよ、郁人。こうなったら会うしかねえんじゃないの。いや、それしかないって」

「会うって、成宮イオリとですか？」

「ほかに誰がいるんだよ」

しかし成宮イオリは一九九九年に活動停止を宣言し、以来公の場でその姿を見た者はいない。一時は死亡説も出たくらいだ。それを馬場に話すと、彼は郁人の話を否定した。

「いやいや、死んでない。生きてるって。死んだらもっと話題になってもいい。うーん、成宮イオリか。どこにいるんだろうな」

成宮イオリに実際に会う。その発想は郁人にはないものだった。父親かもしれないなら、会って直接確かめればいいだけのことなのだ。目から鱗《うろこ》が落ちる思いだったが、まずは成宮イオリの居場所を突き止めなければ話にならない。そんなことができるのだろうかと頭を悩ませていると馬場のつぶやきが聞こえた。

「成宮イオリってヨコサクだよな」

「えっ？」

「横浜桜高校。神奈川でも指折りの音楽高校だよ。ヨコサクなら俺も何人か友達がいる。久し振りに連絡とってみるよ」

いつの間にか一周して本社の前に戻っていた。電話の向こうで馬場が明るい口調で言った。

「郁人、待っててくれ。何かわかったら連絡するから」

その言葉を最後に電話が切れた。今は馬場に期待するしかない。郁人はビルのエントランスに向かって歩き出した。

※

川村の視線の先には雑居ビルがあった。居酒屋などの飲食店がテナントとして入っているビルだった。そのビルの地下一階が音楽スタジオになっていて、今から二時間前に夏川郁人が地下に通じる階段を降りていった。現在の時刻は午後九時を過ぎている。

「報告によると深夜零時を過ぎることも多いらしいです。終電に間に合わずタクシーに乗って帰ったこともあるみたいですよ」

「随分熱心だな」

夏川郁人はスタジオ内でピアノを弾いているらしいが、彼がどれほどの腕前なのかは監視員も知らないようだ。問題はピアノの腕前ではなく、その内部の構造だ。あの階段以外に進入路はないのか。襲われたときに逃げ場はあるのか。そういったことを把握しておきたい。

「まだ時間はかかると思います。俺は対象が自宅に帰るまで見届けるつもりですし、正規の監視員も見張っています。お二人は帰ってもらって構いませんよ」

畠山に言われ、川村は考えた。今日一日ずっと夏川の周囲を見張っていたが、怪しい兆候は見られなかった。畠山の言葉に甘えてもいいだろうと判断した。それに後部座席では高倉がさきほどから眠そうに欠伸《あくび》を嚙み殺している。

「じゃあ俺と高倉は帰らせてもらう。明日も朝から見張るつもりだが、別方向からも探ってみようと思ってる。考えがあるんだ」

「わかりました。明日も迎えに行きます」

「頼む。高倉、行こう」

川村は助手席から降りた。中野駅に向かって歩きながら、隣を歩く高倉に言った。

「さっきの音楽スタジオがあったビルだが、ビルのオーナー、もしくは管理会社を調べることはできるか？」

「多分できますけど。急ぎですか？」

「明日までにお願いしたい」

「やってみます」

ポケットの中でスマートフォンが震えていた。見ると市野美香からメッセージを受信しており、『昨日はありがとうございました』と記されていた。たしか彼女は高円寺に住んでいると言っていた。ここは中野なので中央《ちゅうおう》線に乗れば一駅だ。

「用事を思い出した。先に帰ってくれ」

そう言って高倉を先に行かせてから、川村は財布から一枚の名刺を出した。美香にもらった名刺だ。裏に書かれた住所を見る。訪ねてみて不在なら帰ればいいだけだ。川村は再び駅に向かって歩き出した。

三十分後、川村は高円寺駅南側の住宅街の中にいた。美香の自宅は二階建てのアパートの二階だった。近くを環七《かんなな》通りが走っている。インターホンを押しても反応がなく、やはり無駄足に終わったかと落胆していると、階段を上ってくる足音が聞こえた。顔を向けると市野美香が歩いてきた。

「川村さん？」

「こんばんは。すみません、突然押しかけてしまって……。実は中野で捜査をしていたんです。さっき駅前の交番に立ち寄ってきました。事情を話したところ、このあたりのパトロールを強化すると言ってました。それと」

川村は小さな箱を出した。さきほど寄った交番の警察官にもらったブザーだ。何かあったときに紐《ひも》を引くと大きな音がなる防犯ブザーだった。

「これ、念のために持っておいてください」

「何から何までありがとうございます。あ、立ち話もあれですし、中にお入りください」

そう言って美香は鍵《かぎ》を開けて部屋の中に入っていった。一人暮らしの女性の部屋に入るのは躊躇《ためら》われるが、五分だけだと自分に言い聞かせて川村は靴を脱いだ。

綺麗《きれい》に片づいた部屋だった。引っ越したばかりだと言っていたが、そのせいか最低限の家具しか置かれていなかった。間取りは１Ｋで、南側に大きな窓があった。その窓の近くに仏壇が置かれており、娘の萌の位《い》牌《はい》が見えた。仏壇の近くに川村がプレゼントしたクマのぬいぐるみも置かれていた。

「失礼します」

川村は仏壇の前に正座をして、蠟燭《ろうそく》に火をつけてから線香を灯《とも》した。目を閉じて両手を合わせる。一年前に亡くなった二歳の萌。生きていれば明るい未来が広がっていたことだろう。彼女の未来を奪ったのは危険運転をした永岡達治だが、彼を逃がしてしまった自分にもその責任の一端はある。今もその自責の念は胸に刻まれている。

「娘のことを思い出さない日はありません」美香が座って話し出す。「でも仕事をするようになってから、仕事中だけはあの子のことを思い出さなくなりました」

美香は目を伏せていた。娘が亡くなった直後は四六時中娘を想い、悲しんでいたはずだ。悲しみが徐々に薄れていくことに罪悪感を覚えているのかもしれない。川村は言った。

「それは悪いことではありません。悲しみが和らいだだけで、娘さんはあなたの心の中で生き続けているんだと思います」

「そうでしょうか？」

「きっとそうです」

あれは事件が起きて半年ほど過ぎた頃だった。いつものように川村が美香のもとを訪ねると、彼女は辛《つら》そうに話し出した。毎日後悔している、と。あの日、あと五分だけ早く萌を迎えに行っていれば、事故に巻き込まれることはなかったのではないか。そもそもなぜあの道を選んだのか。別の道を選んでいればよかったのではないか。そういう無限の選択肢を考え、彼女は苦しんでいた。あのときの彼女の姿に比べれば、今はかなり立ち直ったと言える。しかしそれは決して美香が娘のことを忘れたということではない。

「あ、すみません。お茶も出さないで」

「いえ、お気遣いなく。そろそろ失礼します」

そう言って川村は腰を上げた。もう一度仏壇の方に目を向けてから、川村は玄関に向かって歩き出した。靴を履こうとすると美香が背後で言った。

「今日はありがとうございました」

「ストーカーの件、何かあったら気軽に連絡してください。それではおやすみなさい」

川村は部屋から出て、廊下を足早に歩いて階段を駆け下りた。

※

「夏川、先週の会議の資料、ちょっと見せてくれるか？」

「あ、はい」

　上司にそう声をかけられ、郁人は慌てて会議の資料を捜した。どうにも仕事に身が入らない。朝から集中しようと心がけているのだが、頭の中では別のことを考えてしまう。上司に資料を渡してから郁人はオフィスを出た。廊下の突き当たりにある自販機コーナーで冷たい缶コーヒーを買ってベンチに座った。

　成宮イオリに会う。昨日の昼休みの電話で馬場からなされた提案は魅力的なものだった。自分の父親かもしれない男に会える。そう考えただけで鳥肌が立った。嬉しいという感情よりは、どちらかというとジェットコースターに乗る前のような心境だった。ずっと平坦《へいたん》だと思っていた自分の人生が、音を立てて崩れていく感覚だ。いや、崩れていくのではなく、よりエキサイティングな人生になっていくのだろうという、根拠のない予感があった。もちろん不安がないわけではない。

　ポケットの中でスマートフォンが震えるのを感じ、とり出して画面を見ると馬場からの着信だった。今、郁人のほかにベンチに座っている者はいない。スマートフォンを耳に当てる。

「俺だ。郁人、悪いな。仕事中だろ」

「そうですけど、今は大丈夫です」

成宮イオリは横浜桜高校の卒業生で、音大に通っていた馬場がそのコネクションを使って成宮イオリの居場所を探そうとしていた。何か進展があったのだろうか。

「ヨコサク――横浜桜高校のＯＢと連絡がとれた。友達の友達といった関係なんだけどな、そいつ、横浜桜高校のＯＢ会の幹事をしてる奴で、いろいろと内部事情に詳しいんだよ」

ＯＢ会の幹事をしていれば、卒業生の動向に詳しいことだろう。期待がさらに高まり、郁人は先を促した。

「で、成宮イオリは？」

「生きてるよ。今は長野の軽井沢《かるいざわ》に住んでるらしい」

「ほ、本当ですか？」

「ああ。毎年一回、ＯＢ向けに刊行物を送ることがあるんで、卒業生の住所は把握しているらしい。軽井沢の別荘地のようだな。そこで成宮イオリは隠遁生活を送っているって話だ。住所も教えてもらったよ」

「よく教えてくれましたね」

「まあな。熱烈なファンがいて、そいつがファンレターを送りたがっている。実はそいつは余命一年のガンを宣告されていて、どうしても成宮イオリに手紙を送りたいらしい。

そう言ったら簡単に教えてくれた」

　軽井沢か。長野県には行ったことがない。というより郁人はあまり出歩くことがないため、東京を出たことが数回程度しかない。一番遠くに行ったのが高校の修学旅行での大阪だ。

「郁人、仕事を早退できないか？」

「どうしてです？」

「今日は夜勤もないから、時間があるんだよ。お前さえよければ軽井沢に行ってみるのも手かもしれないと思ってな」

　これから軽井沢に行く。たしかに魅力的な提案だった。しかし馬場にここまで甘えてしまっていいのだろうかという思いもあった。電話の向こうで馬場が言う。

「昨日あれから何度も成宮イオリの写真を見たんだけど、やっぱり似てるんだよ。郁人と成宮イオリ。絶対何かあると思うんだ。そう思うと居ても立ってもいられないっていうかね」

　時刻は午前十時になろうとしていた。長野に行くと言われても時間がどのくらいかかるとか、そのあたりの感覚がまったくわからなかった。

「行くならレンタカーだな。もし行けそうだったら早めに連絡をくれ。明日からずっとバイトが入ってるから、今週で行けるのは今日だけだ」

　通話が切れた。それと同時に心臓が音を立て始めた。これから軽井沢に行く。降って湧いたような提案に心が騒ぎ出した。

郁人は立ち上がり、廊下を歩いてオフィスに戻った。そのまま課長の席に直行した。課長は難しい顔をしてパソコンの画面を眺めている。郁人は課長に向かって言った。

「課長、すみません」

「夏川、どうした？」

「体調が悪いので、早退させてください」

課長は郁人の顔を見上げ、それから不安そうな顔をして言った。

「それはいけないな。無理するなよ、夏川」

「ありがとうございます。失礼させていただきます」

郁人は自分の席に戻り、机の上を片づけた。有給休暇をとる場合は自社システムに入力する必要があり、パソコンに休暇願を打ち込んでから電源を落とした。

「お先に失礼します」

周囲の同僚たちに声をかけてからオフィスを出た。エレベーターで一階まで降りる。仮病を使って会社を休むのは初めてだったので、罪悪感がないと言えば嘘になる。しかし罪悪感よりも期待感の方が勝っていた。これから長野に行くのだ。そこで自分そっくりのピアニストと対面できるかもしれないのだ。

郁人は期待に胸を膨らませて、スマートフォンの着信履歴を表示させた。

※

「出てきました」

運転席の畠山の声を聞き、川村は前方にあるビルの入り口に目を向けた。夏川郁人が通りに出て右手を挙げ、空車のタクシーを停めた。すでに畠山はコインパーキングの精算機の前に立っていた。彼が精算を終わらせて車内に戻ってきたと同時に夏川を乗せたタクシーが発進した。畠山はすぐに車をスタートさせ、タクシーの尾行を開始した。

タクシーは西新宿のオフィス街を抜けて甲州街道《こうしゅうかいどう》に入った。幡ヶ谷《はたがや》方面に向かって進んでいく。タクシーから三台離れて川村を乗せた車が追走している。畠山は車での尾行にも長《た》けているようだ。

タクシーは初台《はつだい》の交差点で左折して山手《やまて》通りに入った。しばらく走ったところでハザードランプを出して停車した。畠山も車を路肩に寄せる。

夏川が後部座席から降りる姿が見えた。彼はそのまま山手通り沿いにあるレンタカーショップに入っていく。大手自動車メーカー傘下のレンタカー会社だ。その事務所の中に夏川は消えていった。

「変だな。レンタカーを借りる気だろうか」

川村のつぶやきに畠山が反応する。畠山は双眼鏡でレンタカーショップの事務所を覗いている。

「仕事を早退したかもしれませんね。彼が持ってるバッグ、通勤のときに使ってるやつですよ。対象者は座って店のスタッフの話を聞いてるみたいです」

「貸してくれ」

　畠山から双眼鏡を借りた。ガラス張りになっているので店内の様子を見ることはできる。カウンターがあり、そこに夏川らしき男が座っている。夏川の隣には黒っぽい服を着た男が座っていた。二人の前には女性スタッフが座っていて、彼女は何か説明しているようだった。

「連れがいるようだな。背中を向けていて顔までは見えない」川村は畠山に双眼鏡を返した。「会社を早退したってのは当たってるかもな。どこかに行くのかもしれない」

　しばらく変化はなかった。車を借りる手続きをしているようだ。そのとき後部座席に座っていた高倉が口を開いた。

「川村さん、中野の例のビルの管理会社と連絡がとれました。今日ならいつでも中を見せてくれるようです」

　夏川が入り浸っている音楽スタジオのことだった。管理会社に頼んで中を見せてもらえるように高倉に調整を依頼していた。管理会社経由でオーナーの許可も得られたということだろう。

「出てきました」今度は運転席の畠山が声を上げた。「夏川が事務所から出てきました。

女のスタッフ、それから男が一緒です。うーん、男の顔は遠くて見えません。サングラスをかけているのはわかります」

川村もレンタカーショップの方向に目を向けた。三人の人影が見える。事務所の前に一台の車が停まっていた。

「乗りました。夏川は助手席で、運転するのはサングラスの男です。車は白いアコードです」

川村は思案した。レンタカーに乗ったということは、しばらくの間は中野の音楽スタジオには立ち寄らないと考えていいのではないか。この隙を利用しない手はない。念のために畠山に確認する。

「夏川の監視体制はどうなってる？」

「四人の監視員が二台の車に分乗して監視してます。一台は前方に停まった白いプリウス、もう一台は後方に停まった黒のアルファードです」

畠山の言う通りに二台の車が停車しているのが確認できた。さらに畠山が言った。

「夏川のスマホのGPSも捕捉《ほそく》してます。本部のIT班が追っているはずです」

すでに三人が殺されており、ドールズも危機感を募らせているのは明らかだった。GPSを捕捉できているのであれば、ここはいったん離脱してもいいだろうと判断する。

時刻は午前十時四十分になろうとしていた。

「高倉、管理会社と連絡をとってくれ。そうだな、十一時半にスタジオの前で待ち合わせということでお願いしたい」

「わかりました」

背後で高倉の返事が聞こえた。そのときレンタカーショップから白いアコードが出てくるのが見えた。ウィンカーを出しながらアコードは山手通りに合流した。まずは白いプリウスが発進し、続けて黒のアルファードが追う。二台の尾行とGPSがあれば夏川を見失うことはないだろう。

「畠山、中野に向かってくれ」

「わかりました」

畠山がうなずき、車を発進させた。夏川が戻ってくるまでにスタジオ内を検分し、さらに盗聴器を仕掛けられたらベストだった。

※

郁人を乗せた車は東名《とうめい》高速道路を走っていた。カーナビを見ると今は神奈川県の大和《やまと》市《し》内を走行中だった。時刻は午前十一時二十分で、レンタカーショップを出発して四十分近くが経過していた。運転席の馬場は機嫌よさそうにハンドルを握っている。

長野県の軽井沢に行くという話だったので、東名高速道路に乗ったのは意外だった。関越《かんえつ》自動車道を行くものだと思っていたからだ。あまり道に詳しくないのでわからないが、静岡あたりで北上するルートがあるのかもしれない。

「郁人、お腹空《す》いてる？」

「いえ、それほどでも」

「トイレ休憩しよう。飲み物も買いたいしな」

　そう言って馬場が車線を変更した。海老名《えびな》サービスエリアまであと三キロという標識が見えた。そのまま走って海老名サービスエリアに入っていく。馬場は車を一般車両用の駐車場に停めた。平日だが駐車場は混んでいる。

　トイレで用を足してから自販機でコーヒーを買った。大型バスから降りた年配の人たちが郁人の前を横切っていった。

　つい一時間半前まで西新宿の会社にいた。それが今、こうして海老名サービスエリアに来ているのが不思議だった。すべては馬場のお陰だった。もし馬場がいなかったら、成宮イオリの住んでいる場所などわからなかったはずだ。

「本当にありがとうございます、馬場さん」

「いいって、郁人。さっきから何度お礼言ってんだよ。俺が勝手にやってるだけだから。それにな、郁人。俺も成宮イオリに会いたいんだよ」

　馬場は音大のピアノ科を中退していた。高校生のときに成宮イオリの曲を聴いていたと昨日も話していた。馬場が続けて言った。

「成宮が大衆的な映画音楽をやったことに対して異議を唱える者もいる。商業主義だと罵《ののし》る声があったのも事実だ。でも俺は彼の作ったアルバムを何度も聴いて、本当に感動したんだよ」

　成宮イオリは音楽活動を停止して二十年近くたち、今、その名を耳にすることはほとんどない。しかしインターネットを見ると今なお熱狂的なファンが少なからず存在していることがわかる。ファンの交流ページもあるほどだった。

「そういうわけだから気にしないでくれ。ちょっと休憩していこう。先は長いからな」

　馬場がベンチに座ったので、郁人もその隣に腰を下ろした。サービスエリア内にはベンチが点在していて、昼どきという時間のためか、座って弁当を食べている人たちの姿をよく見かけた。平日だというのに家族連れの姿もあり、子供たちが走り回っていた。

　子供の頃、運動会が苦手だった。クラスメイトの多くは応援に駆けつけた両親と一緒に昼食をとるのだが、施設の子供だけは一ヵ所に集まり、施設の寮母さんが作ってくれた弁当を食べた。普段は落ち着きのない子供でさえも、運動会のときだけはなぜか萎縮したように静かに弁当を食べていた。

　なぜ急に昔のことを思い出したのかわからない。ベンチで昼食を食べる家族連れの姿を見たからだろうか。郁人は過去に引き戻されるような感覚を味わっていた。施設のみんなで食べるお弁当。味などまったく憶えていないが、あのときに感じた淋《さび》しさだけはずっと胸に残っている。

　馬場はベンチの上に横になっていた。ずっと運転しているので疲れているのかもしれなかった。運転を替わりたいという気持ちもあったが、生憎《あいにく》郁人はペーパードライバーだ。十代の頃に普通免許をとったが、プライベートではほとんど運転したことがない。

視線の端に光るものを感じた。視線を向けると二台のパトカーがサイレンを鳴らさずにサービスエリアの駐車場に入ってくるのが見えた。パトカーは駐車場の中を巡回するように走り、やがてそれぞれ別の場所に停車した。パトカーから警察官が降りてくる。何か事件だろうかとサービスエリアの利用客がそちらに目を向けていた。

二台のパトカーが向かった先は、一台はハイブリッドカー、もう一段はワゴンタイプの車だった。パトカーから降りた警察官が警棒のようなものを手にして二台の車の運転席の前に立つ。すると車のドアが開いて男たちが降りてくるのが見えた。どちらの車に乗っているのもスーツ姿の男たちだった。何かあったのだろうか。

「さて、そろそろ行くか」

気がつくと馬場が起き上がっていた。首を回してから馬場は立ち上がり、駐車場に向かって歩いていく。郁人も慌てて馬場の背中を追った。

車に乗り込んだ。シートベルトを締めてから馬場が車を発進させる。郁人が後ろを振り返ると、まだ警察官による事情聴取は続いていた。本線に合流したところで馬場が言った。

「郁人、スマホの充電は残ってるか？」

馬場の言葉にスマートフォンを見ると、残りは六十パーセント弱だった。残量を告げると馬場が言った。

「実は俺も残量が少ない。こんなことなら充電器を持ってくるべきだったたな」

旅先だし、東京に帰るのもいつになるかわからなかった。交代で電源を落としておこうと馬場に提案され、先に郁人のスマートフォンの電源を落とすことに決まった。用心するに越したことはない。

もうすぐ海老名ジャンクションに差しかかるところだった。

※

「すみません、お待たせしてしまいまして」

ビルの管理会社の男は約束の時間に十五分遅れてやってきた。スタジオの鍵を開けると管理会社の男が言った。

「どうぞ中にお入りください。終わったら声をかけてくだされば結構なんで」

「ありがとうございます。そんなに時間はかからないと思いますので」

川村は男に礼を言い、それからスタジオ内に足を踏み入れた。畠山と高倉も一緒だった。スタジオの中央にピアノが置いてあるのが見えた。川村は管理会社の男を呼び止めた。

「待ってください。この物件ですが、借り主はどんな方ですか？」

「私もあまり詳しくないですが、三十歳くらいの男性だと聞いてます。バンドマンらしいですね」

さらに詳しい話を聞く。この物件は以前は貸しスタジオとして管理会社が運営していたが、一年ほど前に単独契約で借りたいという申し入れがあったらしい。裕福な親を持つバンドマンで、自分のバンドの練習のために使いたいという話だったようだ。

「現在のところは家賃の滞納もありません。では私は上に行ってますね」

管理会社の男は階段を上っていった。川村はスタジオ内を観察する。手前側に安っぽいテーブルとパイプ椅子があり、奥にはアンプなどの機材が置かれていた。高倉は入り口に立っているだけだが、畠山はスタジオ内を歩いていた。盗聴器を仕掛ける場所を考えているのだろう。

川村はピアノの前に立った。蓋を開けると鍵盤《けんばん》はフェルト製のカバーで覆われていた。カバーの上から鍵盤を押すと、ピアノから音が聞こえた。川村はピアノを弾けないし、音楽の成績もそれほどよくなかった。高倉も近づいてきて興味深そうにピアノを見て、何やらスマートフォンで撮影していた。

壁際に棚があり、その上にＣＤプレイヤーが置いてあるのが見えた。ＣＤプレイヤーの前にＣＤのケースが転がっている。そのケースを手にとり、ジャケットを見て川村は愕然《がくぜん》とした。成宮イオリというピアニストのアルバムらしい。ということは、おそらく――。

「おい、二人とも」

川村の切迫した声に反応し、高倉と畠山が駆け寄ってくる。川村が手にしたCDアルバムを見て畠山が唸《うな》るように言った。

「川村さん、まさかこれって……」

「そうだ。夏川郁人はオリジナルの存在を知っている」

ケースに収められた解説書のような冊子には成宮イオリの近影が載っていた。当然のことながらその顔つきは夏川郁人と瓜《うり》二つだった。七体のクローンの中でも夏川郁人はオリジナルの面影を色濃く残していると畠山から聞いていた。

「まさかクローンであることには気づいていないだろう」川村は自分の想像を口にした。

「そんな発想、常人なら思いつくことはないはずだ。だが自分の出生とのかかわりを疑っている可能性はある。父親ではないか。そう思い込んでもおかしくない」

畠山が川村の想像を補強した。

「そうですね。夏川は児童養護施設で育ち、両親のことを知りません。赤ん坊の頃に産婦人科医院の前に置き去りにされていたという、ドールズが用意したストーリーを信じています。あ、すみません」

電話がかかってきたようで畠山がスマートフォンを耳に当てた。地下なので電波の状態が悪いのか、畠山がスタジオから出ていった。川村はもう一度アルバムの写真を見た。

成宮イオリ。名前くらいは聞いたことはある。

夏川郁人がオリジナルの存在を知っていた。これは何を意味しているのだろうか。そもそも夏川はどのようにして成宮イオリというピアニストの存在に行き着いたのか。偶然なのか、それとも――。

「川村さん、大変です」

畠山が血相を変えてスタジオ内に戻ってきた。畠山がやや早口で言った。

「大変です。四号を――夏川郁人を見失ったようです」

「どういうことだ？　見張っていたはずだろ」

畠山が詳細を説明した。夏川を乗せたレンタカーは東名高速道路に入り、海老名サービスエリアに入った。その駐車場内で事件が起きた。二台のパトカーがドールズの監視車両に近づいてきて、ドールズの監視員に職務質問をかけてきた。その間に夏川を乗せたレンタカーは走り去ったという。

「GPSも反応しないとのことです。おそらく電源が切られていると考えられます」

「一緒に行動している奴は？　特定できたのか？」

「二十代から三十代の男。わかっているのはそれだけらしいです。ずっと車に乗っているので、顔を見る機会も少なかったようなので」

東名高速に乗ったということは、夏川の目的地は近くて神奈川近郊、遠くて東海方面だろう。関西方面に行くのであれば新幹線を利用するはずだ。いったい夏川の目的とは何だ？　そこまで考えたところで川村は手に持っていたCDアルバムのケースに目がいった。

「畠山、教えてくれ。成宮イオリはどこに住んでる？」

「川村さん、まさか……」

「そうだ。奴は成宮イオリという自分にそっくりのピアニストの存在に気づいている。もしかして自分の父親ではないのか。そういう思いに囚《とら》われても不思議はない。会って確かめたくなった可能性もある」

「すみません」畠山が頭を下げた。「情報としてはカテゴリー1ではないと思いますが、自分は知りません。ドールズの本部に電話して聞いてみます」

畠山がスマートフォンを操作し始めた。朝比奈は今日は不在だと聞いていた。直接本部に電話をして聞いてみるのかもしれない。

夏川郁人がオリジナルである成宮イオリに会おうとしている。その仮説は的を射ているもののように思えた。刷り込み――インプリンティングという現象に似ているかもしれない。ヒヨコが初めて見た物を親だと思う現象だ。父親が不在だった夏川郁人にとって、自分そっくりの成宮イオリは興味深い存在だろう。しかも成宮イオリは六十歳くらいで、ちょうど父親であってもおかしくない年齢差だ。だが果たしてこの情報をドールズと共有していいものか。

「待て、畠山」

川村がそう言うと畠山がスマートフォン片手に硬直した。

「どうしたんですか？」

「ドールズには伏せておくべきだ」

「でも川村さん、成宮イオリの居場所はドールズしかわかりません。夏川に危険が迫っているのであれば、一刻も早く彼が向かっている目的地を特定するべきだと思います」

畠山の意見は正論だった。しかし忘れてはいけないことがある。すでに三人もの人間が敵の刃《やいば》にかかっているということだ。それともう一つ——。

「ドールズ内に内通者がいるのは間違いない。夏川郁人が成宮イオリのもとに向かっているのは現時点では俺たちしか知らないんだ。これを利用しない手はない。ドールズに先んじて夏川郁人を保護できれば、内通者に対して先手を打ったことになる。そうは思わないか？」

「たしかにそうですが」畠山が考え込みながら言った。「ドールズの情報なしに成宮イオリの居場所がわかるのでしょうか。警視庁のデータベースに登録されていればいいですが、なかったらお手上げだと思います」

やはり難しいだろうか。まずは警視庁のデータベースを当たってみて、それが駄目だったら別の手を考えるか。そう思っているとずっと黙っていた高倉竜生が口を開いた。

「あの、ちょっといいですか？」

「何だ？」

「成宮イオリっていうピアニストの居場所を見つければいいんですよね。できるかもしれません」

高倉は特に興奮している様子もなく淡々と話している。川村は高倉に訊いた。

「どうやって?」

「ネットですよ。ヒントはたくさん転がっているはずです」

そう言って高倉は小さな笑みを浮かべた。

※

「なるほど。そういうことですか。まあ捜査一課の川村警部補がそうおっしゃるのであれば、こちらとしても協力させていただきますよ」

室長の千賀がそう言った。品川にあるサイバーセキュリティ対策室に来ていた。オフィスの奥にある会議室の中だ。会議をするときは中央のオープンスペースを使うのでこの会議室に入ったのは今日が初めてだった。

「是非お願いします」

隣に座る川村が頭を下げた。事件関係者である元ピアニストの居場所を調べたい。竜生が予想していた通り、千賀は二つ返事で引き受けてくれた。軽いというか、これでよくサイバーセキュリティ対策室の室長が務まるなと心配してしまう。千賀が立ち上がった。

「善は急げと言いますから、さっさと始めましょうか」

会議室から出た。竜生たちは室長席の前を横切り、ＳＥたちの作業スペースに向かった。時刻は午後零時半になろうとしていて、昼休み中のせいか、自席に座っているＳＥは半分ほどだった。千賀がＳＥたちに向かって言う。

「皆さん、いいですか。こっちに注目してください。昼休みに申し訳ありませんね。ええとですね、ちょっと急な仕事を頼みたいんです。警視庁捜査一課からのオファーです。研修で習ったと思いますが、捜査一課というのは殺人などの重要事件を捜査する、いわば警視庁の花形とも言える部署です。引き受けてくれる人、手を挙げてください」

誰一人として手を挙げない。中にはスマートフォンやパソコンに熱中し、顔すら上げない者もいる。隣を見ると川村が怪訝《けげん》そうな顔をしていた。彼にとっては上司の命令とは絶対的なもので、こういう光景は本部では見られないのだろう。

千賀がもう一度言った。

「協力してくれる方、挙手してください」

またしても誰も手を挙げなかった。千賀が困ったように川村に向かって言う。

「すみませんね、川村警部補。昼休みが終われば引き受けてくれる人が出てくるんじゃないかなと……」

「俺、やってもいいっすよ」

そう言って一人のＳＥが手を挙げた。普段竜生の隣の席で仕事をしている加藤だった。

協調性のないアニメおたくだ。加藤がヘッドホンを外しながら言う。

「俺、この人からたまに文房具借りたりするから、手伝ってもいいっすよ」

加藤が一瞬だけ上目遣いで竜生を見た。その声がきっかけとなり、手を挙げる者が数人出てきて、最終的に五人のSEが協力してくれることになった。男性が三人、女性が二人で、五人とも竜生と年が近い者たちだ。

「みんなありがとうございます。志願者はタブレット端末を持って集まってください」

千賀の言葉に五人がオフィス中央にあるオープンスペースに向かって集まってくる。ソファで昼寝をしていたSEが驚いた顔で立ち上がり、自分の席に戻っていった。「じゃあ高倉君、よろしくお願いします」と言われ、竜生は五人に向かって説明した。

「対象者は成宮イオリ。八〇年代前半から九〇年代後半にかけて活躍したピアニストです。調べてほしいのは彼の現住所です。警視庁のデータベースには登録されていませんでした」

ここに来るまでの間に川村が警視庁に確認済みだった。五人のSEはすでにタブレット端末で検索を開始している。竜生は続けて言う。

「対象者は一九九九年に活動を停止していて、それ以降は公の場所に姿を見せていないようです。ネット辞書にも載っているピアニストですので、詳しくはそちらを参考にしてください。よろしくお願いします」

竜生は説明を終え、自分のタブレット端末をとりに自席に戻った。たったそれだけの時間だったが、完全に後れをとってしまう。戻ってきたときにはすでに五人の分析は始まっている。

「以前は港区《みなとく》赤坂に住んでたみたい。家賃四十万円の３ＬＤＫ」

「ピアニストって儲《もう》かるんだな。まずは女関係を当たってみるか。ん？　マネージャーと付き合ってたのかな」

「今はもうそのマネージャーとは別れてる。最後に付き合っていたと思われる女性は契約していた音楽会社の広報ね。写真もある。ええと……一九九八年の五月ね。中学生のピアノコンクールにゲスト審査員として招かれたときの写真」

　ネットとは海のようなもので、そこを泳いだり浮遊しているのが情報だ。それらを見つけ、その情報がどんな価値を持っているのか、それを調べるのがサイバー犯罪捜査官の主な業務内容だ。一つの単語からいかに広く、そして深く潜れるか。それが竜生たちに求められる資質の一つだった。

「実家は横浜の青葉区《あおばく》。そっちにいるって考えられないのかな」

「両親は亡くなってるみたい。実家の跡地は老人福祉施設になってるね。実家の線は消えたっぽい」

「これ、いいかも。今から五年前の夏ね。あるサラリーマンのブログ。野沢温泉に行った帰り、ふらっと入った軽井沢の喫茶店で成宮イオリを見たんだって」

「へえ、それいいね」

「でも喫茶店の名前が書かれてないんだよ」

「そのブログ書いた人、どこ住み？」

「八王子」

「八王子から野沢温泉までのルート特定して、そのルート上にある喫茶店全部ピックアップしてみようか」

「面倒ね、それ。軽井沢って長野県よね。だったら長野に特定して調べてみようかしら」

「うん、そうしよう」

　しばらく五人はタブレット端末に集中した。竜生も次々と検索をかけ、成宮イオリの情報を拾い上げ、それを確認しては次に移るという作業を繰り返した。次に口を開いたのはアニメおたくの加藤だった。

「見つけた。ある会社社長のブログ。二年前ね。自宅のバーベキューに成宮氏を招いたって記述がある。氏にピアノの演奏をお願いしたが、丁重に断られたってさ。これ、ビンゴだろ」

「場所は？」

「軽井沢の別荘地。二十年前に都内の大手不動産会社が造成した別荘地で、三十区画ほどが分譲されてるみたい」

　ようやく竜生の検索が五人のスピードに追いついた。竜生はタブレット端末を五人の前に差し出した。

「ありました。成宮イオリの別荘。去年の航空写真です。別荘の前に車が停まっているので、少なくとも去年までは住んでたと考えられます」

「決まりだな」加藤が同調した。「それ以外にめぼしい情報はないみたいだから、とりあえず軽井沢のその別荘で決まりだな。空振りだったらまた一からやり直そう。お疲れ様」

加藤が立ち上がると、ほかの四人も「お疲れ様」と言って立ち上がり、何事もなかったかのように自分の席に戻っていった。検索を始めてから五分少々の時間を要しただけだった。

不意に背中を叩《たた》かれ、振り返ると川村が立っていた。なかなかやるじゃないか。そんなことを言いたそうな顔をしている。

竜生は川村にタブレット端末を手渡した。その画面を見て、川村は大きくうなずいた。

※

郁人を乗せたレンタカーは関越自動車道を走っていた。時刻は午後一時になろうとしていた。運転席では馬場がハンドルを握っている。

海老名ジャンクションで東名高速道路から首都圏中央連絡自動車道に乗り、ひたすら北上した。今から二十分ほど前に埼玉県鶴ヶ《つるが》島《しま》市の鶴ヶ島ジャンクションで関越自動車道に入った。今は東松山《ひがしまつやま》市内を走行中で、カーナビによると軽井沢への予定到着時刻は午後二時過ぎになっている。

「郁人、腹減ってないか？」

「そうですね」

食欲はなかったが、郁人はそう返事をした。これから向かう軽井沢の別荘地で成宮イオリと会えるかもしれない。そう考えると食欲なんて吹き飛んでしまうほどだ。

「次のパーキングエリアに入ろう。軽く腹に何か入れておいた方がいい。無駄足になる場合もあるわけだから」

当然のことながらアポイントメントはとっていない。出たとこ勝負といったところで、相手が不在の場合も十分に考えられるのだ。夜まで待つということもあるかもしれない。

「郁人、成宮イオリのアルバム、全部聴いた？」

「ええ、一応は」

成宮イオリは通算して七枚のオリジナルアルバムを発表している。そのうち四枚が映画のサウンドトラックだった。ＣＤは買っていないが、スマートフォンの音楽アプリですべて購入し、いつでも聴けるようになっている。

「どれが一番よかった？」

「やっぱり『アイデンティティ』ですね。最初に聴いたときの衝撃が凄かったので」

表題曲である『アイデンティティ』は十分にも及ぶ大作だ。ピアノだけではなく、ほかの楽器——ヴァイオリンやチェロなども同時に演奏されている。オーケストラというやつだろう。詳しいことはわからないので、郁人は馬場に質問した。

「ピアノとほかの楽器が共演するのって、オーケストラっていうんですか？」

「オーケストラっていうのは楽団のことなんだ」馬場がハンドルを握ったまま説明してくれる。「専門的なことを言うと交響曲というものがあるんだ。いわゆるシンフォニーってやつ。管楽器、弦楽器、打楽器などで構成されるオーケストラによって演奏される大規模な楽曲のことで、『アイデンティティ』は協奏曲と呼ばれるジャンルに入るね。ソロの演奏者とオーケストラが合奏する曲のことを協奏曲っていうんだよ。ソロの楽器がピアノの場合はピアノ協奏曲、ヴァイオリンの場合はヴァイオリン協奏曲って具合にね」

　どこかで見た記憶があった。オーケストラの指揮者のすぐ近くにグランドピアノが置かれ、そこでピアニストが演奏するのだ。あれがピアノ協奏曲だろう。

「成宮は何作か映画音楽を作ってるけど、メインテーマは大体ピアノ協奏曲だね。有名なのは『アイデンティティ』と『海と星の境界線』だな」

「両方ともいい曲だと思います」

「郁人、成宮イオリに会ったら何て言うか決めてる？」

「いえ、特には」

「決めておけよ、郁人。もしかしたら郁人の父親かもしれないんだぜ。まあ向こうも郁人の顔を見れば驚くだろうけど」

「そうですかね」

「そりゃそうだよ。だって若い頃の成宮イオリそのものだもん」

成宮イオリが公の場から姿を消し、二十年近く経過している。あれほどの才能の持ち主が、なぜ音楽をやめてしまったのか、それがずっと郁人は気になっていた。音楽をやめざるを得ない特別な理由があったのだろうか。

「郁人って、自分が思ってる以上に何か大きな存在かもしれないぜ」

「俺が、ですか？」

「そうだよ。何かそんな気がするんだよ。俺の勘だけどな」

先週、会社の先輩である小池の自宅に招かれ、そこでピアノに出会ったときから人生が一変したような気がしている。何かが大きく変わるんじゃないか。ピアノを弾き始めてからそういう予感に似たものが頭の隅にずっとあったのは事実だった。

「お、もう少しでパーキングエリアだな」

そう言って馬場がハンドルを切って左車線に入った。関越自動車道は順調に流れている。

※

「クローンって何だろうな」

川村がつぶやくように言うと、運転席でハンドルを握る畠山が怪訝そうな顔をした。

「突然どうしたんですか？」

「ちょっとな。クローン人間が三体も殺されてるんだ。なぜ犯人はクローンを殺して回ってるのか、その動機がまったくわからないだろ」

「自分なりに考えてみたんですが」畠山が答える。「ドールズの解体を狙っている可能性もあるんじゃないかと思うんです。残されたクローンはあと四体です。その四体が死んでしまえば、ドールズという組織の存続自体が危ぶまれます。そうなっても俺は警視庁に戻るだけですけど、厚労省の内部ではもっと複雑な何かがあるのかもしれませんね」

「なるほど。厚労省絡みってことか」

川村たちを乗せた車は関越自動車道を走っており、今は所沢《ところざわ》市内を走行中だ。時刻は午後二時になろうとしている。後部座席には高倉が座っており、窓の外の風景に目を向けていた。

さきほどのことを思い出す。品川のサイバーセキュリティ対策室での成宮イオリの居住地特定のときのことだ。正直、川村はサイバー犯罪捜査官という職種について、単なるパソコンに詳しい技術者といった程度の認識だった。しかし彼らはものの五分で成宮イオリの現住所を特定してしまった。彼らが手にしていたのは一台のタブレット端末だけだ。それを武器にネットの情報のみを頼りにして、一人の元ピアニストの居場所を特定したのだ。

「成宮イオリは有名人でしたから。あれが普通の一般人だったらもっと時間がかかったでしょうね」

品川のビルから出て、車に乗り込んでから高倉はそう言った。有名人だからネット上にヒントが数多く転がっている。高倉はそう言いたかったのだろう。いずれにしても川村にとってサイバー犯罪捜査官という職種を見直すきっかけになりそうだった。普段は頼りない高倉という青年も、その能力を活用できれば捜査に大いに貢献できる存在であることを認識させられた。

「高倉、お前はどう思う？」

川村が後部座席に座る高倉に話を振ると、彼は我に返ったような顔をして言った。

「何の話ですか？」

「聞いてなかったのかよ。犯人がクローンを殺す動機だよ。何でクローンは殺されなければならないんだ？」

しばらく高倉は考え込むように下を向いていたが、やがて顔を上げて言った。

「クローンを殺す動機はわかりませんが、少し可哀想な感じがします。僕が見たのは二号の遠藤さんと三号の石川さんですけど、これまでずっと監視されてきて、しかも本来持っている能力も活《い》かせない。いわゆる飼い殺しの状態ですよね。それはちょっと可哀想だと思いました」

それは川村も同感だった。しかしドールズとしては難しいところだろう。その能力を発揮されてしまえば、クローン人間の存在が世間にバレてしまうきっかけになりかねない。

「無責任だと思いますけど」そう前置きして高倉が続けた。「今、四号クローンの夏川さんって人が、オリジナルのピアニストに会いにいこうとしているわけじゃないですか。これって凄いことだと思います。だってクローン人間がそのオリジナルとなった人間と会うんですよ。人類始まって以来の出来事だと思います」

人類始まって以来の出来事。まあその通りだ。しかしそれを言うならクローン人間が殺害されたのも人類始まって以来の出来事ということになる。自分が壮大な事件に関わっていることに不安を覚えるが、殺されたのはあくまでも人間であるという前提を忘れてはいけないと川村自身は感じていた。

「最初、夏川を乗せた車は東名高速を走っていた」川村は二人に向かって言った。「しかし本当の目的地は長野県の軽井沢だ。東名を走ったのは一種の陽動作戦かもしれない。彼らが本気で成宮イオリに会おうとしている証拠だ」

海老名で警察官から職質を受けた監視員によると、警察に匿名の電話がかかってきたという。二台の車の番号を告げ、その車に違法ドラッグを所持している男が乗っているというタレコミだった。明らかに妨害工作だ。彼らは自分たちが尾行されていることに気づいていたのだ。

　夏川郁人と行動をともにしている男の存在も気になるところだった。協力者だと考えてよさそうだが、夏川とはどういう関係なのだろうか。畠山に確認したところ、夏川にはそれほど仲のいい友人はいないようだ。

「インポッシブル・コンタクト」

　運転席の畠山がつぶやくように言った。一瞬、何と言ったのかわからずに川村は訊き返していた。

「何だって？」

「インポッシブル・コンタクト。ドールズ内で通用する隠語のようなものです。クローンとオリジナルが顔を合わせることを意味しているようです。直訳すると『有り得ない遭遇』ですね」

　有り得ない遭遇。それが今からおこなわれる可能性があるのだ。川村は唇を噛んだ。

　海老名サービスエリアで夏川を見失ったのは正午前だったと記憶している。今は午後二時を過ぎていた。そろそろ夏川は軽井沢に着いている頃だろう。

※

その別荘はログハウスだった。丸太で組まれたログハウスは、周囲の自然と馴染《なじ》んで風景に溶け込んでいた。

時刻は午後二時三十分だった。さきほどログハウスの近くまで接近して観察したところ、玄関の脇にあったポストにローマ字で『NARUMIYA』と書かれていた。インターホンを押しても応答がなく、不在のようだった。仕方ないので路肩に車を停め、家主の帰りを待つことにした。

「それにしても金持ちっているんだな。こんな家、どうやったら持てるんだろうな」

馬場が感心しながら言う。それには郁人も同感だった。周辺をぐるりと車で一周してみたのだが、その敷地の広大さに驚いた。分譲タイプの別荘地のようだったが、その一区画が広かった。一区画につき二〇〇坪はありそうで、中には鬱蒼《うつそう》とした森に囲まれた一軒家もあった。住んでいる家は半分ほどで、おそらくもう半分は文字通り別荘として——長い休暇や週末限定で使用されているものと思われた。

成宮イオリもここを別荘として使用しており、別のところに住んでいる可能性もあるのではないか。しかし、郁人が抱いた不安を馬場が解消してくれた。成宮の別荘の前にぬかるみがあり、そこに車のタイヤ痕《こん》があった。最近できたタイヤ痕であることは明らかで、何者かがここで生活している証《あかし》だと馬場は説明した。

　ログハウスの周囲は林になっていた。母屋のほかに納屋のような建物も見える。小さな畑もあったが、何が育てられているのかわからなかった。

「郁人、緊張してるか？」

　馬場にそう訊かれて郁人は答えた。

「多少は」

「だろうな。成宮イオリに会えるかもしれないわけだもんな。しかも親父かもしれないなんて、俺にはちょっと想像できないよ」

「俺たちが勝手に思ってるだけで、赤の他人かもしれませんから」

　あまり期待するな。郁人は自分にそう言い聞かせた。会えるかどうかもまだわからないのだ。

「喉《のど》渇いたな」そう言って馬場がドリンクホルダーに入れてある空き缶を振った。パーキングエリアで買った缶コーヒーだ。「ちょっと自販機探してくる。小便もしたいし」

「自販機、ありますかね？」

「あるだろ、探せば」

　馬場が車から降りた。馬場が周囲を見回しながら歩いていく。さきほど一周したときには自販機など見当たらなかった。景観に配慮し、そういうものを置かないように義務付けられているのかもしれない。すぐに断念して馬場も戻ってくるだろう。

シートを少し倒し、頭をヘッドレストの上に乗せた。その姿勢のまま休んでいると睡魔に襲われ、意識が徐々に遠くなっていく。

車のエンジン音が聞こえ、郁人は目を開けた。五分くらいは眠っていたようだが、まだ馬場が戻ってきていない。外を見るとログハウスの前に一台の乗用車が停まっていた。黄色い軽自動車だった。郁人は車から降りた。

軽自動車の運転席から一人の女性が出てくるのが見えた。遠目なのでわからないが、それほど若くはない女性のようだ。彼女は後部座席からスーパーのものらしきビニール袋を出し、それを玄関まで運んでから車に戻ってきた。

女性が助手席側のドアを開ける。その肩に手がかかるのが見えた。ゆったりとした動作で一人の男が車から降りてきた。髪が長い初老の男性で、濃い色のサングラスをかけている。

彼が成宮イオリなのか。郁人は知らないうちに男に向かって歩を進めていた。すでに別荘の敷地内に入っているが、そのことにも郁人は気づかなかった。視線の先にはサングラスをかけた男の姿がある。男は女性の肩に手を置き、ゆっくりとした足どりで玄関に向かって歩いている。

足元で音が鳴った。小枝を踏んだ音だった。やけにその音が大きく聞こえ、思わず郁人は立ち止まっていた。女性が振り向くのが見えた。彼女は露骨に警戒した視線を送ってきたので、郁人は愛想笑いを浮かべて会釈をした。

「どちら様ですか？」

女性がそう訊いてきた。西日で逆光になっているのか、目を細めて郁人を見ていた。

「突然お邪魔してすみません」

不意に日が翳《かげ》るのを感じた。同時に女性が郁人の顔を見て、口元を覆ったまま固まった。サングラスをかけた男の顔が見えた。間違いない、成宮イオリだった。年齢こそ違えど、その顔は郁人にそっくりだった。


「ありがとうございます」

郁人は恐縮して頭を下げた。さきほどの女性が郁人の前にお茶の入った湯飲みを置いた。彼女の名前は松永朋子《まつながともこ》といい、成宮イオリの内縁の妻らしい。見たところ年齢は五十代前半で、細面の美しい女性《ひと》だった。

「すみませんね。成宮は外出から帰ると少し休むことが習慣になっているもので。十分もしないうちに出てくるとは思いますけど」

東京から来たファンです。そう自己紹介すると、家の中に招かれた。自分の容姿がそうさせたのだと郁人自身もわかっていた。それほどまでに自分の顔は成宮イオリに似ていたし、そのことが松永朋子の興味を惹いたことも伝わってきた。

「成宮さんはご病気ですか？」

郁人は訊いた。失礼だとわかっていたが、あの様子を目の当たりにしてしまったら、質問しないわけにいかなかった。成宮イオリは視力を失っているようだった。

「糖尿病です」朋子は答えた。「若い頃から偏った食生活を送っていたようで、その影響らしいです。右目を失明したのは四十歳を過ぎた頃でした。今では両目の視力を完全に失っています。ただし現在は容態も安定していて、日常生活は普通に過ごしています。今日みたいに私のお買い物に付き合ってくれることもあるくらいなので」

「そうですか」

言葉に詰まってしまう。朋子の方も同じらしく、しばらく何も言わずにたまに郁人の顔を窺《うかが》い見ていた。郁人は湯飲みのお茶を一口飲んでから言った。

「やっぱり似てますよね、俺」

すると朋子が少し笑みを浮かべてうなずいた。

「似てます。本当に驚きました。おいくつですか？」

「二十八歳になります」

「彼が東京を中心にコンサートをしていた頃の年齢ですね。私、レコード会社で彼の広報を務めてました。彼と出会ったのもちょうどその頃です。あの頃の成宮を思い出します」

部屋の隅に暖炉が設置されていて、その前に薪が積んである。家具もすべて木製の暖色系のもので、海外の別荘にいるような気がしてくる。

「実は俺……」そう言葉を発したが、何から説明したらいいかわからない。仕方ないので簡潔に説明した。「成宮さんのことを最近知ったんです。それであまりにも似てるから、気になって……。この別荘のことは友人に調べてもらいました。音大出身の友人で、今日も一緒に来てもらってます」

「あなたが何を考えてるか、私にもわかります。二十八歳ってことは、あの人は三十二……三十三歳のときかしら。もう私と付き合っていたし、四六時中一緒にいたから浮気の兆候はなかったと思うけど、私の口からはっきりとは言えないわね。でもね、ええと、あなた、お名前は？」

「夏川です。夏川郁人です」

「夏川さん、実は彼、子供を作ることができないんです。私たちも子供が欲しくて検査をしたことがあります。糖尿病の影響なのかもしれませんが、彼側に原因があったことだけはわかっています」

「そうなんですか」

落胆はなかった。だがさきほど成宮イオリと対面して、郁人は漠然とした懐かしさのようなものを感じた。あれは何だったのだろうか。

「彼にはあなたの外見のことを話していません」朋子が言った。「でも彼は薄々何かに気づいているようです。お客を家に入れることなど滅多にありませんから。あ、来ましたわ」

サングラスをかけた成宮イオリが杖《つえ》をついてリビングに入ってきた。朋子が立ち上がってそばに近づくと、成宮イオリは朋子の肩に手を置いた。成宮は郁人が座っている斜め前のソファに座った。両手を杖の柄の上に置き、杖で床を押すようにしている。

「突然お邪魔してすみません。夏川郁人と申します」

成宮は答えなかった。年齢は六十一歳のはずだが、年より少し老けて見えた。朋子が若々しいので、余計にそう見えるのかもしれない。

「私の言った通りだったろ」

いきなり成宮がそう言い、それに朋子が応じた。

「ええ、そうですね」

「客が来る。私は朝からそう予言していたんだ。ここには滅多に客などこない。だがわかったんだ。第六感というやつだろうな。私たちに害を与える客ではないと思った。こんな風に感じたのは初めてだ。夏川君、だったかな？」

「そうです。夏川郁人です」

「君、ピアノは？」

「実はですね……」

郁人は事情を手短に説明した。十日ほど前にピアノと出会い、その魅力にとり憑《つ》かれてしまったこと。一度耳にした曲は労せず弾けること。そして自分が成宮イオリに顔がそっくりなこと。郁人の説明を聞き終えると成宮は笑った。

「そんなに似ているのか」

「とても」答えたのは朋子だった。「二十八歳の頃のあなたと瓜二つです。コンサートが盛況で鼻を高くしていたあなたと。でもあなたの方が少し痩せてたかしら」

「残念ながら子供を作った記憶はない。金の無心に来たなら帰ってくれ」

「決してそういうわけでは……」

「まあいい」と成宮は笑う。「金が目当てじゃないことは雰囲気でわかる。こちらに来たまえ」

成宮が立ち上がると、それを朋子が支えた。朋子に先導されて成宮が階段を上っていく。郁人も立ち上がってあとに続いた。

二階には四つの部屋があり、どの部屋もドアが開いているが、あまり物が置かれていない様子だった。二人で暮らしているので一階だけで事足りるのかもしれないと郁人は思った。一番奥の部屋に案内され、中に入ると中央にグランドピアノが置かれていた。

「弾きなさい」

成宮に言われ、郁人は逡巡《しゅんじゅん》した。「いや、でも……」

「いいから弾きなさい」

観念してピアノに向かい、椅子に座った。朋子が笑って言った。

「そのピアノ、もう何年も弾いていないの。掃除だけは私がしてるけど、音の保証はできないわ」

蓋を開ける。えんじ色の鍵盤カバーを外して椅子の背もたれにかけた。まずは教則本で学んだ子供用の練習曲を弾く。成宮の反応が気になってたまに顔を盗み見たが、サングラスをしているのでその表情はわからない。

　練習曲を弾き終えた。次に弾いたのはショパンのノクターン第二番だ。緊張したが間違えることなく弾くことができた。曲が終わると成宮が近づいてきて、郁人の手をとった。

　指、手の甲などの感触を確かめるかのように、長い時間をかけて成宮は郁人の手を触っていた。やがて手を放して成宮は言った。

「さっきのショパン、癖がある。弾いた者の癖までコピーするのはやめた方がいい。真似してもいいピアニストなど限られてる。ホロヴィッツ、キーシン、アルゲリッチあたりか。ポリーニもいいかもな。おい」

　成宮の声に反応して、朋子が壁際にある棚に向かった。そこに収納されているＣＤから数枚抜きとり、それを持って戻ってきた。五枚ほどのＣＤを朋子が寄越してきた。

「適当に選びました。差し上げます。気に入ったピアニストが見つかったら、その人のＣＤを買えばいいわ」

「あ、ありがとうございます」

　ＣＤを受けとった。さきほど成宮が口にしたピアニストの作品らしかった。成宮が唐突に訊いてきた。

「食べ物の好き嫌いはあるか？」

「特にありません」

「いいことだ。私の場合、ガキの頃から肉しか食わなかった。それを許される家庭環境がいけなかったんだ。父も母も私に甘かったしな」

　そこまで話したところで成宮は咳込《せきこ》んだ。朋子がその背後に回って彼の背中をさすっていた。咳が治まると成宮が続けて言った。

「久し振りに客と会えて楽しかったよ。また来るがいい。事前に教えてくれたら妻がシチューを用意するだろう」

「ありがとうございます」

　そのときインターホンが鳴った。きっと馬場だろう。別荘の前に停まった軽自動車に気づいたに違いない。朋子が部屋から出ていった。

　成宮も杖をついて歩き出した。郁人は立ち上がり、彼が部屋から出ていくのを見送った。部屋から出る直前で成宮は立ち止まり、前を見たまま言った。

「ピアノを弾け。弾き続けるんだ。君はそれをしなければならない人間のような気がする」

　胸が熱くなった。初対面のピアニストなのだが、もっとずっと昔から知っているような不思議な感覚があり、おそらく同じものを成宮イオリも感じているだろうという妙な確信があった。

　俺がピアノを弾き始めたことも、こうしてここに立っているのも、すべて運命だったのかもしれない。別に成宮イオリが父親でなくても構わない。彼は俺にとって一つの指針なのだ。

一筋の涙がこぼれ落ちるのを感じ、郁人は涙を指ですくった。

※

「そろそろだな」

助手席の川村の声に竜生は顔を上げた。車は軽井沢の別荘地の中を走っている。周囲は金持ちが住んでいそうな高級別荘地だ。どの家にも大きなテラス、もしくは屋根付きのバルコニーがあり、外で食事をとることができるようになっていた。バーベキューでも楽しむためだろう。

竜生はスマートフォンの画面に目を落とした。次の角を曲がったところに成宮イオリが所有していると思われる別荘がある。登記簿を確かめたわけではないので、現時点では推測に過ぎない。しかしおそらく当たっているだろうという確信が竜生の中にあった。加藤らサイバーセキュリティ対策室の同僚が知恵を出して導き出した推論だ。当たっている可能性は高い。

「夏川が乗っていたレンタカーはたしか……」

川村の言葉を運転席の畠山が受け継いだ。

「白のアコードです」

車が角をゆっくりと曲がる。五〇メートル前方に白い車が停車しているのが見えた。夏川たちが借りたレンタカーだろう。畠山がブレーキを踏み、車を停止させた。

「乗ってるか？」

「人影は見えませんが、見てきます」

そう言って畠山がシートベルトを外して運転席から降りた。腰をやや屈《かが》めてアコードに近づいていく。五メートルほどの距離まで近づいてから畠山は引き返してきた。再び運転席に乗り込んできて言った。

「誰も乗ってませんね。遅かったのかもしれません」

アコードが停まっている区画の中は一見して雑木林のようであるが、その中に丸太組みの家が建っている。ログハウスというやつだろう。ログハウスの玄関近くに黄色い軽自動車が停まっているのが見えた。あの車が成宮イオリの自家用車なのかもしれない。

「どうします？」

畠山の問いかけに川村が答えた。

「少し考えさせてくれ」

インポッシブル・コンタクト。オリジナルとクローンが顔を合わせることをドールズではそう呼んでいるらしい。有り得ない遭遇。絶対に起きるはずない対面。今、あのログハウスの中でそれが起きている可能性があるのだ。

川村の横顔を見る。彼はまっすぐログハウスの方に目を向けていた。川村が悩むのも無理はない。夏川は四号クローンであり、次の標的になっていることは間違いない。しかし夏川本人は自分が命を狙われていることはおろか、自分がクローンであるなど夢にも思っていないはずだ。どういう説明で彼を保護するか、川村は頭を悩ませているのだろう。

「早めに夏川郁人の無事を確認したい。行こう」

遂に川村は腹を決めたようにうなずき、助手席のドアから降り立った。竜生が後部座席のドアから降りると川村が声をかけてきた。

「高倉、危険はないと思うが、少し離れてろ」

「わかりました」

そう返事をした。川村と畠山が肩を並べて歩いていく。二人はアコードの前で立ち止まり、もう一度確認するように車内を覗き込んでから、再びログハウスに向かって歩き始める。

敷地内に足を踏み入れた。東京より気温が低いせいか、すでに地面には葉が落ちている。高速道路から見えた山肌も黄色く染まり始めており、そろそろ紅葉が見ごろの季節を迎えるようだった。

前を歩く二人の足が止まった。黄色い軽自動車の前だ。畠山が手帳を出し、車のナンバーを控えていた。玄関の脇にポストがあり、そこに『ＮＡＲＵＭＩＹＡ』と記されているのが見えた。このログハウスに成宮イオリが住んでいると考えて間違いない。

川村と畠山が玄関に向かって歩き始める。竜生もあとに続こうと一歩足を前に出したときに異変は起きた。

玄関のドアがゆっくりと開き、前を歩く二人の足が止まった。

※

「ごめんなさいね。主人は少し休みたいようなの。せっかくお友達にも来てもらったわけだし、少しくらい話してから帰っていただきたかったのに」

松永朋子がそう言いながらソファに腰を下ろした。郁人の隣に座る馬場が快活な笑みを浮かべて言った。

「いえ、こっちが勝手にお邪魔させてもらっただけですし、事前に連絡をしなかったのは僕らの落ち度です。な、郁人」

「ええ、そうです。今日はありがとうございました」

成宮イオリは一階奥にある自室に戻っていた。あまり他人と話すことがないため疲れたらしく、ベッドで横になっているという話だった。郁人たちはリビングにあるソファに座り、朋子が淹《い》れてくれた紅茶をご馳走《ちそう》になっている。

「それにしてもいいログハウスですね。こういう生活、憧《あこが》れますよ」

馬場がお世辞とも本音ともつかない台詞《せりふ》を口にする。朋子がカップを持って言った。

「夏は涼しいから過ごし易いけど、温暖化っていうのかしら。ここ数年は夏も暑くて、エアコンをつけることもあるのよ」

「へえ、そうなんですか」

「でも悪くない生活よ。私は東京生まれで若い頃からずっとこういう田舎での生活に憧れていたしね」そこまで話したところで朋子はカップを置き、郁人を見て言った。「それにしても似てるわね。成宮の隠し子かもしれない。そう信じ込むのも無理がないわ」

「ですよね。他人の空似ってやつですね。俺も最初に言われたときはまさかと思ったんですけど、だったら一度会った方がいいだろって提案したんです。本当お騒がせしてすみません」

そう言って馬場が頭を下げたので、郁人も小さく頭を下げた。

自分と成宮イオリは親子関係ではない。さきほど本人の口からそう否定されたが、特に郁人はショックを受けることはなかった。それよりも成宮イオリと顔を合わせ、話ができた体験は得難いものだった。

宗教というものを信じたこともないし、これからも信じることはないと思っている。しかし成宮イオリとの出会いはどこか運命的であり、神々《こうごう》しささえも感じられた。血の繋がりを超えたもの——それを何と表現すればいいのかわからないが、大きな存在に一歩近づけたような気がしていた。

「もしよかったらケーキでもお食べになる？　皇族の方も召し上がる有名なパウンドケーキを買ってきたの」

「すみません。あまり長居しても悪いですし、そろそろ失礼させていただきます」

　そう言って馬場が視線を向けてきたので、郁人もそれに同調した。

「奥さん、お気遣いなく。本当に突然押しかけてしまって申し訳ありませんでした」

　馬場とともに立ち上がり、玄関まで進んだ。靴を履いてから振り返り、もう一度頭を下げた。「いろいろとありがとうございました」

「こちらこそ。久し振りに若い人とお話ができて楽しかった。また来てくださいな。特に夏川さん、あなたは……」

　馬場が茶化すように口を挟む。

「他人とは思えない、ですよね？」

「本当にそう。その通り。またいらしてくださいね」

　最後にまた頭を下げて玄関から出た。ドアを閉めてから馬場に礼を言った。

「馬場さん、ありがとうございました。でも会わなくていいんですか？　馬場さんだって会いたがっていたじゃないですか。もう少し待っていれば成宮さんだって……」

　隣に立つ馬場を見る。馬場の視線の先には三人の男が立っていた。前方の二人はスーツ姿で、その後ろに控えた男はポロシャツを着ている。前に立つ二人の男の視線が鋭く、それは一般人のものとは思えなかった。片方の男――年配と思われる男が前に出た。男は郁人と馬場の顔を交互に見て、そして馬場の顔を見て低い声で言った。

「どういうことだ？　なぜあんたがここにいる。説明しろ、朝比奈」

何を言っているのだろうか。郁人はわけがわからなかった。この男はアサヒナなんて名前じゃない。馬場だ。馬場孝介だ。

もう一人の男も前に出た。

「朝比奈さん、説明してください。これはどういう――」

「お静かに」

馬場が言った。口元には笑みが浮かんでいるが、どこか冷たさを感じさせるものだった。郁人が見たことのない顔だ。馬場は体を移動させ、郁人の背中に回り込んだ。馬場が続けて言う。

「通してください。私も彼を傷つけたくはありませんので」

背中に冷たい何かが押し当てられる感触があった。体を捻って自分の背中を見る。馬場の手には黒光りする拳銃《けんじゅう》が握られていて、その銃口が背中にぴたりと押し当てられていた。

第四章　覚醒、そして

川村は目を見開き、前に立つ二人を見ていることしかできなかった。

成宮イオリが住んでいると思われるログハウスの前だ。敷地内に足を踏み入れたところ、突然ログハウスのドアが開いて二人の男が中から出てきた。一人は四号クローンである夏川郁人、もう一人はドールズの現場責任者である朝比奈勝だった。

「聞こえなかったんですか？　道を開けてください」

朝比奈は夏川郁人の背後に立っている。夏川郁人の引きつった顔つきからして、朝比奈の手には拳銃《けんじゅう》が握られていると推測できた。

どういうことなのだ。川村は頭を振る。目の前の状況を理解することができなかった。なぜ朝比奈が四号クローンと行動をともにしているのか。しかも奴の格好は何だ。いつものきちんとしたスーツではなく、そのあたりの若者のようなファッションに身を包んでいる。この格好では街ですれ違っても朝比奈だと気づかないかもしれない。

視線を感じた。隣を見ると畠山がこちらを見ていた。判断を仰いでいるような目だった。川村は畠山に向かってうなずいてから、再び朝比奈に目を向けた。

「朝比奈、説明してくれ。これはどういうことなんだ？」

「答える義務はありません」

朝比奈は冷静な口調で言い、夏川の背中を押して歩き始めた。二人は徐々にこちらに近づいてくる。川村は数歩後ろに後退した。

「おい、朝比奈」川村は何とか言葉を発する。「会ったのか？　成宮イオリは中にいるのか？」

朝比奈は答えない。その唇には薄い笑みが浮かんでいる。夏川郁人はわけがわからないといった表情だった。おそらく夏川は自分が置かれた状況を理解していない。しかしそれはこちらも同じで、朝比奈の真の目的がわからない以上、何も手出しができなかった。

「畠山さん、鍵《かぎ》を」

朝比奈が言った。畠山が困惑気味に川村に目を向けてきた。朝比奈との距離は二メートルほどにまで縮まり、彼の右手に黒い拳銃が握られているのがかろうじて見えた。本物かどうかはわからないが、ここは下手に逆らってはならない。川村は畠山に向かってうなずいた。

畠山が一歩前に出て、車の鍵を朝比奈に手渡した。朝比奈は受けとった鍵をポケットの中にしまってから、夏川郁人を盾のようにして路肩に停めたアコードに向かって歩いていく。最初に夏川が助手席に乗せられ、次に朝比奈が運転席に乗った。すぐにアコードはエンジンをかけて走り去った。それを見送ることしかできなかった。

「川村さん、俺たちこれから……」

「まずは車だ。ディーラーを呼ぶ時間はない。業者を呼んで鍵を解除してもらおう」

「わかりました」

畠山がそう言ってスマートフォンで何やら調べ始めた。川村はログハウスに目を向けた。鳥の鳴き声が聞こえる。ログハウスは周囲の自然に同化し、ひっそりと佇《たたず》んでいた。あの中に成宮イオリがいると考えていいだろう。ドールズが言うところのインポッシブル・コンタクト——オリジナルとクローンの接触がなされたはずだ。どんな会話が交わされたのか興味はあるが、朝比奈たちがどういった説明で成宮に接触したのかわからず、迂闊《うかつ》に事情を問い質《ただ》すのは危険だった。

「場所が場所ですので、業者の到着まで一時間ほどかかるそうです」

畠山の言葉にうなずき、川村は言った。

「わかった。それより畠山、さっきのあれはどういうことだと思う？」

「俺にもわかりません。朝比奈は現場責任者で全体を統括する立場でした。俺も正直度肝を抜かれたって感じです。あの人が何を考えてあんな行動をしているか、まったく読めません」

つくづく扱いに困る事件だ。朝比奈は厚労省の役人であり、拳銃を所持できる立場ではない。あの拳銃が本物だと仮定すれば、拳銃の不法所持という容疑だけで朝比奈を指名手配できる案件なのだ。しかしクローンという極秘事項がそれを複雑にしてしまっている。

「畠山、ドールズの命令系統はどうなってる？　朝比奈の行動を誰に報告すればいい？」

「本部ですね。基本的に各クローンの監視部隊があり、それぞれに責任者がいます。その責任者たちを統括していたのが朝比奈でした。朝比奈の上となると本部の幹部しかいないでしょうから」

「見た通り、ありのままの事実を報告しろ」

「了解です」

再び畠山が背を向けた。朝比奈と夏川の身柄を押さえるのが先決だが、そう簡単にはいかないだろうという予感があった。そもそもなぜ朝比奈は夏川郁人と行動をともにし、オリジナルである成宮イオリのもとを訪ねたのか。いや、それ以前に朝比奈がクローン殺しの犯人とは考えられないか。彼ならクローンの情報を自由に入手できる立場にある。動機はともかくとして、犯人の条件は満たしていると言っていいだろう。

「あのう、ちょっといいですか？」

振り返ると高倉竜生が立っていた。高倉の手にはスマートフォンが握られている。それをこちらに寄越しながら高倉が言った。

「うちの室長から電話です。川村さんと話をしたいって言ってます」

あの千賀という男か。いったい俺に何の用があるのだろうか。川村はスマートフォンを受けとり、それを耳に持っていった。

「お呼び立てして申し訳ありません」

そう言って千賀に出迎えられた。場所は品川にあるサイバーセキュリティ対策室のオフィスだった。時刻は午後七時を回っている。軽井沢から戻ってきたばかりだ。

三時間ほど前のやりとりを思い出す。どうしても話したいことがある。千賀にそう言われ、川村はここにやってきた。高倉と畠山も一緒だった。

「それで俺に話とは何でしょうか？」

川村は千賀に訊《き》いた。普通、同じ警視庁の警察官であれば多少なりとも面識があってもよさそうなものだが、千賀という男に関して川村はまったく知らなかった。昼にも顔を合わせたが、礼儀正しい男という印象しかない。現場にはいないタイプの警察官で、事務方ではないかと疑ったほどだ。

「軽井沢で起きたことを教えてください」

千賀がいきなりそう切り出し、川村は面喰《めんく》らった。上司として事件の概要を把握しておきたいと思っているのだろうか。たしかに高倉はすでに多くのことを知ってしまっている。しかしそれを逐一報告などできないし、今回の事件には報告すら難しい部類の情報がふんだんに含まれている。

「申し訳ありませんが」川村は小さく頭を下げた。「室長の頼みとあっても、話せることと話せないことがあります。現在我々は非常にデリケートな件を捜査しておりまして、そのあたりのことを察していただけると有り難いです」

　これで終わりにするつもりだった。しかし千賀が思いもよらないことを言い出した。

「四号クローンはオリジナルの成宮イオリと会えたんですか？」

　どうしてこの男がクローンのことを知っているのだ。川村は混乱を覚え、隣に座る畠山に視線を向けた。彼も困惑気味に首を捻《ひね》っているだけだ。

「二十八年前、有馬クローンが発見された年、ドールズが結成されました」無表情のまま千賀が話し出す。「厚生省が主導となって結成された組織でしたが、クローンを監視する必要があることから、警察の協力も欠かせないと判断されたようで、警察官がドールズに出向するという慣習が長年続いてきました。現在の畠山君のように」

　畠山が顔を上げる。何かに気づいたような顔つきだった。千賀が続けて言った。

「出向していたのは現場の警察官だけではなく、管理部門でも長年にわたり警察関係者がドールズの運営に関わってきました。外部理事のようなものですね。ドールズには五人の役員がいます。その上は厚生労働大臣なので、実質五人の役員がトップと考えて間違いありません」

　千賀が説明を続ける。五人のトップの内訳は厚労省の役人が三名、総務省から一名、警視庁から一名という構成だった。とは言っても厚労省組の発言力が強く、総務省及び警視庁からの出向役員はそれほど大きな発言力を与えられていなかった。

「私はもう十年前からドールズの役員をしています。お飾りのような役員ですけどね。そういった理由から軽井沢で何が起きたのか、知っておきたいのです」

嘘をついているようには見えなかった。この男がドールズの役員というのは本当だろう。こう見えてかなりのやり手なのかもしれない。サイバーセキュリティ対策室の室長というのは隠れ蓑《みの》に過ぎず、裏で暗躍している別の顔がありそうだ。高倉に目を向けると、彼も初めて千賀の正体を知ったようで、口を半開きにして驚いている。

「事情はわかりました、千賀室長」

川村は自分の直感を信じ、今日軽井沢で起きたことを千賀に話した。軽井沢の別荘で実現したと思われるオリジナルとクローンの遭遇。そこにドールズの現場責任者である朝比奈が介入していたこと。川村の話を聞き終えた千賀は表情を変えずに言った。

「朝比奈君のことは知ってます。今回のことは彼の独断によるものだと思いますが、彼は単純な男ではありません。計画的に動いていると考えてよさそうです」

「どういうことですか？」

「朝比奈君は何か目的があり、ドールズから離反したと考えていいでしょう。いわばクーデターに近い。彼に追随するスタッフもいる可能性も高い。下手すればドールズは瓦《が》解《かい》するかもしれません」

「瓦解、ですか？」

「そうです」千賀はうなずいた。「ここ数年、クローンの成長により、ドールズの存在意義が問われ始めていました。スタッフの数も縮小されています。その中で朝比奈君の離反は極めて影響が大きい」

それは畠山から聞いていた。ドールズが近年縮小傾向にあることを。川村は思いついたことがあり、それを口にした。

「朝比奈は現場責任者です。クローンを守るのが彼の仕事のはずだ。しかし彼はクローンを見殺しにした。そう考えることもできるのではないですか？」

「可能性はゼロではないでしょう。しかし私は三件の事件の詳細を知らないので何とも言えません。今、考えるべきは朝比奈君のクーデターの目的です。彼は何のために四号クローンをオリジナルと接触させ、そのまま連れ去ったのか。それを調べるのが我々四人に与えられた使命です」

使命。それほど大袈裟《おおげさ》なものではないと思いたかったが、事態の重要度を考慮すると千賀がその言葉を使ったのもあながち間違ったことではないと川村は思った。千賀の指摘が正しければ、朝比奈のクーデターにより、ドールズはその機能が完全に麻痺《まひ》しているはずだ。

川村は机を囲む面々を見回した。サイバーセキュリティ対策室の室長と、そこに所属している若いＳＥ。ドールズに出向中の巡査部長。そして自分。この四人で何ができるというのだろうか。

「やるべきことは二つです」

千賀が三人の顔を見回して言った。その顔つきは冷静なものだった。高倉も畠山も青い顔をして千賀の言葉に耳を傾けている。この千賀という男、思った以上にやり手なのかもしれない。

「まず朝比奈君のクーデターです。彼の真意、その目的を探り出し、彼の計画を未然に食い止めることです。そしてもう一つ。これ以上クローンが殺されてはいけません。クローン殺しの犯人を見つけ出しましょう」

そう簡単に行くだろうか。疑心暗鬼になっている自分がいた。三件の連続殺人であれば、本来なら百人以上の捜査員が投入されても不思議はない。それに加えて厚労省内部のクーデター騒ぎだ。しかもそこにはクローンという迂闊には口に出せない極秘事項も絡んでいるのだ。

「千賀さん、一つだけ教えてください」川村は千賀に訊いた。ずっと胸の中で燻《くすぶ》っていた疑問を口にした。「朝比奈こそ七号クローンではないんですか？」

朝比奈こそ七号クローンではないか。それは川村が軽井沢の一件からずっと頭の隅で感じていた疑念だった。千賀はしばらく無言のまま川村の顔を見ていたが、やがて口を開いた。

「そのあたりのことも含め、我々は迅速かつ慎重に捜査を進めなければなりません」

そのとき胸のポケットから着信音が聞こえたので、川村はスマートフォンをとり出した。

※

夏川郁人は椅子に座っている。室内にはベッドと椅子が一台ずつ置かれているだけで、ほかに家具は何もないシンプルな部屋だった。

目を覚ましたとき、郁人はこの部屋のベッドに横になっていた。ここはどこだろうか。窓から見えるネオンの感じからして東京だろうと思われた。時間はまったくわからない。

夢を見ていたようだった。あの軽井沢のログハウスでの出来事。本当に俺は成宮イオリと話したのか。あれは夢じゃなかったのか。いや、夢なんかじゃない。ちゃんと話して、ショパンの演奏を聴いてもらったじゃないか。

あれは何だったのだろうか。ログハウスを出たところで三人の男と遭遇した。彼らは馬場のことをなぜか朝比奈と呼んだ。最初は聞き違いかと思ったが、そうではなさそうだった。馬場は突然人格が変わったかのように冷たい顔つきになり、しかも拳銃を背中に押し当てられたのだ。そのままレンタカーの助手席に乗った。車が走り出してすぐ、馬場にペットボトルの緑茶を渡された。それを飲んだら猛烈な睡魔に襲われ、目が覚めるとここのベッドに横たわっていたのだ。

ドアには鍵がかかっていた。試しにドアを叩《たた》いてみようと思い、郁人が立ち上がったときだった。ドアがゆっくりと開き、一人の男が部屋の中に入ってくる。

「……馬場さん？」

雰囲気が違う。スーツを着ていて、ネクタイを締めていた。右耳のピアスは消えており、髪もきちんと整えられている。馬場は言った。

「夏川さん、これまでの非礼をお詫《わ》びしたい。実は私は馬場孝介ではない。朝比奈勝といいます」

その他人行儀な口の利き方に混乱が増していく。郁人は口を開けて目の前の男を見ていることしかできなかった。

「驚くのも無理はないね。私はドールズという組織に属している。ある理由から君のことは知っていた。君が思っている以上に知っていると言っていいだろう。騙《だま》したことは謝る。本当に申し訳なかった」

馬場、いや朝比奈と名乗る男が頭を下げた。ドールズ。会社だろうか。俺のことをよく知っているとはどういうことだろうか。

「何から説明すればいいか、正直私も困っているんだ。いきなりこんなことを言っては驚かせてしまうと思うが、君の人生は我々の組織によって見張られてきた。生まれてから現在に至るまでずっと」

ずっと見張られていた。意味がわからない。俺を見張ってどうなるというのだろう。

「君の出生には大きな秘密がある。今日、成宮イオリと会っただろ。彼は君の父親ではないが、君と彼はまったく同一の遺伝子を持っている。どういうことかわかるかな？」

　同じ遺伝子を持っている。考えられるのは双子だが、彼とは親子ほどの年齢差がある。
双子ではないとすれば——。

「二十八年前、ある分子生物学者が七体のクローン人間の作製に成功した。スポーツ選手や音楽家など、当時の著名人の体細胞が使用されて作られたクローンだ。君は成宮イオリのクローン人間なんだよ」

　朝比奈という男が何を言っているのか、郁人は理解できなかった。分子生物学者、クローン人間。まるでSF映画のような話に理解が追いついていかない。それでも朝比奈という男は話し続ける。

「政府はクローンの存在を隠そうとした。そのために作られたのがドールズという組織だ。生まれたクローンには両親がいない。従って多くが児童養護施設に預けられた。そしてドールズの厳重な監視下でクローンたちは育っていった。政府が恐れたのはクローンの存在が外部に発覚することだった。つまりクローンにオリジナルと同じ能力を発揮されてしまうのを一番恐れた。君の場合はピアノだ。いや、音楽全般と言った方がいいかもしれない。君が音楽と深く接しないように監視し、ときには干渉することもあった」

　思い出したことが二つある。施設のクリスマス会でピアノを弾く役割を与えられなかったこと。もう一つは小学生の頃にブラスバンドに入れなかったことだ。もしかしてあの二つも何らかの見えない力が働いたのだろうか。でもそんなことって……。

「イシカワタケシという子を憶《おぼ》えているだろうか？　同じ養護施設で育った子だ」

石川丈志のことだろうか。彼のことなら憶えている。体が大きく、スポーツがよくできる子だった。足は学年で一番速かったかもしれない。中学進学を機に別の児童養護施設に移っていったはずだった。

「彼も君と同じクローンだ。彼は某有名スポーツ選手と同一の遺伝子を有していた。クローンを監視するのにもコストがかかる。よって同じ施設や学校で複数のクローンを同時に監視することもあった。その方がコストがかからないからね」

つまり俺は成宮イオリのクローンということなのか。それが本当であるなら、自分の容姿が成宮イオリと酷似していることも説明がつくし、ピアノを弾く才能も同じ理由で納得できるものだった。でも本当に俺はクローンなのだろうか。

「でも馬場さん、どうして」ようやく郁人は口を開いた。湧き上がる疑問を抑え切れなかった。「どうして俺に近づいたんですか？　俺にピアノを教えてくれたのもあなただし、成宮イオリに会わせてくれたのもあなただ。俺が成宮イオリのクローンならピアノを弾いちゃいけないはずだ。でもあなたは協力してくれた」

思い当たることは多い。そもそもピアノを弾くようになったきっかけもそうだ。先輩である小池の自宅で初めてピアノに触ったのだが、あのピアノは小池が飲み屋で会った男から譲り受けたものだと話していた。そこからすでに仕組まれていたとは考えられないか。

「私と出会ったのも偶然じゃない。都内のピアノレッスンを斡旋《あっせん》するサイトに依頼し、君に私を紹介するように工作したんだ。網に引っかからないなら私から接近するつもりだった」

「そ、そんな……」

「夏川さん。いや、郁人と呼ばせてもらうよ。郁人、私は嬉《うれ》しい。君は期待通りのものを私に見せてくれた。君は見事に覚醒《かくせい》した。覚醒したクローンは君が初めてだ」

そう言って朝比奈は満足そうにうなずいた。

※

「停めてください」

川村がそう声をかけるとタクシーが停まった。料金を払ってからタクシーを降りる。千駄木にある英麟大学の近くだった。大学の構内には入らず、校門を素通りして大学の裏手に向かった。目当ての喫茶店は看板の光は消えていたが、窓から明かりが洩《も》れていた。

「こんばんは」

ドアを押して中に入る。カウンターの椅子に座ってマスターが待っていた。クローンの生みの親である有馬教授がこの店の常連であったことは先日の聞き込みでわかっていた。さきほどマスターから電話があり、有馬教授の写真が見つかったと知らされたのだ。

「ご連絡ありがとうございます。それで写真というのは？」

川村が早速本題を切り出すと、マスターが一枚の写真をカウンターの上に置いた。

「電話でも言った通りだが、昔の写真だから写りも悪い。まあ顔くらいは判別できる程度に写っているがな」

「拝見します」

川村は逸《はや》る気持ちを抑えながら写真を手にとった。右下にある日付は一九八八年の七月だった。有馬教授がクローンを作製する二年前だ。どこかの公園で撮ったものらしく、二人の男が並んで写っている。二人とも登山服に身を包んでおり、右側にいるのがマスターだった。その隣にいる帽子を目深に被《かぶ》った男が有馬教授だろう。

実は朝比奈こそ有馬教授のクローンではないのか。それが川村が立てていた推測だった。根拠は単純なもので、彼のイニシャルだ。

クローンのイニシャルがオリジナルと同じであるのは偶然ではなく、おそらくドールズの意図によるものと考えられた。もしも謎に包まれた七体目のクローンが有馬正義教授と同一の遺伝子を持つクローンであるなら、そのイニシャルはM・Aであり、朝比奈勝のそれと一致する。従って朝比奈こそ七体目のクローンではないのか。それが川村の推測だった。

しかしこの写真を見たところ、微妙だった。有馬教授と朝比奈勝。両者はそれほど似ていない。年齢差があるため、もし朝比奈がこのまま年齢を重ねれば、写真の有馬教授の顔つきに近づいていくのではないかという期待もわずかに抱ける程度だった。

そもそもクローンとオリジナルの外的特徴は一卵性双生児程度だと言われているらしい。育った環境、栄養状態なども加味して、まったく同じ容姿になる保証はどこにもない。そういう点を考慮したとしても、朝比奈が有馬教授のクローンである可能性は低いように思われた。

「この写真、いただくことは可能ですか」

「もちろん差し上げるよ。孫に届けさせようと思ったんだが、あれも忙しいようでね。せっかく来たんだ。コーヒーを一杯飲んでいきなさい」

そう言ってマスターはカウンターの中でコーヒーを淹《い》れ始めた。コーヒーのいい香りが漂ってくる。マスターが出してくれたコーヒーは味わいも豊かで美味《おい》しく感じた。

「あまり収穫があった感じではないようだね」

「そんなことはありません。助かりました」

「先日君がこの店を訪れてから、私も有馬先生のことをいろいろ思い出してみたんだ。実は有馬先生がいなくなる一年くらい前だったかな。偶然、有馬先生と銀座《ぎんざ》の画廊で遭遇したことがあるんだ」

日本画家の個展だった。有馬教授は三十代半ばの女性を連れていた。髪の長い女性だった。

「当時、すでに有馬先生は結婚していた。奥さんではなかったよ。奥さんは一度店に来たことがあって顔を知ってたからね。狭い画廊だったんで、先生も私のことに気がついた。お互い無視するわけにもいかなくて挨拶《あいさつ》をしたんだ。そこに画廊のオーナーがやってきて、こっちへ来てコーヒーでもどうだと誘われた。画廊の一角に呼ばれ、私は有馬先生とコーヒーを飲むことになった」

　やはりマスターが気になったのは女性の存在だった。すると有馬教授は先回りをするように女性を紹介した。懇意にしている看護師。有馬教授は女性のことをそう表現した。

「前年の健康診断で何かの数値が悪かったらしくて、それを契機に薬を服用するようになったようだ。それで病院に通っているうちに親しくなったと言っていた」

「病院というのは？」

「四谷《よつや》の附属病院じゃないかな」

　四谷にある英麟大附属病院のことだろう。

「あまりこんなことは言いたくないが」マスターがやや声を低くした。「患者と看護師という関係ではなかったように思う。でも私は感心したんだよ。こう言っちゃあれだが、有馬先生は研究一筋の、どちらかと言うととっつきにくいタイプの方だったんで、この先生もなかなかやるもんだなと見直したもんだ。あ、今のご時世、こんなこと言っちゃ不謹慎かな」

　有馬教授が既婚者であることは川村も知っている。有馬教授が失踪《しっそう》した当時、最初に警察に相談したのが妻だった。

「彼女の特徴など憶えていますか？」

川村がそう訊くと、マスターがうなずいた。

「実は名前を憶えてる。いい名前だと印象深かったからね。朝比奈楓《かえで》。それが有馬先生と一緒にいた看護師の名前だ」

思わず腰が浮いていた。川村はマスターに念を押す。

「間違いありませんか？　その看護師は朝比奈楓という名前だったんですね」

「ああ、間違いないよ。でもいったい彼女がどうしたんだね」

朝比奈というのは珍しい名字だ。偶然の一致とは思えない。朝比奈楓とは何者なのだろうか。そしてドールズの朝比奈勝とどういう関係にある女性なのだろうか。

※

こんなに旨《うま》い赤ワインを飲むのは初めてだった。郁人がグラスの赤ワインを飲み干すと、朝比奈が腕を伸ばしてワインを注いでくれた。

「ありがとうございます、朝比奈さん」

正直まだ朝比奈と呼ぶのは慣れない。どうしても馬場と呼んでしまいそうになるが、朝比奈の方が彼の本名であるらしい。

「遠慮しないで食べてくれ。といってもコンビニで買ってきたものだけどね」

別の部屋に移っていた。広いリビングだったが、さきほどの部屋と同じく最低限の家具しか置かれていない。ソファに座り、朝比奈が買ってきたコンビニのパンやサラダを食べることになった。ワインだけはこの部屋にストックされていたものらしい。

「郁人、聞いてくれ」朝比奈がグラス片手に言う。「もし居心地が悪かったら出ていってくれて構わない。今までと同じ生活に戻ればいい。私は君にあれこれと強要できる立場ではない」

「強要なんて……俺はそんな風に思ってはいませんから」

「君は成宮イオリと同一の遺伝子を有している。それは動かし難い事実だが、君は成宮イオリのコピーである以前に、夏川郁人なんだ。夏川郁人という個性は世界中を探しても君一人だ。君自身がオリジナルなんだよ。矛盾しているかもしれないが、そこをきちんと理解してほしい」

自分がクローン人間である。そんな途方もない話をすんなりと受け入れてしまっているのが不思議だった。おそらく朝比奈以外の別の者から聞かされていたら、絶対に信じていなかったと思う。彼だから信じることができるのだ。まだ出会ってから一週間ほどしかたっていないが、彼に対する信頼は揺らぐことがない。彼が偽名を使っていたことも、身分を偽っていたことも関係はない。それほどまでに彼には感謝していた。自分を導いてくれた恩人だ。

「郁人、成宮イオリと会って何を感じた？」

朝比奈に訊かれ、郁人は答えた。

「そうですね。最初は父親かもしれないと思っていたんですが、そうじゃないってわかったあとでも落胆はなかったんです。むしろ父親よりも大きな存在に出会ったような感じでした」

「同じ遺伝子を持っているんだからね、何か強く惹《ひ》き合うものがあるのかもしれない。おそらく成宮イオリも何か感じていたはずだ」

それは郁人も思っていた。他人とは思えない何かを向こうも感じていたことだろう。

「郁人、食事はもういいだろ？」

「ええ、大丈夫です」

すでにパンを何個か食べ、空腹は満たされていた。朝比奈が立ち上がったので、郁人もグラスの赤ワインを飲み干してから立ち上がった。朝比奈がリビングから出て、廊下を奥に歩いていく。ここはマンションの一室だと思うが、かなり広い。一〇〇平方メートルくらいはあるのではなかろうか。

朝比奈が廊下の一番奥のドアを開けた。彼に続いて中に入り、郁人は感嘆の溜《た》め息を洩《も》らした。

「これって……」

「郁人のために特別に用意したんだ」

十畳ほどの部屋の真ん中にグランドピアノが置かれている。部屋の隅には棚があり、そこにはオーディオセットも完備されていた。

「防音機能は完璧《かんぺき》だ。壁や天井にも吸音材が入ってる。朝でも夜中でも自由に演奏してくれて構わないよ」

郁人は前に進み、グランドピアノの前に立った。真新しいピアノだった。蓋《ふた》を開けて鍵《けん》盤《ばん》を押す。心地よい音色が響き渡った。

譜面台に一枚のCDが立てかけられていることに気がついた。見《み》憶《おぼ》えのあるCDだ。成宮イオリの『アイデンティティ』だった。

「郁人、実はお願いがある」朝比奈が笑みを浮かべて言った。「このアルバムに収録されている『アイデンティティ』を完璧に弾けるようになってほしい」

「完璧に？　どういうことですか？」

「郁人は成宮イオリには追いつけない。彼は幼少の頃からピアノ漬けの生活を送っていて、ジュネーブに留学して高名な先生から学んだ。つい最近ピアノを始めた郁人とは住んでる世界が違うと言ってもいい」

それは認める。彼に勝とうと思ったことは一切ない。比較の対象にすらならないと思っている。

「でも郁人、『アイデンティティ』という楽曲だけでも完璧に弾けるようになったら、それは凄《すご》いことだと思わないか？　もう成宮イオリが表舞台に立つこともないし、聴衆の前でピアノを演奏することもないかもしれない。でも郁人ならできる。いや、郁人にしかできないんだよ」

「俺が聴衆の前で『アイデンティティ』を弾く。そういうことですか？」

「それに近いことをやってもらいたい。しかも時間はない。だが郁人ならできると私は考えている」

成宮イオリが姿を消して二十年近くたち、彼はすっかり過去の人という印象になってしまっている。しかも本人は失明して二度とピアノを弾くことはない。成宮イオリの傑作『アイデンティティ』をクローンである俺が弾く。こんなに魅力的な話がほかにあるだろうか。

「郁人、クローンというのは本来双子程度しか似ていないと言われている。外見だけじゃない、内面もそうだ。環境が邪魔をしてオリジナルと同じ能力が開眼するのは難しいんだよ。でも郁人は違う。オリジナルと同じく音楽に目覚め始めている。これは奇跡に等しい。郁人、私に奇跡を見せてくれないか」

今までの人生で、初めて誰かから必要とされていると郁人は感じていた。人から必要とされることが、これほど気持ちのいいことだとは知らなかった。

「朝比奈さん、やります。いや、やらせてください」

朝比奈にずっと騙されていたのは間違いない事実だった。それに軽井沢では拳銃を突きつけられた。それでも彼に対する信頼は揺らぐことはなかった。彼は生まれて初めて出会った理解者だった。

クローン人間である。そう言われても実感は湧かない。そもそも親がいないのだから、自分がクローンであると言われても感情の揺れは少なかった。クローンであることなどたいした問題ではなく、今は唯一の理解者である朝比奈の役に立ちたいというのが郁人の思いだった。それこそが自分のアイデンティティだ。

「郁人ならそう言ってくれると思ってたよ。だがやるなら中途半端にやってもらっては困る。そのためにオーディオセットを用意した。きちんと音を聴きとって、細部まで気を遣って演奏してほしい」

郁人はピアノの前の椅子に座り、譜面台のＣＤを手にとった。ジャケットは異国の街並みだった。成宮イオリが修業を積んだジュネーブの街らしい。郁人の耳元で彼の言葉が甦《よみがえ》った。

ピアノを弾け。弾き続けるんだ。

※

「おはようございます」

午前八時四十分、竜生はサイバーセキュリティ対策室の会議室にいた。竜生のほかには五人のＳＥが集められている。昨日、成宮イオリの住所を特定する際に集まったメンバーだ。

「昨日に引き続き皆さんには捜査一課への捜査協力をお願いしたいと思っています。よろしいでしょうか？」

千賀がそう言っても五人の反応は薄い。これまでに起こった三人のクローン殺害事件を調べるためにこの五人が集められた。すでに昨夜のうちに準備を進めておいたので、会議室にはパソコンなどが運び込まれている。

「こちらをご覧ください」

千賀がそう言ってホワイトボードを指でさした。そこには亡くなった三人の名前と住所、死亡した場所と死亡推定時刻などが書かれている。

「この三人は最近死亡しています。一件目と三件目については事故死として処理されていますが、他殺の疑いが濃厚です。どんな些《さ》細《さい》な点でも結構です。この三件の事件について調べてください。それが君たちにお願いする捜査です」

五人のＳＥはしばらく無言のままホワイトボードを眺めていた。最初に口を開いたのは普段竜生の隣に座る加藤だった。

「三人目の人、パチンコ屋で襲われたみたいだね。一番最近死んでるから情報の鮮度って意味でも、この件に的を絞ってもよさそうな気がする」

「防犯カメラに犯人らしき男が映ってました」竜生は言った。「帽子を被ってましたが、顔までは判別できませんでした」

ほかのＳＥも意見を述べ始めた。

「襲われた正確な時刻までわかってるんだから、現場近辺の防犯カメラの映像をたくさん集めてみるっていうのはどうだろう。時間は事件が発生した前後を中心にしてさ」

「悪くないわね。でも防犯カメラの映像、無断で持ち出すわけにはいかないでしょ。ネットに繋《つな》がってればできないこともないんだけどね」

　いくらサイバー犯罪捜査官といえども勝手にシステムに侵入して防犯カメラの映像を拝借することは許されない。しかしここにいるSEたちはそれをできる技術がある。ネットに繋がっているということは、そのシステムはハッキングの対象になり得るのだ。

「こうしましょう」竜生は意見を述べた。「まずは現場周辺の防犯カメラの位置を洗い出して地図に落とす。それから実際にカメラの映像を拝借する手立てを考える。メールや電話でのやりとりで済めばそれでいいですし、駄目なら僕が直接出向いて許可をもらってきます。もしかするとアナログでディスクを借りなきゃいけない場合もあると思いますから」

　誰からも意見はない。代わりに低い振動音が聞こえ、プリンターが動き始めた。加藤が言った。

「地図の印刷を始めた。切って糊《のり》づけしてボードに貼ろうぜ。防犯カメラの位置は赤い点でマーク。もし同じ店舗内に複数のカメラがある場合、できればカメラの位置を調べること。ほかには？」

「やっぱり現場となったパチンコ店は最重要ね。私が専属で調べてみるわ」

「了解。できればカメラの位置の洗い出しは一時間で終わらせよう。この件で何も出なかったら第一、第二の事件を調べなければならないわけだし」

「賛成。じゃあ作業を開始しよう」

五人のＳＥが動き始める。竜生も立ち上がって地図の作製にとりかかった。

※

川村は四谷にある英麟大学附属病院に来ていた。畠山も一緒だった。今は二人で病院の総務課のあるフロアの会議室に待機している。

以前この病院で働いていた朝比奈楓という看護師について教えてほしいと依頼したが、朝比奈楓が勤務していたのは三十年近く前のことなのでデータが一切残っていないとのことだった。仕方ないのでベテランの看護師を中心に話を聞きたいと申し入れた。するとこの会議室に案内され、手が空《す》いたベテラン看護師を順次この会議室に連れてきてくれる手はずになった。すでに五人の事情聴取をおこなったが、誰も朝比奈楓という看護師を知らなかった。

「川村さん、朝比奈楓という女性があの朝比奈の母親なんでしょうか？」

「多分な。いや、そうに違いないと俺は睨《にら》んでる」

有馬教授はクローン作製にあたり、オリジナルの体細胞を手に入れなければならなかった。その役割を担ったのが朝比奈楓だったと川村は推測していた。

朝比奈が抜けたドールズは混乱に陥り、一時は麻痺状態にあったらしい。何とか混乱から立ち直ったものの三件のクローン殺しと四号クローンの失踪に関して具体的な処理を講じることができず、今はただ秘密の保持——絶対にクローンの存在を世間に公表してはならないという、本来の趣旨に基づいた動きしかできていないようだ。

「失礼します」

会議室のドアが開き、一人の看護師が入ってきた。これで六人目だ。頭に白いものが交じるその看護師は宮原敏子《みやはらとしこ》と名乗り、あと二年で定年を迎えるとのことだった。

「お仕事中に申し訳ありません。私どもは警視庁捜査一課の者で、ある事件のことを調べております。単刀直入に伺いますが、朝比奈楓さんという看護師をご存知ありませんか？」

反応はなかった。宮原敏子は無表情のまま川村の顔を見ていた。川村はもう一度訊く。

「朝比奈楓さんです。髪の長い方だと私どもは聞いております。今から三十年ほど前にこちらの病院に勤務されていたようです」

やはり反応はない。これは空振りかな。そう思ったとき宮原敏子が口を開いた。

「楓さん、ですね。懐かしいわ。すみません、久し振りにお名前を聞いて驚いてしまって……」

「ご存知なんですね？」

「ええ」と宮原敏子はうなずいた。「私がこの病院に移ってきたとき、いろいろと面倒をみてくれたのが楓さんでした。親身になって相談に乗ってくださいました」

当時、朝比奈楓は三十代半ばくらいで医師からも信頼されている看護師の一人だった。たまに二人で食事に行くこともあった。朝比奈楓に特定の恋人はいなかったという。

「あれは何年だったかしら？　私がこの病院に来て二年くらいたったときのことでした。楓さんが突然病院を辞めることになったと聞いて驚きました」

宮原敏子は彼女の自宅まで行き、餞別《せんべつ》の品を渡したらしい。そのとき彼女は元気そうにしていたという。気になったのはお腹だった。ゆったりとした服を着ていて、少しお腹が大きくなっているように見えた。しかし野暮なことは訊けず、その場をあとにした。

「それから二年、いや三年くらいたってから、偶然渋谷で楓さんと再会したんです。百貨店の婦人服売り場で、彼女は二歳の男の子を連れていました」

お茶でもしようという話になり、百貨店の中にある喫茶店に入った。そこで彼女の身の上話を聞くことになる。英麟大附属病院を辞めたのは不倫関係にあった男性の子供を妊娠したからで、相手に内緒で出産する決意をしたこと。今はもうその男性とは付き合いも途絶えていること。

「何か苦労しているようでした。楓さん、美人で素敵《すてき》な先輩だったんですけど、すっかり年をとってしまったというか……。というか今の私はおばさんどころかおばあさんなんですけどね」

そう言って笑う宮原敏子に川村は訊く。

「朝比奈楓さんの息子さん、何てお名前だったか憶えておいでですか？」

「マサル君です。勝つと書いて勝君です」

やはりな。半ば予想していたことなので驚きはなかった。朝比奈楓は有馬教授と不倫関係にあり、彼のために病院から患者の体細胞を持ち出すなど、研究に協力した。が、妊娠したのを機に有馬との関係を清算した。もしかすると子供を堕《お》ろすように有馬教授から命じられたのかもしれないが、今となっては真偽のほどはわからない。想像の域を出ないが、朝比奈勝は有馬教授の実の息子なのだ。

「今でも彼女――朝比奈楓さんとは交流が続いているんですか？」

川村の質問に宮原敏子は顔を曇らせた。

「ご存知ないんですね。渋谷で偶然会ってから四年後の夏でした。なぜはっきり憶えているかっていうと、当時アトランタ・オリンピックが開催されていたんです。そのときの彼氏――まあ今の旦那《だんな》なんですけど、大のサッカー好きでして、日本代表がブラジルを倒した日でした」

一九九六年の七月だろう。マイアミの奇跡と言われる試合のことだ。川村もリアルタイムで試合を観ていた記憶がある。

「その日の夜のニュースでした。都内の公営住宅で女性の遺体が発見されたというニュースを見たんです。名前を見てびっくりしました。遺体で発見されたのは楓さんだったんです」

女性の遺体を発見したのは近所に住む主婦で、死因は衰弱死だった。亡くなった朝比奈楓のそばには痩《や》せ衰えた六歳の息子、勝がいた。彼は母親の遺体の近くに座り込み、警察が来てもその場を離れようとしなかったらしい。

実は昨夜、警視庁のデータベースで朝比奈楓の名前を検索したが、特に該当者はいなかった。未登録だったのは経過年数、もしくは事件性がなかったためだろう。

「楓さん、うつ病っていうのかしら、精神的に参ってしまったみたいで、仕事も長続きしなくて、かなり家計も苦しかったようです。少し気になったので、しばらくしてその公営住宅を訪ねてみたことがあったんです。近所の人によると、息子の勝君は児童養護施設に引きとられたという話でした」

七体のクローンとは別の意味で、孤独な日々を過ごした少年の姿を想像する。朝比奈勝は何を考え、何を思いながら生きてきたのだろうか。

※

「戻りました」

竜生が品川のサイバーセキュリティ対策室に戻ってきたのは午前十一時過ぎのことだった。ホワイトボードには大きな地図が貼られ、防犯カメラの位置が赤い点でマーキングされている。竜生は手にしていたバッグを机の上に置いた。中にはアメ横の商店やコンビニで借りてきたＤＶＤなどの記録媒体が入っている。竜生が置いたバッグの中から五人のＳＥが記録媒体をとり、それぞれ解析作業に入った。

すでに現場となったパチンコ店からすべての防犯カメラの映像を入手済みだった。事件があったのは午後六時過ぎで、それは竜生も店内にいたのではっきりと憶えていた。石川丈志は男性用トイレ内で犯人に刺された。石川を刺した犯人はいったん女性用トイレに隠れて警視庁の川村をやり過ごし、すぐにトイレから出た。そのときの映像がプリントアウトされてホワイトボードに貼られている。帽子を被った男の姿で、顔を下に向けていた。さらに一階出入り口のカメラには店を出ていく男の姿が映っており、その映像でも男は下を向いていた。カメラを意識しているのは明らかだった。竜生はパソコンの画面で、その映像を繰り返し見た。

「どっちに向かったと思う？」

ＳＥの加藤に訊かれた。加藤は背後から竜生のパソコンの画面を覗き込んでいる。竜生は答えた。

「南に向かったと思います」

「わかった」加藤はうなずき、ホワイトボードの前に立って残りのメンバーに指示を出す。「パチンコ店から出た男は南に向かった。御徒町方面だな。このあたりのカメラの映像を調べてみよう」

メンバーたちが解析を進める。竜生も手当たり次第に映像を見て、そこに容疑者が映っていないか確認した。しばらくして一人のSEが声を上げた。

「あった。パチンコ店から南に二〇〇メートルの位置にあるコンビニの店内。似たような男がトイレに入ってる」

ほかのメンバーが集まった。再生した映像を見ると、帽子を被った容疑者らしき男がトイレに入るシーンが映っていた。その二分後、同じ格好の男がトイレから出てきた。が、ここでも防犯カメラの位置を意識しているのか、巧妙に顔を背けている。

「用心深い野郎だな」

「この人、身長どのくらいかな？」

女性SEの疑問に答えたのは加藤だった。

「コンビニの棚の高さって決まってるんだよ。一三五センチだ。日本人の平均身長、子供から年寄りまで含めた平均身長は一四五センチ。人は歩くとき視線が一〇センチ下に行くから、一番見易いのが一三五センチっていう設定らしい」加藤が豆知識を披露してから続けた。「棚の高さから推察するに、一六五センチくらいかな」

「男性にしては小柄の方ね」

「そうだな」

「本当に男性なのかしら？」

「どういうことだ？」

「男だって決めつけてるような気がしてならないの。犯人は男だ。そういう先入観に囚《とら》われているかもしれない」

言われてみればその通りだ。犯人は男性だ。そう決めつけていたような気がする。加藤がホワイトボードにペンを走らせ、『身長一六五センチ、女性？』と書いた。たしかに考えてみれば、二号クローンが殺された椎名町の事件でも犯人はフルフェイスのヘルメットを被っており、性別ははっきりとわかっていない。犯人は女性の可能性がある。それがわかっただけでも大きな進展かもしれない。ＳＥたちとの議論がなければ生まれなかった発想だ。

それからしばらく解析作業を続けたが、容疑者の足どりを追うことはできなかった。正午近くにすべての解析が終わり、いったん作業を中断することになった。会議室から出たところを千賀に呼び止められる。

「高倉君、少しよろしいですか？」

「はい。何ですか？」

千賀は何も言わず歩き始めたので、竜生はその背中を追った。室長席の前で千賀は立ち止まった。デスクの上には二台のノートパソコンが置かれている。一台は千賀が使用している備品で、もう一台は外部から持ち込まれたものだと思われた。

「このパソコンはドールズ本部から拝借してきました。朝比奈君が使用していたパソコンです。解析をお願いします」

朝比奈のノートパソコンは国内大手メーカーのものだった。すでにドールズの担当者がパスワードの解除をしてくれていたので、容易に中身を見ることができた。しかし朝比奈はこういった事態を予期していたのか、パソコンの中身はほとんどデータが残されていなかった。これではまったく話にならない。

しかし竜生はたまに壊れてしまったパソコンの解析なども警視庁のほかの部署から依頼されることがある。特殊なソフトをパソコンにインストールして、情報の復元を試みた。徐々に復元されていくパソコンの画面を眺めていると、スマートフォンに着信があった。川村からだった。

「高倉です」

「俺だ。そっちは何かわかったか？」

クローン殺しの犯人は女性かもしれない。その推測を話すと電話の向こうで川村が唸《うな》った。

「女か。それはまったく考えてなかった。こっちもわかったことがある。やはり朝比奈は有馬教授の息子と考えて間違いなさそうだ」

朝比奈勝の父親は有馬教授、母親は英麟大附属病院に勤務していた看護師、朝比奈楓らしい。母親の楓は朝比奈が六歳のときに衰弱死したという。

「朝比奈楓が死んだ事件についての資料を手に入れてきたところだ」

「僕は今、朝比奈さんのパソコンの解析をしています。ドールズから借りてきたものです。中身はほとんど消されているんですけど」

徐々にデータが復元されてきた。電話の向こうで川村が言った。

「何でもいい。わかったことがあったら連絡をくれ」

「わかりました」

いったん電話を切った。メールのソフトが八割方復元できていたので、すぐにソフトを起動させる。

主に仕事の指示を与えるメールが多く、読んでも意味がわからない内容のものが多い。

復元した送信メールの中に一通の気になるメールを発見した。朝比奈が外部の者に送ったもので、受取人の名前はＭＡとある。すぐに川村に電話をした。

「どうした？　何かわかったか？」

「川村さん、一通の気になるメールを見つけました。受取人はＭＡ、おそらくイニシャルでしょうね。本文は特になく、住所が書かれているだけです」

メールに書かれていた住所は渋谷区広尾《ひろお》だった。その地番を検索し、住所地図を表示させた。マンションなどの大きな建造物が建っているようだ。画面を拡大していくと、その建物名が読みとれた。

「川村さん、問題の住所にあるのは介護付き有料老人ホームです」

「どういうことだよ。なぜ朝比奈は老人ホームの住所を……」

「考えてみてください。事件の関係者の中で一人だけ、高齢の男性がいます。その男がこの施設に入居しているとは考えられないでしょうか」

「高齢の男性って、まさか……」

「そうです。有馬クローンの生みの親である有馬教授その人です。川村さん、次の標的は有馬教授ではないでしょうか」

「次に狙われてるのは四号クローンじゃなくて有馬教授ってことか？」

「想像ですが」

朝比奈は実の父親である有馬教授の命を狙っている。根拠はないが、当たっているような気がしてならなかった。

「受取人——朝比奈がメールを送ったＭＡっていうのは誰なんだよ」

「わかりません。もしかすると七号クローンではないでしょうか。僕の勘ですが」

「七号クローンが……。高倉、メールが送られたのはいつのことだ？」

「一昨日の夜です」

「住所を教えてくれ」

「渋谷区広尾……」

住所を読み上げると電話の向こうで川村が言った。

「行ってみる。何かあったら連絡する」

通話が切れた。本当にこの住所に有馬教授がいるのだろうか。そしてその命を七号クローンが狙っているのか。あれこれ考えると落ち着かず、背後に千賀が立っていることに気がつかなかった。

千賀はいつものように穏やかな笑みを浮かべて言った。

「私たちも行きましょう」

※

高倉から聞いた住所に向かうと、そこにあったのは〈フォレスト広尾〉という介護付き有料老人ホームだった。高級の部類に入る施設のようで入り口はホテルのエントランスを思わせる造りになっていた。畠山とともに中に入る。警察手帳を呈示し、事務の男性職員に訊いた。

「この施設に有馬正義という男性は入所していますか？」

偽名を使って入所していたら厄介だ。その場合はすべての入所者を調べる必要があると覚悟していたが、意外にも有馬教授は本名で入所していた。職員が名簿を見ながら言った。

「有馬さんなら三年前から入所しています」

「そうですか」逸る気持ちを抑えて川村は訊いた。「ちなみに有馬さんの容態はどうでしょうか？　お元気なんですかね」

「元気です。ただ認知症が進行していますね。担当者を呼んできますので、詳しい話はその者から聞いてください」

しばらく待っているとエプロンをした若い女性スタッフが現れた。有馬正義に面会したいと告げると、彼女は快諾してくれた。有馬教授の部屋に向かいながら話を聞く。

「頑固なおじいちゃんです。偉い学者さんだったみたいで、たまに横柄な口の利き方になったりしますが、私はもう慣れてるので大丈夫です」

「意味不明なことを言ったりしませんか？」

「しょっちゅうです。動物のクローンを作ってたみたいで、ＤＮＡとかそういった専門用語を言ったりするんですが、私は聞き流すようにしています。だって難しくてわからないし」

認知症になったのを機にこの施設に入れられたようだ。おそらくそれ以前は厳重な警備のもとで監視されていたと考えられる。今では専任の監視員もいないようだ。

「こちらです。有馬さん、入りますね」

女性スタッフがスライドドアを開けた。ホテルの一室のようであり、窓際にベッドが置かれているのが見えた。その上に一人の男性が横たわっている。あれがクローンの生みの親、有馬正義教授だろうか。

「有馬さん、お休みになっているみたいですね。どうします？　お目覚めになるまでお待ちになりますか？」

「そうさせていただきます」

「えっ、ちょっと待ってください」

女性スタッフの顔色が変わった。彼女はベッドに駆け寄り、そこに横たわる老人の肩に手を置いた。それから老人の鼻のあたりに自分の耳を近づけた。血相を変えて女性スタッフが言う。

「い、息をしていません。ドクターを……」

女性スタッフがややとり乱しながらナースコールを使って助けを呼んでいた。

川村もベッドに近づいた。老人の手をとったが脈を確認できなかった。まだ温かく、亡くなった直後のようだ。現在の時刻は午後二時過ぎだ。多く見積もっても亡くなってから一時間もたっていないだろう。いや、もっと直近かもしれない。川村は狼狽《ろうばい》している女性スタッフに声をかけた。

「教えてください。今日の午後、有馬さんに面会に来た者はいませんでしたか？」

「い、いませんでした。正午少し前に昼食を持っていきました。そしていつも通り十二時半に食器を下げました。そのときは特に変わった様子はなかったのに……」

女性スタッフは半分泣き顔だった。「川村さん」と畠山に声をかけられた。畠山は死んでいる有馬教授のシャツの袖《そで》をまくっていた。右の上腕部に小さな傷があった。注射痕《あと》のようで薄く血が滲《にじ》み出ている。毒物を注射されたのかもしれない。

「思い出しました」女性スタッフが口を開いた。「今日の午後はお医者様の定期健診があります。契約している病院の先生がいらしてくださって、施設内のすべての入所者を健診して回るんです」

さきほど高倉と電話で話したやりとりを思い出す。クローン殺しの犯人は女である可能性も浮上したらしい。女性スタッフに確認すると、今日来ている医師は男性で、女性の看護師も同行しているようだ。疑うなら医師よりも看護師の方か。

「その医師はどのように回っているんですか？」

「わかりません。上の階から回っていくことが多いみたいですけど」

畠山が居室から飛び出していく。それと入れ違いに別のスタッフに案内されて高倉が部屋に入ってきた。千賀も一緒だった。二人はベッドに横たわる有馬を見て目を見開いた。川村は二人に向かって言った。

「亡くなった直後だ。殺された可能性が高い。犯人はまだ施設内にいるかもしれない。一緒に捜してくれ」

川村はそう言ってベッドの上に目を向けた。年老いた男が目を閉じて絶命している。穏やかな死に顔だった。この男の手によって七体のクローン人間が生み出されたのだ。日本中、いや全世界を驚かすことができたくらいの研究であったことは門外漢の川村でも容易に理解できる。そんな男にしては淋《さび》し過ぎる最期だ。そんなことを思いながら川村は部屋から出た。

「医師が見つかりました。すぐそこのトイレに押し込まれていました」

廊下を走ってくる畠山の姿が見えた。話を聞くと若い医師は猿ぐつわをかまされて男性用トイレの個室に押し込まれていたという。

「地下の駐車場でいきなり襲われたらしいです。同行していた若い看護師は車の中に閉じ込められていると言ってます」

襲ってきたのは若い女だった。女は看護師の服を着ていて、拳銃で脅してきたらしい。女に脅され、二人で一緒に施設内に入ったが、その直後に男性用トイレに押し込まれたようだ。

「地下の駐車場だ。急ごう」

廊下を走り、エレベーターまで急いだ。有馬教授の死が伝わったのか、廊下を走ってくる数人の医療スタッフとすれ違った。エレベーターで地下一階に降りる。駐車場は半分ほど埋まっていた。

突然、甲高いエンジン音が聞こえた。目を向けると一台のバイクが走り出した。運転しているのはフルフェイスのヘルメットを被った男、いや女かもしれない。バイクは速度を上げて駐車場を突っ切り、そのまま緩やかなスロープを駆け上がっていく。

無駄だと思っていても追いかけないわけにはいかなかった。川村が駐車場を走り出したその直後、耳をつんざくような音が飛び込んできた。

※

「何があったんですかね」

「わからない。とにかく急ごう」

竜生は走り始めた。川村と畠山が先頭を走り、その後ろを千賀とともに追う。さきほど五階の部屋で有馬教授が亡くなっているのが発見され、その犯人と思われる人物がバイクで逃走を図ったのだ。

短めのスロープを上って地上に出ると、そこには一台の車が停まっていた。黒いＳＵＶだった。何かに激突したのか、ヘッドライトが無残に砕け散っていた。

運転席から男が降りてきた。三十代くらいの男で、シャツにジーンズといった軽装だった。竜生たちの存在に気づいた男は訊いてもいないのに言い訳がましく言う。

「む、向こうから飛び出してきたんだ。俺は普通に運転してただけなんだよ」

「あそこです」

畠山がそう言って走り出した。その先にはバイクが横転しているのが見えた。近くには黒いライダースジャケットに身を包んだ人が倒れている。駆け寄った川村と畠山が声をかけた。

「大丈夫か。おい、大丈夫か」

返事はないようだった。竜生はその場から動くことができなかった。そんな竜生に対してSUVの運転手が話しかけてくる。「本当だって。本当に普通に走ってただけなんだよ。俺は悪くない。なあ、信じてくれるだろ」

隣を見ると千賀がスマートフォンを耳に当てているのが見えた。その会話の内容からして救急車を呼んでいるらしい。川村たちは運転手のヘルメットを脱がそうとしていた。川村の声が聞こえてくる。

「ゆっくりだぞ、畠山。頭を打ってる可能性もある」

畠山がヘルメットを脱がせると長い髪がこぼれるように落ちた。やはり犯人は女性だったのだ。

「川村さん、意識がありません」

「下手に動かすな。救急車の到着を待つしかない」

畠山が女性をゆっくりと地面に寝かせた。ようやく女性の顔が見え、思わず竜生は声を漏らしていた。

「えっ？」

足が勝手に動き出し、そのままゆっくりと女性のもとに近づいていく。気づいた川村が何やら声をかけてきたが、その声は竜生の耳には届かなかった。倒れた女性を真上から見下ろし、竜生はつぶやくように言った。

「な、何やってんだよ、美那……」

間違いなかった。アスファルトの上に横たわっているのは恋人の美那だった。訳がわからなくなり、竜生は膝《ひざ》をついた。美那は目を閉じてぴくりとも動かない。耳から血が流れていた。

「高倉、いったいどういう……」

川村の声を無視して、竜生は横たわる美那に声をかける。

「美那、どうしたんだよ。なぜこんなところにいるんだよ。なあ、美那。答えてくれよ、美那」

耳から血が流れている以外に外傷はなかった。顔はいつもより一層白く感じられた。最近忙しくてなかなか話すことができずにいたが、今朝も一緒に朝食を食べた。仕事に復帰したばかりだが何とかやっていけそうだと笑顔で話していた。それがどうして……。

「高倉君、離れましょう」

肩を摑《つか》まれるのを感じ、顔を向けると千賀の姿があった。彼は沈痛な顔つきをしているが、何かを知っていそうな気配を竜生は感じとった。竜生は千賀に訊く。

「室長、どういうことですか？　どうして美那が——彼女がこんなところ……」

千賀は首を振ってから言う。

「すまない、高倉君。君の彼女、安城美那はクローンなんだ」

頭の中が真っ白になる。今、千賀は何と言った？　美那がクローン。そう言ったように聞こえた。聞き間違えたのか。竜生は自分が笑っていることに気づいた。なぜ笑っているのかわからなかった。

「嘘ですよね。美那がクローンのわけありませんよ。ねえ、室長。嘘だって言ってくださいよ」

美那とは小学生からの付き合いだ。小学校高学年のときに同じクラスになり、二人で学級委員を務めたこともある。そう、たしかに美那には両親がいない。美那が赤ん坊の頃に事故で亡くなり、児童養護施設で育てられた。高校卒業と同時に施設を出て一人暮らしを始めた。

「千賀さん、どういうことだ？　この女性、高倉とどういう……」

川村の質問には答えず、千賀は竜生に向かって言った。

「高倉君、落ち着いてください。冷静になるんです」

竜生は横たわる美那を見下ろした。黒いライダースジャケットに身を包んでいる。まるで眠っているかのようだ。その顔はいつもベッドで寝息を立てている彼女の寝顔と大差がないように見えた。

嘘だ。彼女がクローンだなんて有り得ない。それに彼女が有馬教授を……。

道路の脇にポシェットが転がっているのが目に入った。美那が落としたもののようだ。

竜生はふらふらと立ち上がり、道路の脇まで歩いてポシェットを拾い上げた。

中身を見る。看護師が着る白衣が入っていた。それを見ているうちに眩暈《めまい》がし、竜生は再び膝をついた。

※

「高倉君の恋人がクローンだったわけですよね。川村さん、ご存知でしたか？」

「俺も知らなかった。驚いて言葉も出ない」

畠山に訊かれ、川村は答えた。今、車に乗って移動中だ。有馬教授を襲ったと思われる女性――安城美那は病院に搬送されていった。彼女には千賀と高倉が同行しているが、高倉の混乱ぶりは酷《ひど》いものだった。無理もない。自分の恋人がクローンであり、同時に殺人犯である可能性が浮上したのだ。どんなタフなメンタルの持ち主でも正気を保つことが難しいだろう。

「あの千賀って人、やり手ですね。それを知ってたからこそ高倉君を手元に置いていたんだと思いますよ」

その通りだろう。千賀の正確な意図は定かではないが、高倉はあらかじめキャスティングされていたと考えて間違いない。クローンと付き合っている男が偶然クローン殺しに巻き込まれるなど有り得ない。

「着きました」

そう言って畠山が車を停めた。品川にあるＩＴビルで、このビルの十五階にサイバーセキュリティ対策室はある。表向きはサクラエキスパートという民間企業を謳《うた》っているようだ。

サイバーセキュリティ対策室のオフィスに入る。加藤というSEに出迎えられた。成宮の別荘を特定したときに協力してくれた男だ。朝比奈が所有していたパソコンの解析を高倉から引き継いだのが彼らしい。気になる情報があると千賀のもとに連絡があったので、こうして川村たちが足を運ぶことになったのだ。

「座ってください」

そう言って椅子を勧められる。加藤が早速説明を始めた。

「過去のメールをチェックしていたんですけど、朝比奈って人が動画投稿サイトとやりとりしていたことがわかりました。業界では一、二を争う大手のサイトですけどね。そこで動画を配信する予定みたいです」

「動画？　どんな動画かわかるのかな？」

「そこまではわかりませんよ。でも結構な熱の入れようで、トップページでライブ配信できないかという交渉をメールでやってた形跡が残っています」

川村も動画サイトはたまに利用する。懐かしい昔のミュージシャンの音楽を聴いたりすることが多い。いったい朝比奈は動画サイトで何を配信しようというのだろうか。

「で、肝心の配信予定日なんですけど、今夜七時からみたいです。まあ直前で変更になる可能性もありますけどね。メールを見る限りは配信は今夜を予定してますよ」

加藤の話は終わりのようで、彼は背を向けて自分のデスクに向かった。川村は立ち上がり、畠山と一緒にオフィス中央にあるスペースに向かった。話を聞かれたら困るのでソファに座って膝を突き合わせる。

「思ったんだが」川村は言う。「朝比奈はクローンについて公表しようとしてるんじゃないか。そのために動画投稿サイトと交渉した。確実に多くの視聴者に見てもらうためにだ」

畠山が顔色を変えた。畠山は一応ドールズ所属の人間のため、クローンについて公表することの意義を十分に理解している。

「そんな馬鹿な……。有り得ないですよ。そんなことしたらどんな騒ぎになるか想像もできません」

「有り得ないことではない。これは朝比奈の反乱だ。となるとドールズとは真逆の行動に出るとは考えられないか」

有馬クローンの存在を徹底して秘匿する。それがドールズの目的であり存在意義だ。そのドールズに反旗を翻したということは、クローンの存在を世間に広く周知することが朝比奈の目的ではないか。

「意味がわかりません。そんなことして何の得があるっていうんですか」

「俺だって意味なんてわからない」

朝比奈が何を考えているか。そんなことは想像もつかなかった。しかし長年の刑事の勘が告げていた。おそらく俺の推測は正しい。朝比奈は有馬クローンの存在を日本中に、いや全世界に知らしめようとしているのではないか。それに今、朝比奈の手元に確たる証拠がある。四号クローンの夏川郁人だ。

「でもどうしてです？　なぜ朝比奈はクローンを殺したりしたんでしょうか。クローンを狙わせた黒幕は朝比奈だったんですよね。それに有馬教授まで……。実の父親なんですよ」

クローン殺しは美那という女性の犯行である可能性が高いが、今はまだ断言できなかった。彼女の口から真実が語られるといいが、あの状況ではそれは難しいかもしれない。いずれにしても朝比奈はすべてを知っているだろう。

「とにかく俺たちは」川村は言った。「クローンの公表だけは何としても阻止しないといけない。公表されたら世間が大騒ぎだ。それくらいは俺にだってわかる」

クローンの存在が世間に公表され、それがどんな影響を及ぼすか、川村は皆目見当がつかなかった。これまで知った知識で想像するに、おそらく人間のクローンを作ったことは世界中から非難されると考えていい。でも国内はどうだろうか。有馬クローンの存在を面と向かって非難する人はいるだろうか。それより問題なのはクローンの存在を隠し続けていた厚労省、政府の隠蔽《いんぺい》体質であり、そちらに非難の矛先が向けられるのは必至だった。どう転ぶにしろこのまま朝比奈の暴走を黙って見ているわけにはいかなかった。

「でもどうやって……」

「やってみるしかないだろ。そのために彼らがいるんじゃないか」

そう言って川村はサイバーセキュリティ対策室のオフィスを見回した。そこにはサイバー犯罪捜査官の若い男女四十人ほどがそれぞれパソコンに向かっていた。

※

郁人は演奏を終えた。額には薄く汗が滲んでいる。両手の指を自分で揉《も》んでいるとドアが開いて朝比奈が顔を覗かせた。

「郁人、調子はどうだい？」

「ええ。かなりよくなってきたと思います」

昨夜からずっとCDで『アイデンティティ』を聴き、それを弾くという作業を繰り返している。もう何十回弾いたかわからないほどだった。曲自体が十分強と長いため、一曲弾くだけで体力を消耗する。昨夜も三時くらいまで弾いていたので、睡眠時間は三時間程度だ。今が何時なのか、郁人はわからなかった。

「朝から何も食べてないだろ。そろそろ食べないと倒れてしまう。食事を用意したから一緒に食べよう」

朝比奈の言葉に甘えることにした。立ち上がって防音室から出た。リビングに向かうとテーブルの上にカレーライスが置いてあった。宅配サービスで注文したものらしく、プラスチック製の容器はまだ温かかった。到着したばかりらしい。

「いただきます」

スプーンで食べ始める。食べ始めて自分が空腹だったことを実感した。気がつくと一人前を食べ終えてしまっていた。

「凄い食欲だな。こんなことだろうと思って余計に頼んでおいた。食べてくれ」

「すみません。ありがとうございます」

カレーの容器を手にとった。壁の時計を見ると午後三時になろうとしていた。郁人は朝比奈に訊いた。

「それでいつですか？　俺はいつピアノを弾けばいいんですか？」

「その話だが」朝比奈がスプーンを置いて答えた。「実は今夜を予定している。時刻は午後七時だ。あの防音室にカメラを設置して、それをライブ配信しようと思ってるんだ」

急な話だが、昨夜この部屋に連れてこられて朝比奈の話を聞いたときに覚悟を決めていた。どんなことがあっても彼の言葉に従おうと。唯一の理解者である彼の役に立ちたいと心の底から思っていた。体調が悪いので休むと会社には伝えてある。

「音響機材と撮影用のカメラを設置したい。一時間ほど仮眠をとったらどうだろうか。その間に機材の設置を済ませてしまうから。それからまた練習して本番に臨めばいい」

「わかりました。そうします」

なぜ俺の演奏をライブ配信するのか、朝比奈の狙いなどまったくわからない。しかしそれでも構わないと郁人は思っていた。ある種の使命感にも似た思いだった。視力を失った成宮イオリはかつてのようにピアノを弾くのが難しいだろう。彼の分までピアノを弾くのが自分に託された使命だと考えるようになっていた。

「少し気になっていたんですが」郁人は朝比奈に訊いた。「クローン人間は全部で七体いるんですよね。俺以外のクローンはどんな生活を送っているんですか？」

「それぞれだよ。普通にサラリーマンとして働いているクローンが多いね。郁人も知ってる石川丈志もそうだ。彼は自動車部品工場に勤めている。昨日も言った通りクローンたちは常に監視され、その能力が開花しないように細心の注意が払われている」

多大なコストと労力をかけ、クローン人間は監視されてきたのだろう。自分が監視されているなんて考えたこともなかったし、その気配すら感じたことがない。自分が鈍いだけなのかもしれないが。

「じゃあ俺以外のクローンは自分の中に眠っている能力に気づいていないってことですね？」

「そうだ。悲しいことにね」

難しいことはわからないが、自分の場合は成宮イオリの存在を知り、また本人に直接会うことができて幸せだったと思う。今ではピアノのない人生なんて想像もできないし、ピアノが人生の一部になりつつあるのを郁人は自覚していた。

「その点で郁人は特別なクローンだ。オリジナルと同じ能力を開花させた唯一のクローンだからね。現時点で覚醒したクローンは君だけだ。だから郁人は奇跡なんだよ」

覚醒。ピアノと出会ってからの自分には、まさにその言葉が相応《ふさわ》しいような気がした。

「早く食べてしまおう。そしてゆっくり休むといい」

朝比奈の声に顔を上げ、スプーンでカレーライスを口に運んだ。

※

竜生は品川にある総合病院のロビーで頭を抱えていた。救急車が到着したとき美那は意識不明の状態だった。今でも医療スタッフの懸命な治療が続いている。

足音が聞こえ、顔を上げると千賀がこちらに向かって歩いてきた。竜生の隣に腰を下ろしてから千賀が言う。

「心肺停止状態から奇跡的に回復しましたが、しばらく予断を許さない状態が続くそうです」

「そうですか……」

竜生は深い混乱に包まれていた。美那はクローンであり、さらに殺人者かもしれないのだ。二重の事実に竜生はショックを隠し切れなかった。

「本当に……本当に美那がクローン殺しの犯人なんですか？」

竜生が訊くと千賀は答えた。

「それはわかりません。ただ押収したポシェットの中に白衣と一緒に注射器が入ってました。有馬教授を殺害するのに使われたものだと思われます。それと彼女はクローンなので、常に監視されていました。彼女を担当していた監視員と話したところ、彼女はたまにエステに通っていたようです。エステ店の中で一、二時間過ごすことも多かったといいます。裏口から抜け出して自由に行動していたのではないかというのが監視員の話でした」

「監視してたってことは、僕の部屋にも盗聴器が仕掛けられているんですか？」

千賀は答えなかった。仕掛けられていたということだろう。まったく悪趣味な連中だ。いくらクローン監視という任務とはいえ、他人のプライベートを四六時中覗いていると いうのはどういう心境だろうか。

「僕に声をかけたのも偶然じゃないんですね」

思えば美那と付き合い始めた直後、千賀に声をかけられた。決して偶然とは思えないタイミングだった。監視していたクローンと付き合い始めた民間人を放っておくことができず、だったら警察官として採用してしまった方がいいと判断したのではないか。

「そうですね」千賀は否定しなかった。「でも高倉君のSEとしての腕を買っていたのは事実です。君は今ではうちに必要なサイバー犯罪捜査官です」

「お世辞は結構です」

「美那さんはICUにいます。遠くからでいいなら顔を見ることもできます。どうしますか？」

一瞬だけ悩み、竜生はうなずいた。

「ええ。お願いします」

千賀に先導されて廊下を奥に進む。病棟に入ると医療スタッフが慌ただしく駆け回っていた。さらに奥に進むとＩＣＵがあった。ガラス張りになっていて、ベッドの上に美那が横たわっていた。呼吸器を口に入れられている。

どうか助かってほしい。しかし彼女は殺人を犯してしまったかもしれない。それをどう受け止めればいいのか、竜生にはわからなかった。

いずれ結婚するだろうと思っていた。彼女が流産してしまい、それから少し関係がギクシャクしていたが、修復されつつあると感じていた。何より彼女のことは小学生の頃から知っている。一緒にいるだけで、これほど自然な気持ちになれる女性を竜生はほかに知らない。

ＩＣＵを出た。ベンチがあったので座る。全身の力が抜かれてしまったような気がした。

「さきほど捜査一課の川村君から連絡がありました」隣に座った千賀が言う。「朝比奈君は有馬クローンの存在を公表するつもりのようです。今夜七時から動画投稿サイトで公開する計画を練っていたといいます。それを阻止するために川村君と君の同僚たちが動いています」

有馬クローンの存在を公表する。そんなことをして果たして何の意味があるのだろうか。世間を混乱させるだけではないか。

竜生の疑問を感じとったように千賀が続けた。

「朝比奈君の意図はわかりません。彼がなぜクローンの公表にこだわっているのか、現時点では不明です。しかし彼は決して許されない過ちを犯した。クローンを使って有馬教授を殺させる。彼の犯行を見逃すわけにはいきません」

美那は利用されたのだ。朝比奈に利用され、そして棄てられたのだ。千賀の言う通りだ。あの男だけは絶対に許すわけにはいかない。

「川村君たちは公表計画を阻止するために動いています。ただ仮に阻止できたとしても、彼のことですから次の手を打ってくると考えて間違いないでしょう。一刻も早く朝比奈君の潜伏先を特定しなければなりません。高倉君、彼の潜伏先を調べることはできませんか？」

朝比奈がどこにいるか調べることは至難の業だ。それでも竜生は集中する。朝比奈はどこに潜伏しているだろうか。

考えられるのはホテル、もしくは自宅以外にマンションを借りた可能性も高い。いずれにしても偽名を使用しているのは間違いなかった。あの朝比奈という男は用意周到な性格のはずだ。

一つ気になることがあった。彼は今、四号クローンである夏川郁人と一緒に行動している可能性が高い。成宮イオリというピアニストのクローンだ。彼はごく普通の若者といった印象だった。しかしどこかアンバランスというか、危うい印象を受けた。

竜生はスマートフォンをとり出した。画像のファイルから一枚の画像を呼び起こす。中野にある音楽スタジオに入ったときに撮った写真だ。

一台のグランドピアノが写っている。〈ヤマノ〉という静岡県浜松市《はままつし》に本社がある大手楽器メーカーで、幼児向けの音楽教室を開いていることでも有名だ。中野のスタジオで見たピアノはまだ新しく、購入して一ヵ月もたっていない感じだった。写真を撮ったのは好奇心からだ。こういうピアノはいくらくらいするのだろうか。そんな風に思って型番がわかるように撮影したのだ。

写真から型番を特定した。ネットで調べたところ定価だと二百万円近くするピアノだった。メーカーに問い合わせてピアノの購入者を調べればいい。うまくいけば朝比奈の痕跡《こんせき》を見つけることができるかもしれない。

ただし時間との勝負になる。人手が必要だ。竜生はスマートフォン片手に立ち上がった。

「室長、戻りましょう」

時刻は午後五時を回っている。朝比奈が動画を配信する午後七時まで二時間を切っていた。それまでに何か手立てを講じなければならない。今、ＩＣＵで美那は必死に戦っている。それならば自分も戦わなくてはならない。

※

川村は苛立《いらだ》っていた。動いていれば楽なのだが、今は待っていることしかできなかった。加藤が中心となり、動画投稿サイトの責任者とメールや電話でやりとりをしているようだった。今、加藤は電話の向こうの担当者と話している。

「そうっすね。それしかないかもしれませんね。問題は仮想環境への切り替えのタイミングです。……いや、それは特に異論はないです」

彼らが何を話しているのか、川村にはさっぱりわからなかった。苛立ちを隠せずに貧乏揺すりをしていると、オフィスに入ってくる高倉の姿が見えた。室長の千賀も一緒だ。

高倉はやや興奮気味に言った。

「川村さん、中野の音楽スタジオにピアノが置いてあったじゃないですか。あのピアノの型番がわかったんです。あれを買ったのは朝比奈だと思います。そこから何かわからないかと思って」

そう言いながら高倉がピアノの型番をホワイトボードに記入した。ヤマノという大手楽器メーカーのピアノだった。川村は声を張り上げた。

「手が空いてる者、手伝ってくれ。楽器屋、通販サイトを中心にこのピアノを購入した者がいないか調べてほしい。おそらく購入したのは二ヵ月以内だと思われる」

特に返事が聞こえたわけではないが、川村の声に反応して動き始めているＳＥが数人いた。まだ短い付き合いだが、川村はＳＥという職種の者たちに対しての見方が変わりつつあった。礼儀やマナーといった部分に多少未熟な点があるのは否めないが、何かを調べることに関しては粛々とおこない、きちんと結果を出してくる者が多いという印象を受けた。それは捜査員として欠かせない資質だった。

「川村警部補」名前を呼ばれ、振り返ると千賀が立っていた。千賀は川村の耳元で言う。

「安城美那ですが、とりあえず一命はとり留めました。まだ予断を許さない状況ですが、医師の話だと山は越えたようです」

「それはよかった」

胸を撫《な》で下ろす。おそらく安城美那は朝比奈に操られていたと考えていいだろう。川村は高倉を見た。スマートフォンで何やら話している。恋人が危険な状態にあるというのに、こうして事件の捜査をしている姿はまさに刑事のそれだった。先週、初めて見たときは頼りない青年だと思ったものだが、そのときとは顔つきも違っている。どこか感慨深いものがあり、川村は思わず笑みを浮かべていた。

高倉がスマートフォン片手に振り返った。

「メーカーに問い合わせたところ、例のピアノは通販サイトを通じて販売されたようです」

すると同じタイミングで女性ＳＥが声を上げた。

「こっちもわかった。通販サイトから購入者の情報をゲット。名前はスズキタロウ。新宿区西新宿一―一―一。名前も住所も出《で》鱈目《たらめ》みたいね。届け先は中野になってるわ」

駄目か。川村は落胆する。やはり購入者の情報から朝比奈の潜伏先を導き出すことは難しいのか。すると再び高倉が言った。

「メーカーによると、そのスズキという購入者は同じピアノをもう一台購入しているようです」

女性ＳＥが反応する。

「そうなの？　こっちにはそんな情報ないわよ」

「別の通販業者を利用したんじゃないですかね」

「なるほど。そういうこともあるのね」

川村は時計を見た。時刻は午後五時四十分だった。果たして間に合うのか。有馬クローンの存在を世間に知らせることは何としても避けたい。自分の貧乏揺すりが激しくなっていることに川村は気づかなかった。

※

「郁人、打ち合わせ通りに頼む。赤いランプが点《つ》いたら演奏を開始してくれ」

「わかりました」

郁人はリビングのソファに座っている。七時まで五分を切っている。七時ちょうどではなく、少し遅れて演奏することになるらしい。郁人は手に持っていたペットボトルのミネラルウォーターで唇を濡らした。

リビングには郁人と朝比奈のほかに二人の男の姿がある。二人とも郁人と同年齢か少し上くらいで、黒いスーツを着ていた。朝比奈の部下らしく、たまに朝比奈の指示に従ってあれこれ動いている。防音室に機材を設置したのもこの二人だった。

「そろそろスタンバイしようか」

朝比奈がそう言ったときだった。部屋のインターホンが聞こえた。二人の部下が立ち上がり、壁にある防犯カメラのモニターの映像を確認した。一人が慌てた口調で言う。

「朝比奈さん、奴らです。奴らが来ました」

「さすがだな。よくここを割り出したな」朝比奈の口調は落ち着いていた。「だがもう時間だ。あとはオートマチックに進んでいく。二人は一階に降りて彼らの侵入を食い止めてくれ。郁人、すぐにスタンバイを」

「わ、わかりました」

二人の部下が慌てて玄関に向かっていく。郁人も立ち上がり、廊下の奥の防音室に向かう。朝比奈もあとからついてきた。ドアの前で朝比奈と握手を交わした。

「頼んだぞ、郁人」

「全力を尽くします」

防音室の中に入る。ピアノの位置はそのままだが、演奏者を斜め上から捉《とら》える形でカメラが設置されていた。スタジオ用のマイクもある。すべてテストは済んでいる。あとは演奏するだけだ。

壁際にあるモニターを見る。七時まであと一分を切っている。モニターの脇に赤いランプが置かれていて、それが光ったら演奏を開始する段取りになっていた。午後七時ちょうどになり、暗かったモニターに映像が映し出される。

まず映し出されたのは新宿駅の雑踏だ。カメラは雑踏の中から一人の男にズームしていく。郁人だった。男の声でナレーションが始まる。今、この映像がネットを通じて全世界に配信されているらしく、それを考えると軽い興奮を覚えた。

『夏川郁人、二十八歳。彼はごく普通のサラリーマンだ。満員電車に揺られて通勤し、たまに先輩社員と酒を酌み交わすこともある』

映像が変わる。郁人が居酒屋で飲んでいる様子が映し出されていた。いつの間に撮られていたものかわからなかった。一緒に飲んでいるのは先輩の小池だろうが、彼の顔は映らないように編集されている。

『しかし彼は知らない。自分の本当の力を。自分に秘められた能力を。彼は自分の真の姿を知らないのだ』

映像が再び変わる。今度は病院内の映像だ。何か特定のものを映しているのではなく、医療従事者や患者などが映し出されている。

『二十八年前、一人の天才分子生物学者がいた。彼は極秘で七体のクローン人間を作製したが、その研究成果は政府によって葬り去られた。長い年月にわたり、クローン人間の存在は隠されてきた』

今度の映像はピアノのコンサートだった。言うまでもない。弾いているのは若かりし頃の成宮イオリだ。

『成宮イオリというピアニストを知っているだろうか。彼は九〇年代を代表するピアニストであり、作曲家でもあった。天才分子生物学者はクローン人間の作製にあたり、日本を代表する優秀な遺伝子を集めた。成宮イオリも選ばれた七人のうちの一人だった』

最後の映像は再び郁人だった。電車のホームで佇む郁人の姿が映し出される。その顔がアップになり、画面は二分割される。郁人と成宮イオリ。酷似した二つの顔はやがて中央で重なり合う。

『政府によって制限されてきたその能力が今夜、解き放たれようとしている。天才ピアニストのクローン、夏川郁人が弾く曲は「アイデンティティ」。成宮イオリの代表曲にして、日本映画音楽界の傑作の一つと称されてやまない名曲』

そろそろだろう。郁人は深呼吸をした。すでに『アイデンティティ』は目を閉じても弾くことができる。完全にインプットされている。

『クローンが奏でる音楽はどこまでオリジナルに近づくことができるのか。覚醒したクローンの演奏をお楽しみください』

赤いランプが光るのを目の端で捉えた。ピアノを弾け。弾き続けるんだ。成宮イオリの言葉が聞こえたような気がした。その次の瞬間、郁人はすうっと自分の世界に没入し、周りの音が一切聞こえなくなった。

※

川村はタッチパネルで部屋番号を押した。しかしどれだけ待っても返答はなかった。

朝比奈の潜伏先として辿《たど》り着いたのは晴海《はるみ》にある高層マンションだった。二台目のピアノの購入先は比較的簡単に特定できたものの、そこから先が難航した。実際にピアノを搬入した業者を突き止めたが、なかなか連絡がとれなかったからだ。ようやく担当者を捕まえて聞き出したのが、晴海のこの高層マンションだった。

「管理人と連絡がとれました。すぐに来てくれるそうです」

畠山の言葉にうなずき、スマートフォンに目を落とす。時刻は午後七時になろうとしている。高倉も一緒だった。別の棟にいた管理人が姿を現したとき、ちょうど午後七時になった。

「川村さん、これを」

そう言って高倉がタブレット端末を出した。四号クローンの夏川郁人が映っている。ナレーションも入っており、プロが作ったドキュメンタリーのようだ。今日に合わせて朝比奈が特別に作らせたのだろう。

ようやくエントランスの自動ドアが開き、川村たちはマンションの内部に足を踏み入れた。ところがそこには二人の男が待ち構えていた。二人は何も言わずに川村たちの前に立ちはだかる。おそらく朝比奈の部下だろう。無視して通り過ぎようとすると、男の一人が川村の肩を摑んだ。

「邪魔するな。俺たちは警察だ」

「でしたら令状を見せてください」

「小《こ》賢《ざか》しい」

川村は先を急ごうとしたが、二人の男は怯《ひる》まずに川村の前に出た。その間に割って入ったのが畠山だった。畠山は二人の男に対して体を張った。その隙を逃さず川村は走った。エレベーターに乗り込み、十八階のボタンを押す。ドアが閉まる間際に高倉も乗り込んでくる。

「高倉、大丈夫か？」

「はい」

エレベーターは十八階に到着した。運送業者がピアノを運び入れたのは一八〇八号室だったと聞いている。その部屋の前に辿り着いたので、インターホンを押した。スピーカーから声が聞こえた。

『開いてます。お入りください』

朝比奈の声だった。簡単に入れるとは思ってもいなかったので警戒しながらドアを開ける。殺風景な玄関だった。靴を脱いで中へ上がると、短い廊下の向こうは広いリビングになっている。天井も高い。応接セットが置かれていて、ソファに朝比奈が座っていた。

「思った以上に早かったですね。どうぞお座りください」

朝比奈は余裕の表情だった。壁際に液晶テレビが置いてあり、ネットと繋がっているのか、動画投稿サイトの生配信の映像が流れている。夏川郁人がピアノを演奏していた。成宮イオリの曲らしく、どこかで聴いたことのあるメロディだった。川村は朝比奈に向かって言った。

「お前、自分が何をしたかわかってるのか。こんな真似をしてただで済むと思うなよ。クローンについて公表するのがお前の真の目的だな。だが生憎《あいにく》誰も信じるわけがない」

「いいんですよ、誰も信じてくれなくても。これが最初の一歩です。誰かが踏み出さなければいけないんですよ。クローンの実用化のためにも」

「クローンの実用化だと？　馬鹿も休み休み言え。クローン人間を作ることが許されるわけはないだろうが」

クローン人間の実用化のため、朝比奈は一連の行動を起こしたということか。そもそもドールズという組織は有馬クローンを秘匿するために結成された組織だ。朝比奈がクローン実用化を本気で提唱するならば、ドールズの主義とは完全に矛盾している。

「お前には四件の殺人教唆の容疑がかかっている。その内訳は三人のクローンと有馬教授殺害だ。お前に操られていた安城美那は逃走を図り、事故に遭って病院に搬送された。彼女の怪我だってお前に責任の一端はある。言い逃れはできないぞ」

「誤解です。正確には三件の殺人容疑です。三体のクローンを殺害したのは私ですから」

「ほ、本当か？」

思わず詰め寄っていた。三人のクローンの殺害は安城美那による犯行だと考えていた。サイバーセキュリティ対策室のＳＥたちは犯人が女性である可能性を指摘していたが、あれは華奢《きゃしゃ》な体格の朝比奈を女性と見間違えたということか。しかしこうもあっさりと自分の犯行を自供する朝比奈の真意が摑めなかった。

「私がやりました」朝比奈は平然とした口調で言った。「しかし有馬教授に関しては彼女が勝手にやったことで、私は一切関係ありません。それに死んだ三体のクローンについては立件できないでしょう。もし私が逮捕されたら、私はすべてを話します。裁判でクローン人間の存在を明らかにするのもいいかもしれませんね。有馬教授も同様です。彼の存在を厚労省、いや政府は決して明らかにしないでしょうから」

「お、お前……」

言葉が続かなかった。たしかに政府はクローンの存在をこれからも隠し続けるはずだ。言うなれば朝比奈自身が爆弾だった。政府は秘密を守るためには彼の罪すら黙認するかもしれない。しかしそんなことが許されるのか。

「彼の演奏が終わるまでディスカッションをしませんか?」朝比奈が不気味な提案をした。「クローン人間は是か非か。それを議論しましょう。私は賛成派ですので、川村さんは反対派の立場でお願いします」

「断る。今は……」

ずっと黙っていた高倉が前に出た。そして朝比奈に向かって言う。

「僕でよければ付き合いますよ」

「なるほど。川村さんより手強そうだ」

高倉の目は真剣だった。恋人が一連の出来事に巻き込まれ事故に遭い、激しい怒りを内側に秘めているのかもしれなかった。

高倉が口火を切った。

「クローンは認められません。なぜなら法律で禁止されているからです。二〇〇〇年に公布された『ヒトに関するクローン技術等の規制に関する法律』によって、クローン人間の作製は禁止されています」

※

竜生の発した言葉に朝比奈がうなずいた。

「法律か。さすが警察官だ。でも高倉君、それでは議論にならないだろ。君がなぜクローンに反対するのか、その理由を教えてほしい」

「倫理的に正しいことではないと考えます。同じDNAを持ったコピーを作るなんて、人間の尊厳に反するものだと思います」

「なぜだ？　なぜクローン人間は倫理的に正しくないのかな。そもそも人間の尊厳とは何だろうか。具体的に教えてほしい」

「それは……」

　言葉に詰まる。クローン人間に反対する声の多くは倫理的なもので、「人間」や「生命」の本質という大きな問題に関わるテーマであり、宗教や哲学の範疇《はんちゅう》にもなってくる。竜生が言葉を探していると朝比奈が話題を変えた。

「クローン反対派の主張は大きく分けて二つだ。まず一つ目が今の高倉君のように倫理に反するものだというもの。そして二つ目が安全面だ。クローンというのは成功率が低いと言われている」

　一九八〇年代にアメリカで盛んにクローン牛の作製が試みられたが、多くの失敗が積み重ねられた。失敗の主な原因は「巨大胎児症候群」といい、内臓や外形が異常発達して生まれてくるというものだった。

「しかし有馬クローンを見てくれ。七体ものクローンが生まれ、順調に育っている。まあアクシデントもあって三体を失うことになってしまったが、今も四体は生きている。これは稀有《けう》なことだ。クローンは寿命が短いという定説も有馬クローンには通用しないんだ」

　クローンは寿命が短いという説は今も根強く残っている。クローン羊ドリーは二〇〇三年に六歳で死亡した。死因は進行性肺疾患や変形性関節症などの早期老化によるものとみられる症状だった。そのためにクローン＝寿命が短いという説が生まれたのだが、その点においても有馬クローンは問題をクリアしているのだ。

「では教えてください。なぜ朝比奈さんはクローンに賛成なんですか？」

「決まってる。技術というのは使わないと意味がない。たとえば火だってそうだろ。人間は火を使うようになってその進化が劇的に発達したと言われている。生み出した技術は使ってこそ意味があるものなんだよ」

「何に利用するつもりですか？　臓器移植ですか？」

　クローン化技術は将来において臓器提供源として重要な役割を果たすだろうと言われていた。たとえば臓器提供を待つ患者がいるとする。しかしドナーがなかなか現れない。そこでもう一人の自分を作り出し、その体から摘出した臓器を移植するのだ。双子間での臓器移植をするようなものなので拒絶反応は論理上おこらない。

「高倉君、よく勉強しているようだね。だが私が目指すのは臓器移植でも胚《はい》研究でもない。クローンというのはオリジナルに近づいて初めて意味を成す。その点において有馬クローンは失敗だった。有り余る才能を眠らせたまま日々を無為に過ごしている。生きてる価値などないではないか」

一号から三号クローンのことを言っているのか。生きていても無意味なクローンを始末したということか。

「ちょっと待ってください。だからあなたは三体のクローンを殺したんですか？」

「そうだ。不必要なクローンは生きている価値がない。それこそ税金の無駄だ。国民が知ったらお叱りを受けるだろうな。あんなものを監視するのに億単位の予算を使っているんだから」

朝比奈は笑みを浮かべながら話している。川村の姿が視界の隅に映った。歯を食いしばって朝比奈の言葉に耳を傾けているようだった。

「そういうわけだよ、高倉君。クローンというのは複製だ。よりオリジナルに近づけてこそ存在価値が生まれるんだ」

「それは理想論です。環境因子でオリジナルとまったく同じに育たないケースだってあります」

「百パーセント同じじゃなくていい。それに近づけることに意味がある」

彼が目指しているところが理解できなかった。いったい朝比奈はクローン人間を実用化して何をしたいのだろうか。

「ところで高倉君」朝比奈が突然話題を変えた。「警察官なら知ってるかな。日本で年間に何人の命が殺人事件で失われているか」

「知りません」竜生は素直に答えた。

「川村さんはご存知でしょうか？」

話を振られた川村が不機嫌そうな顔つきで答えた。

「その年により前後するが、三百人から五百人程度だな」

「お答えいただきありがとうございます」わざとらしく頭を下げてから朝比奈が続けた。

「昨夜のニュースで痛ましい事件が報道されていました。三日ほど前に九州地方で三歳の女の子が殺されて、線路脇に遺棄されていたようです。近所に住む無職の男が昨夜逮捕されました」

竜生はその事件のことを知らなかった。川村は何も言わず朝比奈の言葉に耳を傾けている。

「この手の事件はあとを絶ちません。残された家族のことを思うと胸が痛みます。昨夜のニュースでも被害者の母親がインタビューに応じていて、涙ながらに語っていました。亡くなった娘さんは来月のお誕生日会を心待ちにしていたようです」

「おい、朝比奈」川村が苛立ったように口を挟んだ。「何が言いたい？　クローンと全然関係ないじゃないか」

「たとえば三日前に亡くなった女の子ですが、彼女がクローンとして甦ったらどうでしょうか？　親御さんもさぞかし喜ぶことでしょう。あのお母さんも娘のクローンを産むためだったら、もう一度出産する決意を固めるかもしれません。いや、むしろ喜んで出産するのではないでしょうか。死んでしまった我が子のクローンを」

「朝比奈、お前……」

「そうです。クローンというのは複製に過ぎない。いわゆる代用品として使うのが一番なんですよ。痛ましい事件や不幸な事故で失った前途ある命。それをクローンという形で復活させること。それこそが我が国が世界に先駆けておこなうべきことなんです」

要するに特殊な事件や事故で亡くなった場合に限り、犠牲者をクローンとして復活させようというのだ。朝比奈は真剣な目をしており、本気でそう考えていることは明らかだった。

「問題は世論です。しかし日本人はお涙頂戴《ちょうだい》モノに弱い。できれば幼児が連続して殺される事件なんていいですね。悲しみに暮れる両親の姿を見れば、被害者家族がクローンを産もうとする決意を誰も止めることができないはずです」

「ほ、本気なのか？」

川村の言葉に朝比奈はうなずいた。

「ええ。お隣の韓国の研究所では死んだ愛犬のクローン化をビジネスとしておこなっています。ドリー方式でね。費用は一体につき日本円にしておよそ一千万円、世界的な富豪なんかが利用しているみたいですよ。クローンとして甦った愛犬を自分のSNSに公開している金持ちもいるくらいです」

「犬と人間は違います」

竜生は反論を試みたが、すぐに朝比奈に言い返された。

「哺乳《ほにゅう》類であることは同じだよ。過去の歴史を見れば明らかだ。一九五二年、凍結精子を使った初の仔《こ》ウシが誕生して、それから十年もたたずして凍結精子技術はヒトの人工授精の中心的技術になった。一九七三年には凍結胚を使って初めての仔ウシが生まれた。それが現在、凍結胚移植による人工授精は不妊症で悩む夫婦にとっての重要な補助手段として機能している。いいですか、高倉君。人間というのはみずからが作り出した科学技術をみずからに試してみないと気が済まない生き物なんですよ」

言葉が出なかった。生み出した技術を使わずにはいられないのが人間の性《さが》。となれば人類がクローン技術を自分たち人類にも応用するのは本当に時間の問題かもしれない。

ずっと聞こえていたピアノの音が鳴り止んだ。どうやら演奏が終わったらしい。満足げにうなずいてから朝比奈はテーブルの上の内線電話をとった。

「郁人、いい演奏だった。ちょっと来客中なので、しばらく適当に弾いてくれないか？」

受話器を置くと、再びモニターの中で夏川郁人がピアノを弾き始めた。今度は違う曲だった。朝比奈はモニターから目を離して言った。

「川村さん、あなたなら私のプロジェクトにご理解いただけると思うのですが」

「何だと？」

「市野萌さんでしたっけ？　あなたのせいで一年前に亡くなった女の子です。被害者のお母さんはクローンを作ることに同意されるのではないでしょうか。川村さん、あなたはそのときどうしますか？」

※

一瞬にして頭に血が上ったが、川村は何とか怒りを抑え込んだ。冷静になれ。こんな奴の挑発に乗るな。自分にそう言い聞かせてから川村は言った。

「無理だ。そう簡単にクローンなんて作れるはずがない」

「それができるんです。できてしまうんですよ」

「そもそもあれだろ。俺はよくわからないが、生きてる細胞が必要になるんじゃないか。だから死んだ人間を甦らせることなんて不可能だ」

「心臓が停止してから人間の細胞は徐々に死に至ります。心停止ですべての細胞が死ぬわけではありません。市野萌さんの体細胞の一部が搬送先の病院で摘出され、今も冷凍保存されているとしたらどうです？　有馬クローンの技術を応用すれば、市野萌さんはクローンとして甦ることが可能です。川村さん、誰が損をしますか？　誰も損はしません。むしろメリットしか見当たらないじゃないですか」

市野美香のことを思う。彼女が今の話を聞いたら何を思うのか。想像するのが怖かった。彼女は死んだ娘をもう一度出産することを選んでしまうのではないか。そんな気がしてならなかった。

「川村さん、最初にあなたが我々ドールズに接近してきたとき、我々はすぐにあなたの素性を調べて、一年前に死んだ女の子のことを突き止めました。あなたがいまだに事件のことを引きずっていることもです。あなたならクローンの実用化に賛同してくれると思ってましたが、どうやら見込み外れだったようですね」

「貴様……。それ以上言うと……」

朝比奈が川村を無視して冷静な顔で続けた。

「さきほど少し触れたようにクローン作製の成功率は低い。一パーセント未満とも言われています。有名なドリーにしてもあの一頭を作るのに二七六個の胚を無駄にしたとも言われていますから。しかし有馬教授の研究成果を分析したところ、有馬クローンの成功率は十五パーセント。これは恐るべき数字なんです。このノウハウを活《い》かさない手はありません」

難しいことはよくわからなかった。しかし凶悪犯罪で亡くなった人々をクローンとして甦らせるという朝比奈の主張は到底理解できるものではなかった。死んだ者が生まれ変わる世界。そんな世界、あってたまるものか――。

「命の重みだ」川村は声を絞り出した。「命には重みがある。どうせクローンとして生まれ変わることができる。そんな世の中になっちまったら命の価値が軽くなる。違うか？」

「なるほど。命の価値、ですか。哲学的な話になってきましたね」

「ふざけるな。大体お前は自分の母親のクローンを作りたいだけじゃないのか。お前が六歳のとき、朝比奈楓は死んだ。衰弱死だった。お前は母親のそばを離れようとしなかったそうだな」

荒川区《あらかわく》の公営住宅だった。母親の死後、息子の朝比奈勝は児童養護施設に引きとられた。

「よく調べましたね」朝比奈は小さく笑って言った。「母さんは昔話を聞かせるように、私にいろいろ話してくれた。父さんのことも、父さんが作ったクローンのこともね。細胞からクローンが作れることは知ってました。だから私は母さんが死んだとき、その髪を何本か抜いてずっと持ってました。いつか父さんが現れて、母さんのクローンを作ってくれることを期待してたんです」

しかし父親は現れることはなかった。そこで幼い少年は別の方法を考える。自力で父親に会うことにした。東大に受かり、そこから厚労省に入る。ドールズという組織のことを探り、そこに配属されるように上層部に願い出た。

「ドールズに配属された私は父の研究成果に目を通し、これは隠しておくべき研究でなく、もっと広く活用すべきものだと判断したんです。だってそうでしょう？　画期的な技術は使ってこそ意味があるんです」

「そんな自慢の父親をなぜ殺した？」

「だからそれは彼女が勝手にやったことですよ」

説明になっていない。さらに追及しようとすると、ずっと黙っていた高倉が口を開いた。自分の恋人の話題になり、黙っているわけにはいかなかったのだろう。

「教えてください、朝比奈さん。美那に何が……何があったんですか？」

「君も知っての通り、彼女は流産してから調子を崩した。精神的に参ってしまったようだった。君に内緒で精神科でカウンセリングを受けていた。私はその精神科から彼女の不調を聞き出し、カウンセラーを装って彼女に接近したんだ。誤解しないでくれ。純粋に彼女の様子が気になったからだ」

朝比奈が説明する。彼女は両親がおらず、愛情に飢えていた。そして流産したことにより、自分は親になれないのではないかという不安を覚え、その不安に押し潰されそうになっていた。自分がクローンであることを教えられ、その不安はピークに達する。

「だから父親に会わせるために、有馬教授の住所を教えたんですね？」

高倉の問いに朝比奈が答えた。

「そうだ。厳密にいえば父親ではないけどね。彼女を作った張本人ではあるんだけれど」

安城美那の精神的不安の程度もわからないし、彼女の胸中も想像できない。しかし彼女は悩んだ末、有馬教授を殺そうという発想に辿り着いてしまう。そこまで追い込まれていたのであり、その背中を押したのは朝比奈だった。当の本人は悠然とした口調で言う。

「残念な結果に終わってしまったけどね。まあ父さんも認知症で使い物にならなかったし、あれは起こるべくして起こったことなのかもしれない」

無責任な物言いに腹が立つ。安城美那は不幸な犠牲者だ。川村はその思いを強くした。

「なぜ美那だけ女性なんですか？　美那は有馬教授のクローンなんですよね。だったら男でなくちゃいけない。なぜ美那は女性なんですか？」

それは川村も感じていた疑問だ。オリジナルが男であればクローンも男になるはずだ。何らかの細工を施したのだと思っていたが、その真意はわからなかった。

「勘違いしないでほしい。彼女は父さんのクローンじゃない」

そうなのか。ずっと彼女が七号クローンであり、有馬教授のクローンだと思っていた。イニシャルも符合する。

「彼女のオリジナルは足立真紀《あだちまき》だ。民放のアナウンサーから政治家に転身した女性だ」

足立真紀なら川村も知っていた。現役の国会議員であり、男性受けのいい美人代議士として知られている。安城美那の顔を思い出す。きちんと顔を見たわけではないが、たしかに面影はあるように思えた。元アナウンサーで現役の国会議員。顔も世間に知られているため、その存在は秘密にされていたということか。

川村は朝比奈に訊く。

「安城美那は七号じゃないのか？」

「違います。彼女は六号クローンです」

その素性はドールズ内でもごく一部の者しか知らないと言われている七号クローン。今もどこかで監視され、その存在を隠されているのだろうか。

「クローンの監視には莫大《ばくだい》な費用がかかります」朝比奈が説明を始める。「特に十代の頃には能力が目覚めぬように常に複数人で監視する必要があるんです。学校内に監視員を潜入させたり、場合によっては報酬を払ってでも内部協力者を雇ったこともあります」

それは想像できる。たとえば夏川郁人に音楽をやらせないように仕向けることは、おそらく膨大な労力を要したはずだ。

「その莫大な費用を少しでも抑えるため、クローンを同一の学校に通わせることも多々ありました。たとえば三号クローンの石川丈志と四号クローンの夏川郁人は同じ施設で一時期過ごしました。二号と五号も同じ施設の出身ですし、一号と四号は同じ中学校に通っていました。ここまで言えば大体想像がつくのではないですか？」

まったくわからない。川村は高倉の様子がおかしいことに気がついた。口を開けたまま朝比奈の顔を見ているが、その目は虚《うつ》ろだった。高倉がつぶやいた。

「……まさか、ぼ、僕が……」

「やっと気づいたようだね。君がなぜここにいるのか。なぜ君が選ばれたのか。それを考えればわかることだ。君が七体目のクローンだ」

馬鹿な……。高倉竜生がクローン。川村もその事実をなかなか受け入れることができなかった。

仮に高倉がクローンだとする。となると彼はずっとドールズによって監視されてきたはずだ。その高倉が現在は警察官であるというのは、果たして何を意味しているのか。

そうだ。千賀は知っていたのではないか。だからサイバー犯罪捜査官の現場活用という名目で、本人の意思とは別にこの事件に関わることになったのではなかろうか。

「ぼ、僕は……」高倉が声を絞り出した。「僕は誰のクローンなんですか？　もしかして……有馬教授のクローンなんですか？」

　朝比奈が答える。その口調は穏やかだったが、内容は刃物のように冷酷なものだった。

「違う。父さんは自分のクローンを作るような人じゃない。君のオリジナルは二十八年前、この国を騒がせた超有名人だ。レオナルド田宮。殺人鬼だよ」

※

　寒気がした。立っていることができなかった。気がつくと竜生はフローリングに膝をついていた。頭上で朝比奈の声が聞こえた。

「レオナルド田宮が逮捕されたのは父さんが長野市内で発見される一ヵ月前のことだった。彼の話題が毎日のようにワイドショーで取り沙汰《ざた》されていたお陰で、長野市内で保護された七人の赤ん坊のニュースはそれほど話題にならなかった。彼はね、英麟大附属病院で定期検診を受けていたんだ。父さんの目に狂いはなかったと思う。だって優秀な人間のクローンばかりを作っても意味はない。レオナルド田宮のような犯罪者のクローンがどのように育つのか。これほど興味深い実験はそうはない」

　レオナルド田宮。平成最悪と呼ばれる連続殺人鬼だ。竜生でも名前くらいは知っている。

　東京都品川区生まれ。大学卒業後に大手商社に就職。会社での成績もよく、友人も多かった。彼の犯罪が露見したあと、周りの友人たちは「彼がそんなことをするとは思えない」と一様に口を揃えたという。

　彼が殺した女性は全部で十二人。いずれもテレフォンクラブという、電話を介して女性との会話を斡旋する店を通じて出会った十代から二十代の女性だった。彼の名を世に知らしめたのはその多彩な殺害方法だった。刺殺、銃殺、毒殺、絞殺、ビルの屋上からの突き落としと、あらゆる方法を用いて殺害し、逮捕後にはみずからを殺人芸術家と称するほどだった。殺人犯として手配されてから逮捕されるまでに一年半ほどの時間を要していた。有馬教授は採取した細胞のサンプルの中に彼のものを見つけ、それを使うことにしたのだろう。

「う、嘘だ」竜生は何とか声を絞り出した。「レオナルド田宮の顔なら見たことある。僕の顔とは全然違うものだった。もし僕が彼のクローンなら、町を歩けば気づかれるはずだ」

　レオナルド田宮という名前を検索すれば、彼の顔写真くらいは平気で入手できる。高校時代に遊び半分で友人たちと検索したことがある。

「レオナルド田宮は父方の祖父がアメリカ人のクォーターだが、見た目は日本人といっても差し支えのないものだったらしい。彼は何度も整形手術を繰り返していたらしいね。ネット上に出回っている彼の姿は整形後のものがほとんどだと聞いたことがある」

「でも僕には父親がいます。里親ではなく、血の繋がった父親です」

　今年で七十歳になる父は今も存命で、板橋区成増に住んでいる。母は竜生が幼い頃に亡くなっているが、父は血の繋がった実の父親だ。それは絶対に断言できる。しかし朝比奈はいとも簡単にそれを打ち砕いた。

「戸籍なんてどうにでもできる。政府が主導しているんだからね。君のお父さんは警察官だった。今の千賀さんと同じ立場にあった方だ。七体のクローンの中で君だけは異質だった。いつ殺人者としての才能が開花してもおかしくない。だから現職の警察官——君のお父さんが常に目を光らせていたというわけさ」

　嘘だ。そんなわけがない。しかし頭の隅に冷静に物事を考えている自分がいた。たしかに父とはそれほど似ていないし、写真で見た母の面影を自分の中に見つけることはできなかった。それに政府が絡んでいる以上は戸籍の操作など容易《たやす》いだろう。

「サイコパスというのを知ってるかな」朝比奈が続けた。「精神病質者のことだ。その特徴として極端に冷酷な性格や感情の欠如などが挙げられる。サイコパスといってもすべての精神病質者が異常犯罪者になるわけではなく、ごく普通に暮らしている者もいるらしい。レオナルド田宮もサイコパスだった。彼のクローンである君にもその素地がある。たとえば数時間前に恋人が瀕死《ひんし》の重傷を負ったというのに、君は何食わぬ顔でここにいる。これを感情の欠如と言わずして何と言えばいいのだろうか」

そうなのか。もう自分で自分のことがわからなかった。自分は異常犯罪者のクローンなのか。だからＩＣＵで美那の顔を見ても、涙さえ流れなかったのかもしれない。そもそも僕は誰かの死を悲しいと思ったことがあっただろうか。考えれば考えるほど深みに陥っていくような気がした。

「君は最初から選ばれていたんだよ、高倉君。七号クローンである君と、一年前に死んだ女の子を生き返らせたいと思っている刑事。二人は選ばれていたキャストなんだ」

「黙れ、朝比奈。俺はあの子を生き返らせたいなどと思ってない」

朝比奈と川村のやりとりが遠くで聞こえる。いったい自分とは何だろうか。僕が僕だと思っていたのは真っ赤な偽者だったのだ。僕はクローン。しかもオリジナルは精神病質者であり、同時に異常犯罪者でもある。

何が何だかわからなかった。もう精神が崩壊してしまったのか。いや違う。最初から、生まれたときから崩壊していたのだ。何しろ僕は殺人鬼のクローンなのだから。

竜生は顔を上げた。朝比奈が笑みを浮かべていた。

「でも笑ってしまうよな。あの連続殺人鬼のクローンが警察官とはね」

「黙れ、朝比奈。それ以上言うな」川村が口を挟む。「お前の企《たくら》みは潰《つい》えた。クローンの実現化なんてできやしない。さっきのネット配信も嘘っぱちだ。お前は騙されたんだ」

朝比奈の口元に浮かんでいた笑みが消えた。戸惑いを浮かべて彼は言う。

「どういうことだ？」

「俺は知らんが、お前が見ていたのは仮想環境ってやつらしい。残念だったな、朝比奈」

不意に髪を摑まれるのを感じた。気がつくと朝比奈が背後に立っていた。後ろから腕を回されて拘束される。光るものが見えた。いつの間にか朝比奈の手にはナイフが握られていた。

※

「今すぐ動画を本番環境で再生してください。言うことをきかなければ容赦なく殺します」

「よせ、朝比奈」

川村はそう言ったが、朝比奈は無視して右手に持ったナイフを高倉の首筋に押し当てた。高倉は特に表情を変えることはなく、虚ろな目を前方に向けていた。自分がクローンだった。しかもオリジナルは稀代《きたい》の殺人鬼。思ってもいない衝撃の真相に言葉を失っているようだ。

朝比奈が画策した計画は阻止することができた。加藤が中心となり動画投稿サイトの運営会社と協議を重ねた結果、午後七時になる直前に仮想環境という別の環境に移行し、その環境でのみ朝比奈の動画を再生する運びになった。当然、仮想環境は一般人には視聴できない。視聴できるのは動画を投稿した本人と、仮想環境へのアクセス権限を持つ者のみだ。

「観念しろ、朝比奈。これ以上罪を重ねるな」

「あの動画を――郁人の『アイデンティティ』を世間の連中に聴かせてあげたいんですよ。どうかお願いします」

「無理だ。クローンの存在を世の中に知らしめることなんてできるわけがない」

そもそも朝比奈の計画は無謀なものだった。ところどころ破綻《はたん》のあとも見える。朝比奈自身が心に問題を抱えており、それを解決しようと躍起になった結果が今回の騒動に繋がったのではないかと川村は感じていた。

「朝比奈、あきらめろ。高倉を解放しろ」

「川村さん、いいですか？　この男は連続殺人鬼のクローンなんですよ。今のうちに殺しておいた方が社会のためかもしれません」

「やめろ、朝比奈」

不意に静寂が訪れた。夏川郁人のピアノの演奏が終わったからだ。モニターに目を向けると、夏川は軽く首を回してから、再び鍵盤に手を置いた。さきほどと同じ曲をまた弾き始める。成宮イオリの『アイデンティティ』だ。

そのときだった。まるで曲の出だしに反応したかのように、ずっと虚ろな表情をしていた高倉が目を見開いた。ナイフを持った朝比奈の右手首を両手で摑むと、高倉が頭を後ろに思い切り反り、自分の後頭部を朝比奈の鼻っ柱にぶつけた。

「うっ」

朝比奈が痛みで顔をしかめた。高倉はいつの間にか朝比奈の右手からナイフを叩き落としていた。さらに高倉は朝比奈を壁際に押し込み、首筋に肘《ひじ》を押し当てた。朝比奈は抵抗できずに、されるがままになっている。

朝比奈が荒い息をしていた。高倉の上腕が首に食い込み、呼吸不全に陥っているようだった。このままでは死んでしまう。

「やめろ、高倉」

川村は両手で高倉の肩を掴み、朝比奈から引き剝《は》がそうとした。しかし高倉は動かなかった。さらに力を込めると、急に高倉が振り返った。その目はもう完全に我を失っていた。

「高倉、目を覚ませ」

その言葉も高倉の耳には届いていないようだった。高倉が突っ込んでくる。予想以上の力に川村は押し倒された。馬乗りになった高倉にシャツの衿《えり》を掴まれて揺さぶられる。

「ぼ、僕は……。僕は……」

完全に自分を見失っているようだ。川村は下から必死に語りかけた。

「高倉、やめろ。お前は警察官だ、高倉。おい、聞こえてるか」

「う、嘘だ。警察官じゃないんだ。僕は……僕はひ、人殺しなんだ」

フローリングの上にナイフが転がっているのが見えた。朝比奈が所持していたナイフだった。それをとろうと手を伸ばしたが、川村より先に高倉の右手がナイフを摑みとる。

高倉がナイフの切っ先を見つめた。その顔には一切の表情というものがなく、川村は凍えるような恐怖を感じた。

「やめろ、高倉。やめるんだ……」

高倉がナイフを握り直したそのときだった。不意に現れた人影が高倉の後頭部に何かを打ちつけた。高倉は「ぐっ」と短い声を洩らして、そのまま川村の体に倒れかかってくる。その体を受け止めながら、川村は立ちはだかる人影に目を向けた。

千賀だった。サイバーセキュリティ対策室の室長の千賀がそこに立っていた。

「朝比奈は拘束してパトカーに乗せました。どうします？　このまま警視庁に連行してよろしいですか？」

部屋に入ってきた畠山に訊かれた。どうしたものだろうか。そう思って隣にいる千賀を見ると、彼が代わりに答えてくれた。

「そうしてください。警視庁には話がついてますので」

「了解しました。これより護送します」

畠山が部屋から出ていった。すでに防音室にいた夏川郁人も保護して連れ出してある。

部屋に残っているのは川村と千賀、そして目の前のソファの上には高倉竜生が横になっている。意識を失っているだけで怪我はない。

「今回の事件、どう幕引きされるつもりですか？」

川村は訊いた。死者も多数出ており、揉み消すことは不可能だろう。しかもクローンという機密事項が関与しているため、マスコミに嗅《か》ぎつけられたら厄介だ。

「どうでしょうね」千賀が呑気《のんき》な口調で答えた。「クローンの件を公にすることはできませんからね。今回もうまくやるんじゃないでしょうか。私が決めることではありませんけど」

千賀は他人《ひと》事《ごと》といった感じで言ったが、おそらくこの千賀という男は警視庁の上層部と太いパイプで繋がっているだろうという感触があった。そうでなければ今回の事件にここまで深く関与しないはずだ。

「残るクローンは四人です。これからもドールズは活動していくんですか？」

三人のクローンが命を落とし、残ったクローンは高倉竜生と夏川郁人、それと安城美那とアメリカに赴任中という五号クローンだけだ。千賀が答えた。

「続いていくでしょうね。規模は縮小されるでしょうが。監視する対象が減ってしまったので楽になるんじゃないでしょうか」

なぜ今回の騒動が発生したのか。それを問われると二十八年前に戻らなければならないというのが川村個人の見解だった。二十八年前、有馬クローンの存在を隠し通すという政府の選択が間違っていたのだ。一人の分子生物学者の暴走により生まれた産物だが、その科学的成果は計り知れない価値を持つのは素人でもわかる。正式に公表しておけば今回の悲劇を避けることができたはずだ。ついさきほどまではそう思っていた。

しかしだ。高倉竜生の秘密を知ってしまった今、二十八年前の政府が下した決断の背後に、深い苦渋の色が見てとれた。十二人もの女性を殺した殺人鬼のクローン。その存在を世界に公表するのは難しいことだったであろう。

「処分しようという声もあったようです。それも少数ではなかったと聞いてます」

千賀の視線の先に高倉の姿があった。高倉のことを言っているのだなと気がつき、千賀の言葉に耳を傾けた。

「殺人鬼のクローンなど危険だ。処分に賛成する声が多い中、反対したのが警視庁からドールズに出向していた高倉信一《しんいち》という警察官でした」

高倉信一は当時公安部に所属しており、クローンを隠蔽するための組織、ドールズ設立のために出向していた警察官だった。

「高倉さんは自らの手でクローンを育てると主張し、半ば強引に引きとりました。現職の警察官が育てるならよしとしよう。ドールズも、当時の厚生省幹部もそう判断したといいます。もしくは厄介払いできたと思っていたかもしれません」

以来、七号クローンはその出生の秘密を隠されたまま、厳重な監視下のもとで育てられた。

「十年前に高倉さんが退職されて、その役職を私が引き継ぎました。そんな大層な身分ではありませんけどね」

「一つ疑問があります。どうして彼をご自分のお手元に置かれているんですか？」

なぜ高倉がサイバー犯罪捜査官をしているのか。ごく単純な疑問だった。もともとは民間会社のＳＥだったはずだ。

「手の届く場所に置いておくのがいいかなと思ったのが最初です」

「それが変わったと？」

「ええ。川村警部補はお気づきだと思いますが、やはり彼は違います。まだ持っている力の半分も出し切っていませんが、オリジナルと同等の能力を持っているんです」

サイコパス。朝比奈はそういう言葉を使った。言葉の意味を知っていても、その存在を意識したことはあまりない。しかしそういう傾向にある者たちが反社会的な罪を犯すと聞いたことはある。

「今後も異常犯罪は増加していくでしょう」千賀は断言した。「三日前に起きた幼児殺害事件もそうです。二週間前にも同様の事件が起きています。この手の犯罪者はより狡《こう》猾《かつ》になっていくのではないかと危惧《きぐ》されています。ネットを利用し、巧みに標的に接近する。そういうことが可能な社会ですから」

「千賀さん、あなたは……」

「彼の能力を活かせるのはサイバー犯罪捜査官しかない。そう思ってます。彼がレオナルド田宮のクローンであるのは疑いようのない事実です。しかし彼を導き、より正しい力を与えてあげるのが私の責任だと思ってます。川村警部補には今後も協力をお願いしたいと考えてます」

レオナルド田宮は禍々《まがまが》しい凶器だった。しかしそのクローンである高倉竜生には悪を倒す刃《やいば》になってほしい。それが千賀の望みなのだろう。

「ええ。こちらこそ」

川村は笑顔で応じ、それからゆっくりと立ち上がった。

エピローグ

待ち合わせの時間から五分遅れて彼はやってきた。川村直樹は右手を挙げながら竜生のもとに近づいてきた。

「悪いな、待たせてしまって」

「いえ、僕も今来たところなんで」

場所は渋谷《しぶや》駅の前だった。夕方の六時を過ぎたばかりで人が溢《あふ》れんばかりだった。川村と顔を合わせるのは半年振りだ。先週職場に連絡があり、ここで待ち合わせることになったのだ。

「ちょっと歩くが、旨《うま》い魚を出す店がある。そこにしよう」

川村と肩を並べて歩き始める。竜生は川村に言った。

「ご無沙汰《ぶさた》してます。お元気でしたか？」

「まあまあだ。お前は？」

「僕もまあまあです」

半年前の事件のあと、竜生は二ヵ月だけ休養をとり、四国に行ってお遍路をした。八十八ヵ所を巡礼したのだ。きっかけはたまたま見ていたＮＨＫの番組でお遍路をする外国人を見て、どうせやることもないのだからと突然思い立ったのだ。

監視つきのお遍路だった。クローンである自分にはこれから先もずっと監視がつくのだと思い知った。竜生が自分はクローンであることを知っているためか、監視員は監視している姿を隠そうともしなかった。

お遍路の途中、監視員と――確かめたわけではなく竜生が勝手に監視員だと決めつけただけだが――話をする機会があった。あれは高知県室戸《むろと》市《し》でのことだ。大雨の中、傘をさして歩いていたら突風で傘が吹き飛ばされた。雨にずぶ濡《ぬ》れになって途方に暮れていると、監視員の男が近づいてきて傘を渡してくれたのだ。監視員の二人もお遍路の姿をしていた。「ありがとうございます」と竜生が礼を言うと、監視員は小さくうなずいて去っていった。それから一時間ほどで雨が止んだ。自販機があったので缶コーヒーを二本買い、竜生は後ろを歩く監視員に渡しに行った。困ったような顔で監視員は缶コーヒーを受けとってくれた。巡礼は一ヵ月半ほどの日数を要したが、もっとも印象深い出来事だった。

お遍路から帰ってきたあと、千賀に電話をして職場に復帰したいと告げた。千賀は快く了承し、以前と同じように品川にあるサイバーセキュリティ対策室で働き出した。周囲の同僚たちはまったく無関心であるのが有り難かった。

「彼女はどうしてる？」

川村に訊かれ、竜生は答えた。

「元気ですよ」

美那は奇跡的に命をとり留めたが、今も入院している。両足が麻痺《まひ》する障害が残り、今はそのリハビリに励んでいるようだ。幸いというか、事件前後のことを彼女は一切憶《おぼ》えていないらしい。朝比奈に洗脳されていたとはいえ、有馬教授を殺害したのは紛れもなく彼女だった。有馬教授の死は病死で処理されており、警察は美那の処遇に頭を悩ませているという。

「難しいところだな」

川村が首を振りながらそう言った。美那のことだろうと思い、竜生は答えた。

「そうですね。でも助かってよかったと思います」

「お前の活躍も千賀さんから聞いてる。よくやってるようだな」

「たいしたことじゃありませんよ」

復帰して四ヵ月弱の間に、竜生は二名の殺人犯を特定し、逮捕へ繋《つな》がる橋渡し役を務めていた。いずれもネットの書き込みから特定したものだった。自分には嗅覚《きゅうかく》のようなものが備わっていることを竜生は最近になって気づき始めていた。おそらくそれこそがオリジナルと同等の能力だった。

「畠山だが、来月から警視庁に戻ってくることになった。俺の部下になるってことだ」

「それはよかったじゃないですか」

道玄坂《どうげんざか》を上っていく。信号待ちで立ち止まると川村が「そうだ」と言ってスマートフォンを出した。それを操作してから寄越してきた。

「見ろよ」

川村個人が撮影した動画らしい。どこかのバーだろうか。夏川郁人がグランドピアノを弾いている。詳しい曲名などはわからないが、どうやらジャズのようだった。川村が説明した。

「下北沢《しもきたざわ》のバーだ。週に一回、演奏しているらしい。いい趣味を見つけたな、あの男も」

夏川郁人は楽しそうに鍵盤《けんばん》を叩《たた》いている。自分が思わず笑みを浮かべていることに竜生は気づかなかった。

自分とは何か。クローンとは何か。果たして自分が生きていることに意味はあるのか。自分がクローンと知って以来、何度もそういう問いを自分に投げかけてきたが、その答えは見つかることはなかった。おそらくそれは夏川郁人も同じだろう。彼も彼なりに悩み、足掻《あが》き、今はこうしてピアノを弾いている。そのことが単純に嬉《うれ》しかった。

「嬉しそうだな、高倉」

「ええ。何ていうか、僕たちは同じですから」

信号が青に変わったので、スマートフォンを川村に返してから歩き始める。向かい側から歩いてきた高校生くらいの男の子と肩がぶつかり、竜生は「すみません」と反射的に謝った。しかし男の子は何も言わずに立ち去っていく。思わず竜生はその場に立ち止まっていた。

「おい、高倉。どうかしたか？」

「い、いいえ。何でも……」

まさかな。朝比奈にそっくりだった。しかしそんなことは有り得ない。他人の空似というやつだろう。まさか極秘で自分のクローンを作製していたのか。いや、そんなはずは――。

「早く行くぞ、高倉」

その声に反応して、竜生は横断歩道を渡って川村と肩を並べた。振り返って目を凝らしても、さきほどの高校生の姿は渋谷の雑踏の中に消え失《う》せていた。

主要参考文献

『脳死・クローン・遺伝子治療　バイオエシックスの練習問題』
加藤尚武著、ＰＨＰ新書（一九九九）

『クローン人間の倫理』
上村芳郎著、みすず書房（二〇〇三）

『生命に部分はない』
アンドリュー・キンブレル著／福岡伸一訳、講談社現代新書（二〇一七）

本書は、二〇一九年一月に小社より刊行された
単行本『いのちの人形』を改題し、加筆修正の
うえ、文庫化したものです。

クローン・ゲーム

～いのちの人形《にんぎょう》～

横《よこ》関《ぜき》 大《だい》

令和4年 2月25日 初版発行

発行者●堀内大示

発行●株式会社KADOKAWA
〒102-8177 東京都千代田区富士見2-13-3
電話 0570-002-301(ナビダイヤル)

角川文庫 23042

印刷所●株式会社暁印刷
製本所●本間製本株式会社

表紙画●和田三造

ISBN 978-4-04-111895-5 C0193

角川文庫発刊に際して

角川源義

第二次世界大戦の敗北は、軍事力の敗北であった以上に、私たちの若い文化力の敗退であった。私たちの文化が戦争に対して如何に無力であり、単なるあだ花に過ぎなかったかを、私たちは身を以て体験し痛感した。西洋近代文化の摂取にとって、明治以後八十年の歳月は決して短かすぎたとは言えない。にもかかわらず、近代文化の伝統を確立し、自由な批判と柔軟な良識に富む文化層として自らを形成することに私たちは失敗して来た。そしてこれは、各層への文化の普及滲透を任務とする出版人の責任でもあった。

一九四五年以来、私たちは再び振出しに戻り、第一歩から踏み出すことを余儀なくされた。これは大きな不幸ではあるが、反面、これまでの混沌・未熟・歪曲の中にあった我が国の文化に秩序と確たる基礎を齎らすためには絶好の機会でもある。角川書店は、このような祖国の文化的危機にあたり、微力をも顧みず再建の礎石たるべき抱負と決意とをもって出発したが、ここに創立以来の念願を果すべく角川文庫を発刊する。これまで刊行されたあらゆる全集叢書文庫類の長所と短所とを検討し、古今東西の不朽の典籍を、良心的編集のもとに、廉価に、そして書架にふさわしい美本として、多くのひとびとに提供しようとする。しかし私たちは徒らに百科全書的な知識のジレッタントを作ることを目的とせず、あくまで祖国の文化に秩序と再建への道を示し、この文庫を角川書店の栄ある事業として、今後永久に継続発展せしめ、学芸と教養との殿堂として大成せんことを期したい。多くの読書子の愛情ある忠言と支持とによって、この希望と抱負とを完遂せしめられんことを願う。

一九四九年五月三日

角川文庫ベストセラー

マシュマロ・ナイン　横関　大

元プロ野球選手で今は高校の臨時教員として働く小尾は、校長の要請で相撲部員だけ集めて創った野球部の監督に就任する。人並み外れたパワーと食欲を持つ野球素人のマシュマロ系男子たちが甲子園を目指す！

グラスホッパー　伊坂幸太郎

妻の復讐を目論む元教師「鈴木」。自殺専門の殺し屋「鯨」。ナイフ使いの天才「蝉」。3人の思いが交錯するとき、物語は唸りをあげて動き出す。疾走感溢れる筆致で綴られた、分類不能の「殺し屋」小説！

マリアビートル　伊坂幸太郎

酒浸りの元殺し屋「木村」。狡猾な中学生「王子」。腕利きの二人組「蜜柑」「檸檬」。運の悪い殺し屋「七尾」。物騒な奴らを乗せた新幹線は疾走する！『グラスホッパー』に続く、殺し屋たちの狂想曲。

ＡＸ アックス　伊坂幸太郎

超一流の殺し屋「兜」が仕事を辞めたいと考えはじめたのは、息子が生まれた頃だった。引退に必要な金を稼ぐために仕方なく仕事を続けていたある日、意外な人物から襲撃を受ける。エンタテインメント小説の最高峰！

女神記　桐野夏生

遙か南の島、代々続く巫女の家に生まれた姉妹。大巫女となり、跡継ぎの娘を産む使命の姉、陰を背負う宿命の妹。禁忌を破り恋に落ちた妹は、男と二人、けして入ってはならない北の聖地に足を踏み入れた。